# 死人(しびと)狩り

笹沢左保

祥伝社文庫

# 目次

# 全員死亡

## 1

その日は雨だった。七月の雨にしては、じめじめした降り方だった。山の緑は白い絵具でぼかしたように雨に煙（けむ）り、海には水平線がなかった。伊豆（いず）半島の西海岸沿いに下田（しもだ）と沼津（ぬまづ）を結ぶ道路を、一台のバスが走っていた。六十人乗りの大型バスだった。

このバスは、臨時に増発された定期便であった。伊豆半島の西海岸が開けるにつれて訪れる観光客の数も多くなった。観光バスだけではなく、普通の定期便を利用する者もいる。特に夏は臨海学校なども開設されて、交通量も増えるばかりだった。そんなことから海南（かいなん）交通では、一日一便だけ臨時の定期バスを増発しているのだ。このバスは下田を午後三時に出発した。急行便だから、沼津到着は午後六時の予定である。定員六十人の大型バスだったが、雨が降っているせいか、乗客は少なかった。田子（たご）を過ぎた頃、バスに乗っている人間は運転手と車掌を含めて、合計二十七人であった。

乗客たちは殆どが目を閉じていた。観光客ではないから、特に窓の外の景色に見入ろうとする者はいない。仮りに眺めて見ても、乳色の砂漠のように広がっている雨の中の海が見えるきりなのだ。

子供たちだけが、つまらなそうな顔をしながら、それでも雨が降りつける窓ガラスに顔を寄せていた。バスは揺れた。道路が、舗装されていないからである。道幅は狭く、せいぜい三、四メートルしかなかった。

丁度、バスは下田と沼津の真ん中あたりまで来ていた。安良里と宇久須の中間であった。やがて、前方に黄金崎が見えて来る地点である。このあたりでは、大型車がすれ違うことになると大変であった。道路の幅が狭い上に、右手は山の崖、左側は眼下に海を見る絶壁なのである。車を交換するとなると、二、三分の手間はかかってしまう。

まだ五時前であったが、雨天のせいもあって夕闇の訪れは早かった。バスは、すでにヘッド・ライトをつけていた。幸い、すれ違う車は殆どなかった。これもまた、天候が原因しているのだろう。それでも、バスの運転手は警笛を鳴らすことを怠らなかった。高さ二十メートルほどの断崖絶壁の上を走るのだから、常に危険を予期していなければならない。

ワイパーの動きも、あまりのんびりした感じとは受け取れなかった。

暢気(のんき)なのは、乗客たちであった。勿論(もちろん)、万が一どのような事故が起こるかも知れないなどとは想像していないからだろう。これまで、大きな事故があったという話は聞いたことがなかったし、この道路に馴(な)れている運転手を心から信頼しているのだ。

目で確かめれば、乗客たちも恐怖を覚えたかも知れない。夕闇は次第に濃くなる。雨で視界が利(き)かない。道は狭く、しかも濡れている悪路だった。左側はすぐ絶壁で、二十メートル下では波が吠えている。いずれも、人間を本能的に怖がらせる条件ばかりであった。しかし、乗客たちは目を閉じたり、顔を寄せ合って小声を交わしたりしているのだ。

運転手は、多少緊張しながらも、自信があった。車掌は、沼津に着いてから会う約束になっている恋人のことを考えていた。彼らは、自分たちが死の直前にあることを知らなかった。事故さえ予想していなかったのだから、計画的に自分たちが死へ追いやられるなどとは夢にも思っていなかったのである。

前方に黄金崎が見えた。黄金崎まで行けば、道路はやや内陸に入る。黄金崎は景勝地だから、観光客たちはバスを降りて正面に見える富士(ふじ)を眺めたりする。つまり、絶壁沿いに走る道路ではなくなるわけだった。黄金崎の手前で道は右へカーブする。そのカーブまで、あと十メートルというところに差しかかった時だった。

乗客たちは異様な音を耳にして、一斉に顔を上げた。銃声らしい轟音(ごうおん)を二発、それに高圧ポンプの水をブリキ板に吹きつけたような音が聞こえたのだった。同時に、彼らはフロント・グラスが白い泡を吹き出したように不透明になったのを見た。

自動車のフロント・グラスには、合わせガラスという特殊なものが使われてある。これは二枚の板ガラスを透明な合成樹脂で貼り合わせ、強い衝撃を受けても破片が飛び散らないようにしてあるのだ。衝突した自動車のフロント・グラスが粉々に割れずに、ただ白く不透明になっているのはそのせいである。

しかし、バスの乗客たちは一瞬のうちに、フロント・グラスへ銃弾が浴(あ)びせられたなどとは、判断出来なかった。それだけの余裕がなかったのだ。運転手は、ハンドルの上に上体を伏せていた。それでも、反射的にブレーキを踏んだらしい。車体に、衝撃が加わった。

だが、すでに間に合わなかったのである。バスは、空中に飛び出ていた。乗客たちは、叫ぶことも忘れていた。バスはそのままゆっくりと回転しながら、海へ落ちて行った。幾度か車体が、絶壁の途中に触れたらしく、岩が黒い海面へ降りそそいだ。バスは、海中へ没した。後部がほんの三十センチほど海面から突き出ているだけだった。

白い飛沫(しぶき)はすぐにおさまり、波が何ごともなかったように断崖の裾(すそ)を噛(か)んでいた。雨も夕闇も、まったく知らん顔をしていた。

約五分後に絶壁の上を通りかかった小型トラックが、海に向かって消えている車輪の跡を発見するまで、誰もこの事故に気づいた者はいなかったのである。いや、一人だけ知っていた人間がいた。だが、しばらく歩いてから、手にしていた散弾銃を海の中へ投げ込んだその人間は、何も言わずに立ち去って行ったのだった。

2

安良里―宇久須間、黄金崎附近の絶壁から海中へ落ちこんだバスが、午後三時下田発沼津行きの海南交通臨時急行便だということは、車体を引き上げるまでもなくすぐに分かった。そのバスが、次の停車地である宇久須に、予定時間になっても到着しなかったのである。

最初のうち、これは単なる運転を誤っての事故だと思われていた。道も悪いし、雨でスリップして、ハンドルを切りそこなうといった事故は、最近各地で多く起こっている。これまでそのような前例はなかったし、運転手も経験十五年のベテランだから、単なる事故とは考えられないというバス会社の責任者の主張もあった。しかし、バスが海の中から引き上げられるまでは、人々はそういう弁解には耳を貸さなかった。

引き上げ作業は、その夜のうちに始められた。断崖の上まで、直接引き上げるということは不可能だった。サルベージ船は、おいそれとは都合出来ない。仕方なく、田子港から五隻(せき)の漁船を動員して来て、それによって引き上げるということになった。

五隻の漁船をそれぞれ繋留して、取り付けたクレーンでバスを宙釣りにし、そのまま安良里港まで曳いて来るという作業であった。断崖の上の道路は、通行禁止になった。投光機を断崖の上に並べて、海上を真昼のように明るくする。所轄の警察署長がマイクで、作業の指揮をとる。駆けつけた報道陣と見物の群集で、道路は戦場のような騒ぎだった。

バスのフロント・グラスが散弾を受けて粉砕され、運転手が左目に負傷して死んでいるということが分かったのは、引き上げ作業が始められてから二時間後であった。バス会社の責任者が言った通り、単なる事故ではなかったのだ。何者かが、バスを海中へ転落させるために、運転手に射撃を加えたのに違いなかった。そうと分かって、まず報道陣が色めき立った。事故ではなく、犯罪だったのである。それも、二十七名の人間を乗せたバスを、断崖の上から海の中へ落とすという大がかりな犯罪なのだ。こうしたケースは、未だかつてあり得なかった事件かも知れない。二十七人を殺した、大量殺人とも言うべきだった。

これでは所轄の警察や、バス会社の手で解決されるはずの事故ではなかった。事件は、静岡県警察本部捜査一課に報道された。

捜査一課では、手の空いている係官全員を非常呼集して、緊急会議を開いた。

「本日、伊豆半島西海岸の黄金崎附近で、未曾有の大量殺人事件が発生しました。午後三時に下田を出た海南交通の臨時急行バスが黄金崎附近に差しかかったところ、突然何者かが散弾銃でバスのフロント・グラスを射撃、運転手は左目を負傷、さらにフロント・グラスが割れて不透明になったので視界がまったく利かず、そのためにバスは二十メートル下の海中に落ちて沈み、乗務員二名を含めた二十七人が全員死亡しました」

捜査一係長のそのような報告を耳にしているうちに、浦上達郎刑事は気が遠くなるのを覚えた。心臓が、ズキズキと痛いほど鳴る。背中を悪寒が走り、顔色が蒼白になるのが自分にもよく分かった。頭の中だけが、火照るように熱かった。

浦上達郎。三十四歳。警部補に昇進して一年。柔道三段、剣道二段。静岡県警捜査一課に在職八年。『龍巻の浦さん』という異名で、その職務熱心さと激しい気性は評判であった。

彼自身、度胸のよさには自信があったつもりである。大抵のことには驚かない。驚く前に、自分の方から体当たりして行く。そうした浦上刑事が、土気色になった顔から汗を噴き出すほど愕然となったのである。

彼は、今すぐにでもここから飛び出して行きたかった。海の中に落ちたというそのバスには、妻の和子、二人きりいない子供の千秋と不二男が乗っているはずだと、大声で叫んでみたかった。浦上は、白くなるほど下唇を嚙みしめた。

とても信じられないことだった。しかし、今朝下田から電話があって、午後三時発の臨時急行便で帰ると和子が言って来たのは事実なのである。一週間ぶりに、わが家へ帰って来る和子の弾んだ声は、今でも浦上の耳に残っているのだ。

三時発の臨時急行便に乗ると、和子は確かに言った。聞き違いではない、沼津に六時に着くから、静岡市の稲川町にある自宅へは遅くとも七時半に帰って来られるはずだと、浦上自身が言ったのだ。

何かの都合で、下田発三時の臨時バスに乗らなかったということも考えられる。しかし、それは神頼みであった。几帳面な和子のことだから、予定が変われば電話なり電報なりで連絡して来ただろう。もし、二十七人の死体の中に和子たち三人のそれが見当たらなかったとしたら、まさに奇跡であった。バスが下田を出た以上、途中で降りる必要のない妻子たちは、当然そのままでいたはずだった。

「散弾銃は、二連発式の十二番銃と推定されます。犯人は明らかに、運転手から運転能力を奪うために、フロント・グラスに向けて散弾を発射したのだと思われます。目撃者も居らず、鑑識からの報告も完全とは言えないので、現在のところこれ以上のことは分かっておりません。単なる悪質なイタズラか、バスの乗客のうちの一人を殺すための計画的犯行か、とりあえずこの二本の線で捜査を始めたいと思います。直ちに現場へ急行しますから、その準備をして下さい」

捜査一係長の指示が終わるのを待ち兼ねたように、浦上は席を立った。半ば上の空でいたようだが、係長の言葉は習慣的に頭の芯に刻みつけてあった。

「浦さん、具合でも悪いのか。ひどく顔色が悪いぞ」

隣席にいた伊集院刑事が、会議室を出る浦上を追って来て言った。

「確認はしてないけど、海へ落ちたっていうそのバスには、女房子供が乗っていたはずなんだ」

と、浦上は手の甲で額の汗を拭い取った。

「ほんとかい……」

虎雄という名前から『虎さん』と呼ばれている伊集院刑事は、目を見はった。

「九九パーセント確かだ。今朝、女房から電話があったばかりだからな」

「たしか、奥さんたちは揃って下田の実家へ帰っていたんだったな」

「千秋が夏休みだからというんで……。とんだ夏休みになってしまった」

「そのことは、まだ誰にも言ってないのか？」

「死体を自分の目で確かめないうちは、滅多なことは言えない」

「浦さんは、現場へ行かない方がいいんじゃないか？」

「行くさ。誰が引き留めたって、おれは行く」

浦上は、奥歯を鳴らした。彼は一旦、静岡署の調べ室へ引き返さなければならなかった。そこで、強盗殺人事件の被疑者を取調べていた途中だったのである。あとのことは静岡署の捜査課員に任せて、浦上はとりあえず黄金崎附近の現場へ急行するつもりであった。

　静岡署の調べ室へ戻って来ると、被疑者は親子丼をぱくついているところだった。浦上は、静岡署の捜査課員に事情を話して、再び調べ室から出て行こうとした。

「あら旦那、お調べの途中に女とデートかい？」

　飯粒を飛ばしながら、被疑者が冷やかしの言葉を投げつけて来た。

「やかましい！」

　浦上は、振り返りざまに一喝した。ほかの係官たちがハッとしたほど、大きな声であった。だが、前科六犯の強か者は、少しも動じなかった。

「こっちは、とっくにゲロしているんだ。デートなんかどうでもいいから、早いところお調べをすませてくれよ」

　まるで不貞腐れている二十六歳の若者は、浦上を嘲弄するように笑った。同時に、浦上は若者の襟首を摑んでいた。

「ふざけるな、この野郎！　同じデートでも、お前みたいな蛆虫に殺られた二十七体の仏に会いに行くんだ！」

　浦上はそう怒鳴ると、荒々しい足どりで調べ室を出て行った。異常に興奮していることは、彼自身にも分かっていた。浦上は、この時ほど殺人者に憎しみを覚えたことはなかったのである。

## 3

現場検証に立ち会ってから、八名の捜査一係員たちが安良里町へ来たのは夜中の三時であった。

転落したバスはすでに、安良里港へ回されて来ていた。二十六の遺体は納棺されて、安良里町の松景寺（しょうけいじ）という寺の本堂に安置してあった。運転手の死体だけは、病院へ運ばれて行った。鑑識が必要だったからである。

松景寺へ、犠牲者の遺族たちが十数人詰めかけていた。この夜のうちに駆けつけて来られた遺族は、まだほんの一部にすぎないのだ。

犠牲者は二十七人のうち、六人を除いて身許（みもと）は明らかになっていた。県警本部の係官たちは、まず犠牲者の身許を記した写しに目を走らせた。浦上は喋（しゃべ）らなかったが、伊集院刑事の口から洩（も）れたらしい。係官たちは、浦上の妻子が犠牲者のうちに加えられているかもしれないということを知っていた。誰もが、暗い眼差（まなざ）しを浦上へ向けた。写しには、浦上和子、浦上千秋、浦上不二男という姓名が書き記されてあったのである。

浦上は白木の箱をあけて、もの言わぬ妻子と対面した。身体に傷がなく、綺麗（きれい）な死顔（しにがお）をしているのがせめてものの慰（なぐさ）めであった。

本堂に溢れる遺族たちの泣き声や、呼びかけの言葉を聞きながら、浦上は長い間合掌していた。不思議と、泣けなかった。まだ、実感が湧かないからかも知れない。

一週間前までは、四人で同じ家に住んでいたのだ。笑顔や声も、忘れるはずはなかった。妻の和子とは、電話で話をしたばかりだったのだ。その三人が死体となっている。家へ帰っても、彼らはいない。自分一人だけになってしまったのだ。こんなことは、容易に信じられるものではない。

浦上はすぐ、同僚たちが集まっている寺の庫裏へ引き返して来た。同僚たちは、一斉に浦上を見守った。彼は無表情だった。ただでさえ鋭い目が、キラリと光っただけだった。

「今は、お悔みを言っていられる余裕はない。しかし、もしそう望むなら、浦上君は今度の事件にタッチすることもないんだよ」

係長が言った。

「引き下がらんですよ。とことんまで、喰らいつきます」

浦上は片手でネクタイを解き、しごくようにしてそれをはずした。

「だがね、奥さんや子供さんの敵討ちのつもりで、捜査に加わってもらっては困る」

「敵討ちですよ」

「それなら、ぼくたちに任せておいてくれ給え。みんなも、君のために必死の気持でいるんだ。しかし、当人の君としては、どうしても私情に左右されざるを得ないだろう。捜査という公務に、私情は禁物だ」

「お言葉を返すようですがね。私情を抜きにして、人間に何が出来ます。わたしも聖人ではないから、私情を殺すことは出来ません」

「浦上君……」

「いいですか。わたしは、自分の女房子供を殺されたことだけで、私情に駆られているわけではないんですよ。この事件は、異常者の悪質なイタズラなんかではない。二十七人のうちの誰かを殺すのが目的の、計画犯罪に違いありません。団体旅行のバスではないから、乗客たちにはそれぞれ何の繋がりもなかったんです。それで、二十七人全員を殺してしまえば、どんな動機で誰が狙われたのかまったく分からなくなる。完全犯罪にもなり得るでしょう。しかし、一人の人間を殺すために、ほかの二十六人も死なせることなんて絶対に許せない。二十六人は、犯人とは何の関わり合いもない人たちなんです。その中には、罪もない子供たちが四人もいた。わたしは犠牲者たちの生前を、徹底的に洗うつもりです。もし、わたしの行動に行き過ぎがあったら、遠慮なく馘にして下さい。警察官ではなくなっても、わたしは一生の仕事として犯人を突きとめます」

浦上が口を噤んでも、何か言おうとする者はいなかった。彼の全身から発する熱気に、圧倒されていたのかも知れない。浦上は一人、庫裏の外の闇へ消えて行った。

# 一つベッドの父娘(おやこ)

## 1

二十七人の犠牲者のうち、三人を除いては身許が完全に明らかになった。身内の者からなんの届け出もない身許不明の三人も、所持品などから捜査すれば、割り出しは可能であった。

とにかく捜査会議の結果では、乗客のうちの一人を殺すための犯行と判断されたのである。異常者の悪質なイタズラにしては、あまりにも巧妙すぎるのだ。バスを狙った地点といい、フロント・グラスに散弾を浴びせるというやり方といい、綿密な計画に基づいた犯行と見なければならない。しかも、目撃者や物的証拠を作らないように配慮してある。異常者であれば、どこかに間の抜けた手落ちがあり、行動そのものが発作(ほっさ)的でなければならないはずだった。

犯人が、乗客のうちの誰を狙ったか。それがまず、重大なポイントである。それを探るには、犠牲者たちの日常の身辺を調べなければならなかった。殺されるには、それだけの動機がある。動機は日頃の人間関係にひそんでいるのだ。

犠牲者のうち約半数の十五人は、静岡県内に居住している人たちだった。ほかに、神奈川県の人間が五人、残りはどうやら東京在住者らしかった。まず、四人の子供たちは身辺捜査の対象から除外した。子供たちには、殺される動機はなかったと見るべきだった。それから、佐々木タカという七十六歳の老婆も、対象外にはずされた。

佐々木タカは安良里の住人であった。安良里は、黄金崎の手前にある。この老婆は、田子からバスに乗り、安良里で降りるはずだったのだ。ところが、居眠りでもしていたのか、安良里を乗り過ごしてしまったらしい。つまり、佐々木タカが転落したバスに乗っていたのは、まったくの偶然だったのだ。犯人は当然、それを知っていなかったはずである。したがって佐々木タカを殺すつもりだったとしたら、犯人は黄金崎附近という地点を選ばなかっただろう。

犯人は、目標とする人間が黄金崎附近を通るバスに乗っていると、確信を抱いていたことになる。とすれば、佐々木タカは勿論、狙われる可能性から除外しなければならないわけである。

二十七名から五人を除いて、残り二十二人の身辺捜査を始めることになった。もっとも、浦上和子についてはその必要がなかった。和子の身辺に関しては、浦上刑事が最もよく知っているのである。八名の係官に、それぞれの分担が与えられた。浦上は、伊集院刑事と組んで東京と神奈川県在住者関係を分担させられた。これには捜査一課長の親心があった。犯人は、犯行現場の地勢やバスの時刻表などに詳しい。それで、犯人は静岡県に住む人間という可能性が強かった。捜査が大詰まで来た場合、感情に走った浦上が、どのような行動に出るか分からない。だから、比較的この事件と関係が薄いと思われる東京近辺の在住者を担当させておいた方が浦上に冷静な余裕を与えられるのではないかと考えたのだった。東京へ行っていれば、あるいは気分も変わるかも知れない。

浦上と伊集院刑事は、捜査一係長から東京関係者の名簿を渡された。全部で七人だった。

小坪雅一　十六歳　高校生　現金百万円所持。東京都足立区千住旭町七十五番地

工藤義三郎　五十歳位　職業不明　住所不明　所持していたスーツ・ケースに『工藤義三郎』のネーム・プレートがあった。背広のポケットに『東京タクシー』のマッチが入っていた

女子　二十歳位　ピンクのブラウスに、白のタイト・スカート、同じく白のハイヒール。バッグの中に、下田望海ホテルの領収証が入っていた。領収証の名前はローマ字

でミスター・クドウとあった。したがってこの女子は、工藤義三郎の同伴者と思われる

駒井光子　三十歳位　バッグに『駒井光子』の婦人用小型名刺を数枚所持していた

南公平　二十歳　東都大学の学生証明書を所持。住所　東京都目黒区上目黒四の二二八五　尚、南公平は駒井光子と腕を組んだまま死亡していた。したがって、この二人も同伴者と思われる

三浦健一郎　四十歳位　三浦製作所と印刷された封筒を所持していたのみ。住所　東京都大田区西六郷三の三〇

男子　三十歳位　職業不明　住所不明　現金五千円のほか所持品なし。背広の上衣に『中村』とネームがあり、『銀座スタンダード』というメーカーのマークがついていた

浦上と伊集院刑事は、これだけのことを自分たちの手帳に書き込んだ。この七人のうち、家族からの問い合わせがあったのは南公平ただ一人だけであった。問い合わせはあっても、南公平の家族はすぐには遺体引取りに来なかった。このほかの六人については、周囲の人間たちがそれぞれの行動についてまったく気づいていないということになる。伊豆半島でこうした事故があったと知って、家族の誰かがそのバスに乗っていたかも知れないという心当たりがあれば、問い合わせなり、届け出なりがあるはずだった。何も言って来

ないということは、この六人が行先を告げずに東京を離れている証拠だった。

事件発生の翌日、午後から係官たちは行動を開始した。浦上も伊集院と連れ立って、安良里町役場に設けられた特捜本部を出た。昨日とうって変わって、今日は上天気であった。駿河湾の海原は、インクを流し込んだように鮮かであった。遠く、富士山が見えている。二人は思わず、空を仰いだ。その青さが、浦上の目には痛かった。

浦上の目は、真っ赤に充血していた。勿論、昨夜は一睡もしていない。松景寺の本堂に安置された妻と子供たちの遺体の傍らで、彼は夜を明かしたのである。それが、彼なりの通夜であった。あとのことは、駆けつけて来た和子の両親に任せた。

「どれから、当たるか？」

伊集院刑事が、捜査用に特別に借りきったタクシーに近づきながらそう言った。

「東京へ行く前に、この七人が伊豆半島のどこへ来て、どこへ向かう予定だったかを調べておく必要がある」

浦上は白い背広の上着を肩にかついで二本の指でネクタイをゆるめた。

「まず、下田だな」

「うん」

二人は、タクシーに乗り込んだ。

タクシーの中でも、浦上の口数は少なかった。妻子への想いに捉われているわけではない。彼の念頭にあるのは、ただ捜査だけであった。

「工藤義三郎と身許不明の若い女、このカップルから行こうじゃないか。この二人が泊まっていたのは、下田の望海ホテルと分かっているんだから……」

伊集院は、しきりと浦上に話しかけた。浦上の気を引き立たせるためにも、多弁にならざるを得ない。

「まあ、父娘だろうな」

「五十歳ぐらいと二十歳ぐらい、年の釣り合いから言えばそうなるだろう」

と、浦上は怒ったような口調で答えた。

「しかし、生きているうちはそれぞれ生活の辻褄というものが合っているが、人間死ぬとなると、まったくわけの分からない行動をとっているものだな」

「死ぬことを、予測していないからだ」

「いろいろと、ボロが出るわけか」

「こんな捜査は初めてだ。普通は、生きている人間を追うだろう。だが今度に限って、死んでしまっている被害者を洗うんだからな」

「死人狩りか……」

下田に到着するまで、二人の刑事は半ば愚痴めいた、半ば自嘲的な会話を続けた。

出発から一時間位で、タクシーは下田の町中へ入った。下田望海ホテルは赤根島を眼前にした海沿いにある。だが、そこへ向かう前にガソリンを補給したいという運転手の言葉もあって、開国記念碑の近くにあるガソリン・スタンドでタクシーをとめた。

「氷あずきでも食べないか？」

通りの向かい側にある和風喫茶の店を顎でしゃくって伊集院刑事が言った。

「いいだろう」

二人はタクシーを降りて、通りを横切った。和風喫茶の店には、『あやめ』という看板がかかっていた。小綺麗な店である。和菓子、汁粉、ぜんざいなどがウィンドーの中に並んでいた。店の半分には、普通の喫茶店のようにテーブルや椅子が据えてあったが、残り半分は座敷になっていた。店の中には、履物が濡れない程度に打ち水がしてあって、冷たい空気が二人の頬に心地よかった。

店に、客の姿はなかった。二人の刑事は、乱暴に椅子を引き出して、それに腰をおろした。

「いらっしゃいませ」

澄んだ女の声がして、二人の背後にかかっているのれんが揺れた。

「氷あずきを二つ……」

振り返りもしないで、伊集院がそう注文した。

「はい……」

女の声はそう答えたが、すぐのれんの奥へ引っ込んで行く気配がしなかった。どうやら、その場に佇(たたず)んでいるらしい。そうと察して、浦上刑事は後ろを振り向いた。

「やっぱり……」

淡い水色のワンピースを着た女が、華やかな笑顔を見せた。長い髪の毛を肩に散らした、色白のその女の顔を見ても、誰であるか浦上刑事は咄嗟(とっさ)に思いつかなかった。彼は、眉(まゆ)をしかめた。

豊かな胸の盛り上がり、腰の張り具合、形のいい脚、と申し分のない肢体(したい)である。目はきついと言いたいくらいに情熱的で、長い睫毛(まつげ)がはねあがっていた。鼻の下が短くて、厚めの唇が肉感的であった。

「浦上刑事さんでしょう？」

女は、頭へ手をやりながら言った。

「そうですが……」

浦上は、彼特有の鋭い目で睨(にら)むように女を見上げた。

「わたくしです」

「どなたでしたっけ？」

「お忘れになりました？」

「一日に五十人もの人と会うこともあるんです」

「岩崎静香です」

「岩崎……」

「先月の末、宮城拘置所で絞首台に昇りました岩崎の……」

「じゃあ、岩崎信吉の……？」

「刑事さんには、何度もお会いしましたわ」

「しかし、岩崎に奥さんはいなかったはずですよ」

「岩崎の死刑が確定してから。わたくしたち結婚しました」

「そうですか」

と、浦上は目を伏せた。嫌な時に、嫌な人間と会ったという気分だった。

「そうそう、氷あずきを二つでしたっけね」

岩崎静香は艶然と笑って、水色の蝶のように身をひるがえすと、のれんの奥に消えた。

2

岩崎静香が姿を消すのを待っていたように、伊集院が浦上の脇腹を肘で突いた。

「別嬪じゃないか。何者だい？」

伊集院は、両方の耳を指先でつまんだ。これは、伊集院の癖である。そんな仕種をすると、童顔の彼がひどく滑稽に見えるのだった。

「虎さんは、知らねえかな」

浦上は不機嫌そうな顔になり、ピースの吸い口でテーブルを叩いた。

「誰を？」

「今、言ってただろう、岩崎信吉さ」

「知らねえな」

「三年前、沼津で強盗をやらかして、母子を殺った犯人だよ。おれが、挙げたんだ。岩崎は、最高裁で死刑が確定して今年の四月に処刑された」

「今の女が、その岩崎の女房ってわけか」

「事件当時は、岩崎の情婦だったんだが、今聞いたところによると、岩崎の死刑が決まってから正式に夫婦になったらしいな」

「浦さん、あんな別嬪を忘れてしまったのかい」

「言われてみて、思い出したよ。参考人として、何度も調べたような気がする」

「あの女に会ったとたんに、浦さん、面白くないといった顔になったたな」

「確かに、面白くない」

「なぜだ？」

「あと味が悪い事件だった。恐らく、あの岩崎の件と今度の事件が、おれの生涯で最もあと味の悪い記憶となって残るだろうな」

「岩崎が、最後まで否認し続けたっていうわけかい?」

「そんなんじゃない。岩崎の事件で、合計五人の人間が死んでるんだ」

「どういう意味だ?」

「まず、被害者が二人。岩崎を挙げたら奴の両親が自殺、妹が気がふれて精神科病院で死んだ。岩崎自身が死刑になったのは仕方がないが、何の罪もない五人の人間があの世へ行ったと思うと……」

「浦さんの責任じゃないだろう」

「しかし、あの時は自分の職業がつくづく嫌になったぜ」

「あの別嬪が生きているんだから、それをせめてもの慰めにするんだな」

「人間、覚えたいことよりも忘れたいことの方が多いよ」

二人は、ここで口を噤んだ。岩崎静香が、黒塗りの盆に氷あずきを二つ載せて出て来たからである。

「お待ちどうさまでした」

女の香料が浦上刑事の鼻を包み、彼の目の前にむっちりと肉づきのいい白い腕がのびた。

「奥さん……」

伊集院が、岩崎静香に声をかけた。彼はすっかり、この美人に惹かれてしまったらしい。

「はあ？」

上目づかいに伊集院を見やって、岩崎静香は愛想よく笑いかけた。

「女手一つで、店をやって行くのは大変でしょう」

「あまり繁昌していませんから、そうでもありませんわ」

「自力で、この店を出したんですか？」

「沼津にあった主人の小さな家を売って、ここにお店を持ったんです」

それだけ言って、岩崎静香は逃げるように立ち去って行った。

「聞いたか、浦さん……」

と、伊集院が浦上の耳に口を寄せて囁いた。

「沼津の岩崎の家を売り払ってここへ店を出したんだとさ。どうやらそうしたいために、死刑の決まった岩崎と結婚したらしいぜ」

「早く食べないと、氷が水になるよ」

浦上は、伊集院の口を封ずるように言った。彼の氷あずきは、残り少なかった。

「あの女、いくつぐらいだろう」

慌てでスプーンを口へ運びながら、伊集院はまだ岩崎静香のことにこだわっている。

「二十五ぐらいだろう」

浦上刑事はテーブルの上に百円硬貨を置いて、立ち上がった。彼としては、これ以上岩崎静香と接したくなかったのである。

二人は、待たせておいたタクシーに乗り、下田望海ホテルに向かった。望海ホテルは、去年の夏に新築されたばかりだった。七階建てで、庭にはプールがあり、なかなか豪華なホテルだった。急坂を登りきると、ドア・ボーイが立っているホテルの正面口であった。

浦上と伊集院はドア・ボーイに迎えられて、ホテルの中へ入って行った。かなり広い円型のロビーがあって、その周囲はガラス張りになっていた。色とりどりの形の変わったアーム・チェアが、ロビーいっぱいに据えてあった。客たちが、アーム・チェアに腰を沈めて、ガラス越しに濃紺の海を眺めやっていた。

二人の刑事は、入口の正面にあるフロントへ、まっすぐロビーを横切って行った。

「いらっしゃいませ」

クリーム色の背広に黒い蝶ネクタイをつけたフロントの係員が、丁寧(ていねい)に頭を下げた。その顔の前へ浦上が黒い手帳を差し出した。

「何か……？」

フロントの係員は、心持ち緊張したようである。

「昨日、このホテルを出た客のことで訊(き)きたいんだがね」

浦上は、係員に鋭い視線を向けた。係員は威圧されたように、目をそらした。

「お客さまのお名前は……？」

「工藤義三郎。若い女の連れがあった」

「ああ……。例のバスが墜落したという事件で……」

「どうして、知っているんです？」

「テレビで見ました。判明した犠牲者の名前の中に工藤義三郎とあったので、うちにお泊まりになったお客さまだとわたしたちも話し合っていたんですが……」

と、予め別にしておいたらしく、係員はカウンターの下から一枚の宿泊者カードを取り出した。浦上と伊集院は、顔を寄せ合ってそのカードに見入った。

住所　東京都品川区小山台一の九三
氏名　工藤義三郎
職業　会社員
年齢　四十九歳

とあり、工藤義三郎の名前の脇に小さく『長女ゆかり』と書き込まれてあった。

「やっぱり、父娘だったんだな」

と、伊集院が呟いた。

「それが、どうも……」

フロントの係員が、苦笑しながら言いにくそうに口を動かした。

「父娘じゃないと言うのかね？」

「メイドの話では、ツイン・ベッドの片方しか使った形跡がないということなんです」

係員は、すっかり照れていた。

# 暗い家

## 1

浦上と伊集院は、伊豆急行で伊東へ向かった。伊東まで、一時間かかる。伊東から熱海へ、更に東京へ着くのは夜の七時半前後ということになるだろう。乗物は、いずれもすいていた。車内の二人は、なんとなく手持ちぶさただった。浦上は、目を閉じたままでいたし、伊集院もあまり喋らなくなっていた。伊東、熱海と二度の乗換えの際だけ、二人は生きている人間になった。

湘南電車が都内に入ってから、伊集院がようやく何か言いたそうな顔つきになった。二人はまだ、工藤義三郎とその長女ゆかりと称する男女について、分析やら感想やらを互いに述べ合っていなかった。言葉にしなくても、それぞれの思惑が通じ合っていたせいかも知れない。しかし、そろそろ判断の統一をはかっておかなければならなかった。捜査の対象は、近づきつつあるのだ。

二人は、下田の望海ホテルの宿泊者カードに記入してあった、工藤義三郎の自宅を訪れてみるつもりなのである。旅行者が、旅館やホテルで本当の住所氏名を明らかにするという確率は、五〇パーセントだそうであった。工藤義三郎の場合、名前は本名だった。スーツ・ケースのネーム・プレートにも、工藤義三郎と記されてあったからだ。だが、住所は本当かどうかわからない。その点、伊集院は気になったらしい。彼は遠慮がちに、目を閉じている浦上の肩に手を置いた。

「浦さん、眠ってるのか？」

浦上は答えずに、ただ目を開いた。眠ってはいなかったのだ。浦上の両眼は、相変わらず真っ赤である。

「品川区小山台一の九三……。この住所は、果たして事実かな」

伊集院は、開いた自分の手帳を見やりながら言った。

「行ってみれば分かるさ」

浦上は面倒臭そうに、言葉を吐き出した。

「そりゃ、まあ、そうだけど……」

伊集院は、同僚の邪険な態度に気をそがれたといった面持ち（おももち）だった。

「おれは、九分通り確かだと睨ん（にらん）でいる」

自分の冷やかすぎる言葉をすぐ反省して、浦上はそうつけ加えた。

「どうして、九分通り確かだと思うんだ？」

「ホテルの話だと、あの二人が来たのは今度が初めてだという。しかし、あの二人は三日も滞在しているんだ。三日も同じところにいるとなると、あまり出鱈目な住所や名前にしておけないというのが人間の心理さ。また次の機会に、あのホテルを利用するということもあるからな。男と女は、二人で泊まったことのあるところへ必ずもう一度行きたくなるものだろう」

「父娘なら、別だろうけどね。特別な関係のある男女にとっては、ホテルは大切な思い出の場所となる」

「それにしても間が抜けてるよ。父親と娘だとはっきり書き込んでおきながら、三日間も一つベッドで寝るなんて……」

「愛し合う時は仕方がないとしても、そのあとぐらいは別々のベッドに寝ればいいのに……。シングル・ベッドに二人で寝るんでは、安眠出来ないじゃないか。おれなら、四、五回はベッドから落ちるだろうな」

「落ちないように、一晩中しっかり抱き合っているところが、二人にとってはまたいいものなんだろう。いい年をして、娘ぐらいの女と三日間も狭いベッドにいたというんだから、大したものさ」

望海ホテルのフロントの話では、二人は殆ど終日を部屋の中で過ごしていたという。三日間のうちで、二人が海の方へ散歩に出掛けるのを見たのは、ただの一度だけだったそうである。食堂へも降りて来ない。食事は、ルーム・サービスを頼んで室内ですませる。メイドは、室内の掃除の時間を作るのに苦労したという話だった。そして、一日一度の掃除の際に、片方のベッドだけが乱れていて、もう一方のそれは、セットしたままの形をとどめているということを、メイドたちは気づいたわけである。

浦上と伊集院は、東京駅から直接警視庁まで足をのばした。東京都内を歩き回るのだから、何かと世話になるかも知れない。形だけでも警視庁管内の協力を求めるということで、顔を出しておかなければならなかった。すでに、静岡県警から、警視庁には連絡がつけてあった。二人は、捜査一課で挨拶(あいさつ)をすませると、すぐに警視庁を出た。品川区の小山台へタクシーを走らせる。伊集院は東京生まれの東京育ちだったから、都内の地理には詳しかった。

小山台一丁目の交番で、九三番地に工藤義三郎という者が居住しているかどうかを訊いた。浦上の推測通り、ホテルの宿泊者カードに書き込まれてある住所は、出鱈目ではなかった。それも皮肉なことに、交番から百メートルと離れていないところに工藤の家はあったのだ。工藤は、大分以前からこの土地に住んでいたらしい。それに、交番からさして離れていなかったので、若い警官は工藤家については詳しいようだった。

「家族構成は、どうなっていますか？」

浦上は、派出所の若い警官に質問した。

「夫婦と大学一年になる息子、家族は、これだけです。このほかに、通いの家政婦がいるようです」

と、警官は答えた。

「娘はいないんですね」

伊集院が、そう念を押した。

「おりません」

警官は胸を反らすようにして、明確に頷いて見せた。そうと察してはいたのだが、浦上と伊集院は改めて、顔を見合わせずにはいられなかった。娘と称し、また確かにそう見られる年頃の女を連れて、南伊豆のホテルで情欲に燃えた三日間を過ごし、その帰途、思わぬ災難にぶつかって死んだ五十に近い男が、何となく哀れに感じられたのである。浦上は、髪の毛の薄い工藤義三郎の死体を思い浮かべていた。何も知らない家族たちもまた、気の毒と言うよりも惨めすぎるではないか。

浦上は伊集院を促すようにして、派出所を出た。

## 2

工藤家は、想像していたよりもはるかに立派な造りであった。邸宅とは行かないまでも、外見は少しもみすぼらしくはなかった。鉄柵の門があり、門から玄関までの距離も長かった。樹木の厚みから察して、庭もかなり広いのだろう。純和風の二階家だった。二人の刑事は、門の中へ入った。家のどの窓にも、灯は見えなかった。その上、静かである。二人の靴の下で鳴る砂利(じゃり)の音だけが、あたりへ散った。

伊集院が、玄関のブザーのボタンを押した。三度続けて鳴らしたが、玄関へ出て来る足音は聞こえなかった。留守ということは考えられない。押しただけで、門はあいたのだ。

「この家の裏あたりからは、目黒区だぜ」

伊集院が、この場合にはまったく関係のないことを口にした。それは、彼が焦(あせ)っているという証拠でもあった。

五度目にブザーを鳴らした時、人が廊下を歩いて来る気配がした。二、三分ばかり、待たされたことになる。浦上と伊集院は、目を見交わしていた。

玄関に明りがつき、女の影がガラス戸に映った。

「誰方(どなた)ですか？」

女は、鍵をはずそうともしないで玄関の中から声をかけて来た。

「警察の者です」

伊集院がガラス戸の隙間に口を寄せてそう答えた。中から返事はなかったが、ガラス戸に影が近づいて来て鍵をはずす音がした。相手がまだあけないうちに、浦上はガラス戸にかけた手に力を入れていた。それで、女が鍵をはずしたとたんに、ガラス戸は勢いよくあいていた。二人の刑事の目の前に、厚目の化粧をした女の顔があった。水色のワンピースを着ている。若づくりだが、年は四十前後というところだった。美人には違いないが、厚みのある身体に女の曲線美は見られなかった。女はあとずさるようにして、三和土から上がり框へ身体を運んだ。多少は緊張しているらしいが、どことなくほっと安堵したような感じが女に見受けられた。後頭部の髪の毛が乱れている。鼻の頭に、汗をかいていた。

「主人が何か……？」

そう言いながら、女はひどく落着いていた。

「工藤義三郎さんの奥さんですね」

浦上は、逆に質問した。

「はい。工藤玉江でございます」

と、工藤義三郎の妻は膝を折った。

「息子さんは？」

「山へ行っております」

「山？」

「山登りが好きで、夏場になりますと、殆ど家をあけてしまうんです」

「ブザーを押しても、なかなか出ていらっしゃいませんでしたね」

「はあ。もう床についていたものですから……」

「まだ、九時半だというのにね。それに、女は眠る前に化粧を落とすものじゃないですか。奥さん、ワンピースの胸と背中に汗が滲み出てますよ。ワンピースを着たまま、寝る習慣なんですか？」

「わたくし、とても汗かきなんです。着替えただけでもう、こんなに……」

と、玉江は目を伏せて、汗に濡れている胸のあたりへ手をやった。しかし、二人の刑事は、彼女が明らかに狼狽するのを見てとった。玉江は、嘘をついている。化粧を落としていないのも、ワンピースが汗にまみれているのも、そして髪の乱れや鼻の頭の汗も、玉江がなぜすぐに玄関へ出て来られなかったかを明瞭に物語っているのだ。男がいたのに違いない。男と身体が熱くなるような行為にふけっていたのだろう。

夫は旅行中、息子は山へ行っている。通いの家政婦が帰ったあと、家の中を真っ暗にしていた。刑事たちは、崩れて、しかも爛れきっている家庭をまざまざと見せつけられたのだった。

「ご主人は、会社員だそうですが？」

浦上は、いよいよ本題に入った。

「会社員には違いありませんけど……。重役なんです」

玉江は、顔を上げて答えた。質問の矛先（ほこさき）が変わったことで、彼女はほっとしたようである。

「どこの会社の重役です？」

「兼光（かねみつ）精機という会社なんです。二流会社ですけどね。そこの取締役の一人なんです。もっとも、名目上の取締役でしょうが……」

「名目上というのは、どういった意味です？」

「主人には手腕もなければ、それなりの実力もありません。三十年勤続したというだけで、取締役になれたんです。元々、人の上に立つといった柄ではないんですよ。婿（むこ）に来て妻に口答え一つも出来ない人なんですから……」

「ご主人は、工藤家へ婿に来たというわけですね？」

「はあ……」

「ご主人は生命保険に入っていますか？」

「百万ほど……」

「夫婦仲は、あまりよく行ってなかったような口振りですが……」

「主人は、わたくしに対して絶対に怒りません。そんなことから、かえって気拙い仲になってしまって……」

「すると奥さん、ご主人が死んで生命保険の百万円が手に入るというのは、あなたにとってそう悪いことではないんですね」

「まさか……」

「ご主人は、死にましたよ」

「じゃあ、主人はあの……、主人は一人で死んだんでしょうか？」

「ほう……。誰かと一緒に死ぬことを予期していたようですね」

浦上の目が鋭くなった。玉江は、義三郎が女と一緒であったことを知っていたのだ。それに、玉江はあまり驚いた様子を示さないのである。あるいは、義三郎が死ぬことも見越していたのかも知れない。

「そういうわけではないんですけども……」

「胡麻化さないで下さい。お察しの通りご主人は若い女と一緒に死にました」

「心中ですね？」

「いや。二人が乗っていたバスが海へ転落したんです。あなたは昨日、どこにいました？」

「どこにって……」

「東京にいましたか？」

「何か、わたくしを疑わなければならない理由があるんですか？」

「あなたは、ご主人が女連れで南伊豆を旅行していることを承知しながら、黙っていた。妻として、おかしいことじゃないですか。バスは事故で、海へ落ちたんじゃない。殺人事件なんですよ」

「わたくしが、人殺しをしたと言うんですか。主人は、出張だと言って出掛けたんです。伊豆へ行っていたなんて、全然知りませんでした」

「知らなかったとは言わせないですよ。不用意にあなたは、主人は一人で死んだのかと口走ってしまったんです」

「わたくしは、何も知りません」

「本当のことを言って下さい。二十七人の人間が死んでいるんだ」

と、浦上が迫るように玉江の顔に自分のそれを近づけた時、背後で伊集院があっと叫び声をあげた。

「どうした？」

浦上は振り返った。

「誰かがそこにいた。庭の方へ逃げたんだ」

伊集院は、あけ放してあったガラス戸の外に目を凝らした。

「追え！」

浦上がそう言葉を投げつけるのと同時に、伊集院は外の闇へ吸い取られるように突進していた。

「刑事さん、わたくしは主人が滝本ゆかりという女と一緒にいたことも、二人が一緒に死ぬだろうということも知っていました」

玉江が哀願するように蒼白な顔を浦上に向けた。浦上は、冷やかな目で玉江を見下ろしていた。

## 3

浦上と伊集院は、無言で夜の道を歩いた。行先は、どこということも念頭に浮かばなかった。二人とも、ビールを浴びるほど飲みたいといった気持だったのである。工藤家の庭で、伊集院が取り押さえた男は、学生であった。工藤の息子の友人だという。言うまでもなく、玉江とは不倫な関係にあったのだ。今夜も、二人は一つ夜具の中で淫らな戯れに興じていたのである。玉江が青年の身体から最後の下着を剝ぎ取ろうとした時、浦上たちが訪れたというわけだった。玉江が応対に出ている間に、青年は裏口から抜け出そうとした。だが、彼は訪問者のことが気になった。それで、玄関前へ回って来たところを、伊集院に発見されたのである。

　自分の若い愛人を認められた以上は、玉江も観念せざるを得なかったのだろう。彼女は浦上たちに公（おおやけ）にしないと約束させた上で、すべてを語ったのだった。事実、玉江は夫が滝本ゆかりと旅行に出て、いつかは二人が死ぬであろうということも予期していたのである。むしろ、それを期待していたのかも知れない。義三郎は、遺書を残して家を出たのだった。玉江は、その遺書を持ち出して来て浦上たちに公開した。

　遺書によると、義三郎が死を決意するまでの経緯に、理由が三つほどあった。最大の原因は、彼の内向的な性格である。妻に一言も文句を言えないような男が、他家へ婿入りしたことからして、そもそもの間違いだったのだろう。玉江と結婚して二十数年、義三郎はただ自分を殺し、忍従（にんじゅう）だけで過ごして来たのだ。そんな夫がもの足りなくて、好色な玉江は浮気を始めた。彼女は若い男が好きだった。そして、同じ相手とは一年も続かない。息子が大学へ入ると、その友人まで誘惑した。義三郎はついに、堪（た）えきれなくなった。二十数年間の鬱積（うっせき）が、爆発したのである。彼は、前々から自分に同情的だった会社の秘書滝本ゆかりと関係を結んだのだった。

　ところが、ゆかりとの特別な仲が社内で評判になり、たまたま人事管理問題で強硬な態度に出ていた労組が工藤取締役を激しく非難し始めたのである。ゆかりは、会社にいられなくなった。義三郎も重役会の席上で、鋭く批判された。つまり、義三郎自身の性格、玉江の乱行、そしてゆかりとの関係が彼らを心中へ走らせた三つの理由だったのである。

「ますます、あと味が悪くなる」

路上の小石を蹴とばしながら、浦上が呟いた。

「しかし、これで工藤とゆかりが犯人に狙われた人間ではないということがはっきりしたんじゃないか」

伊集院が、慰め顔で言った。

「工藤とゆかりは、七月一日に行方を晦ました。もう二十日間も、二人はあちこちと歩き回っていたことになる。それに、これから死のうとしていた二人なんだ。そんな二人を追って、殺そうという人間もいないだろう。しかし、おれはあの玉江という女が憎くて仕方がない。亭主の遺書を見てから、二十日間も、警察へ届けてないし、捜そうとはしなかったんだ。玉江は、女であっても人間ではない」

「望海ホテルで、なぜゆかりを娘に仕立てたりしたんだろう。一緒に死ぬつもりだったら、本当のことを書いておいた方が心残りがないだろうに」

「まあいい。あの二人は今日明日にも自分たちの意志で死のうとしていたんだ。自分たちも気づかないうちに死ねる方が楽だったと考えれば、少しは気も休まる」

この時、右側を歩いていた浦上と伊集院の正面から、四人の若い男たちがぶつかって来た。一目でそれと分かる街のチンピラ連中だった。

「この野郎、気をつけて歩け！」

酒臭い息を吐き散らしながら、浦上の胸に突き当たった男が怒鳴った。

# 現金百万円

## 1

その夜は、東京泊まりであった。伊集院の従兄が、芝高輪に住んでいるという。警視庁へ行けば宿舎の世話はしてもらえるが、伊集院のすすめもあって浦上は彼の従兄の家に厄介になることにした。伊集院の従兄は下級公務員であったが、親譲りの家は決して小さくなかった。

伊集院とは三年ぶりの再会だそうで、彼の従兄は一家を挙げて歓迎してくれた。浦上には、風呂が何よりも嬉しかった。汗と埃にまみれた身体は、粘膜に被われたように不快感を誘うのである。風呂からあがると庭に面した廊下で、浦上と伊集院はビールを飲んだ。枝豆の味が、そして頭上の風鈴の音が、今はない家庭というものを思い出させる。子供たちと戯れながら、よく枝豆でビールを飲んだものだった。浦上はふと、感傷的になった。

従兄とその妻を相手に、伊集院と浦上はビールを四、五本ほどあけたが、二人ともまるで酔わなかった。湯あがりで身体はさっぱりしている。しかし、胸のうちまで爽快になってはいないのだ。

十二時を過ぎてから、二人は床へ入った。糊のきいた敷布が、背中の下で乾いた音を立てる。スタンドを消し、目を閉じたが、一向に眠気を催さない。浦上は、隣の夜具へ目をやった。闇の中に、小さな火の塊りが浮き上がっている。伊集院の煙草の火であった。

「起きてるか？」

伊集院が声をかけて来た。

「うん」

東京へ来る途中の電車の中でも、伊集院に眠ってるのかと訊かれたことを思い出しながら、浦上は声だけで答えた。

「明日の行動予定は？」

「小坪雅一を、当たってみよう」

「現金百万円を持っていた高校生だな」

「そうだ。小坪は、身分証明書を二枚持っていた。一枚はいわゆる学生証、もう一枚は株式会社田島商店というところの社員証明書だ。つまり小坪は、昼間働き、夜は定時制の高校に通っていたということになる。小坪の家が、裕福だということは考えられない」

「服装も、黒ズボンにワイシャツだけ、それに靴も粗末だったよ」

「そんな小坪が、一万円札で九十九万円をハンカチに包んで腹に巻いていたとすれば尋常と言えないだろう」

「浦さんが、急に小坪のことを気にし始めた理由は分かっているよ」

「そうかい」

「さっきのチンピラ連中を見て、小坪のことを強く意識するようになったんだろう」

「まあな」

浦上は反射的に、右手の甲を頬に当てていた。まだ、右手の甲は火照るように熱かった。傷こそついていないが、相当に激しい痛みが残っていた。

浦上は、工藤の家を出て間もなく因縁をつけて来た四人の若い男たちと、路上でわたり合ったのである。最初に怒号を投げつけて来たチンピラが、ナイフをちらつかせたのだった。これでは、腕力で防ぐほかはなかった。浦上は一瞬のうちに、二人の男を撲り倒していた。手加減はしなかった。気持が荒れていたせいもある。相手の顎が音を立てるほど、浦上のパンチは痛烈だった。

ナイフを取り出した男はその場でとり押さえたが、残りの三人は追う隙もなく逃げ散ってしまった。摑まえたチンピラは、工藤の家の道順を訊いた派出所へ突き出した。短い間、警官とそのチンピラのやりとりを聞いていたが、男はまだ十六歳の少年だったのである。伊集院が指摘したとおり、十六歳の少年と聞いていて、俄(にわ)かに小坪雅一のことが気になり始めたのは事実だった。

「かなり金持の家の息子だったとしても、現金百万円を持ち出すことは容易ではない」

と、煙草を消して伊集院は寝返りをうった。

「犯罪に結びつけて考えるほかはないだろう」

浦上は、天井を見上げた。暗闇に目が馴れたらしく、蚊帳(かや)の白さが滲むように見えた。

「勤め先から、金を持ち出したのか……」

「それなら、当然、届け出があったはずだ。小坪雅一の名は、犠牲者の一人として新聞に載った。勤め先の誰かが、これに気づかないはずはない」

「だとすれば、金を持ち出していることがまだ発覚していないんだ」

「とにかく、明日はまずこの田島商店を訪ねて、それから小坪の家へ行ってみよう」

それっきり、二人は口を噤んだ。互いに、早く寝つこうと努めているのである。それでいて、なかなか意識が霞(かす)んで来ないのだ。事件発生以来、浦上は殆ど睡眠をとっていなかった。身体の芯が熱っぽく、なんとなく四肢(しし)に力がこもらないのが、自分でよく分かる。眠らなければならないと、彼は思った。瞼(まぶた)は重いのだが、目を閉じると一層様々な思考に捉(とら)われる。間もなく、寝息をたて始めた伊集院が、羨(うらや)ましかった。

明け方になって、浦上は浅い眠りに落ちた。しかし、妻や子供たちの夢を見て、彼はすぐ目を覚ましてしまった。

## 2

株式会社田島商店は、浅草寿町にあった。皮革問屋である。三階建ての建物で、株式会社というだけのことはある店構えだった。午前九時を過ぎたばかりだというのに、店の前はもう活気づいていた。三台並んだ小型トラックに、なめし革の束が積み込まれている。従業員も、二、三十名はいそうだった。

浦上と伊集院は、田島商店の副社長という若い男と面談した。話し合ったのは三十分ばかりだったが、二人の刑事が期待していたような返答は得られなかった。田島商店の副社長は、あのように真面目な少年は近頃珍しいのではないかと、小坪雅一をべたぼめするのである。小坪は、田島商店に勤めて一年になるという。中学を卒業すると、間もなくここに就職したというわけだった。勤め始めてから一年間、小坪は一日も欠勤したことはないと、副社長は強調した。

夜は、定時制高校へ通っている。映画一本、観たこともないような小坪らしかった。無口で、それに親切だし、田島商店の従業員たちの間でも、評判はよかったそうである。

浦上がそれとなく探ってみたのだが、田島商店には現金が紛失するといった事件は起こらなかったようだった。

「昨日の夕刊でバスが転落したあの大事件の記事を見て、小坪君がその犠牲者のうちの一人だったことを知りました。まったく可哀想なことをしましたよ」

と、副社長は最後につけ加えた。

「小坪の遺体の引取人が、まだ来ていないんですよ。家族があるんでしょうか……」

浦上は言った。副社長は暗い目になって、一旦伏せた顔を思いきったように上げた。

「家族はあるんですが、それがどうも……」

「小坪が死亡したということは、所轄署を通じて家族に連絡ずみのはずなんですがね」

「わたしも新聞を見て、すぐ、小坪君の家へ人をやったんですよ。どうせ新聞もとっていないだろうし、事件を知らないに違いないと思いましたんでね。ところが、家族たちはそんなことにまるで関心がないんですよ」

「関心がない？　それは、どういうわけです。かりにも、小坪は死んだんですよ。肉親がなぜ、知らん顔をしているんですか」

「まあ、一度小坪君の家へ行ってみて下さい。そうすれば、よく分かります」

「母親は、実母なんでしょうね」

「ええ、両親も、弟妹たちも、正真正銘の肉親です」

副社長はそれだけ言って、いかにも小坪が気の毒だというふうに顔をしかめた。これ以上、この場で聞込むことはなかった。会社の金がなくなっているわけではない。それに、小坪の性格や素行は非のうちどころがないと、田島商店の副社長が太鼓判を押しているのである。

どうやら、小坪の家族の不可解な態度に、不審の目を向けるべきのようであった。実の両親が揃っていながら、なぜ小坪の死に関心が払われないのだろうか。田島商店の副社長は、行ってみれば分かると含みのある言葉を口にした。何か特別の事情がありそうだった。

浦上と伊集院は、浅草寿町から千住旭町へタクシーを走らせた。荒川区を横切れば、すぐ足立区であった。南千住を抜けて、北千住駅附近の旭町は意外に近かった。小坪の家は、分かりにくかった。交番に寄ってみたが、警官も見当をつけるだけで精一杯だった。

もっとも、分かりにくかった理由は小坪の家を見つけたとたんに充分頷けた。それは、家とは言えない建物だったのである。小さな家が密集しているそのあたりには、迷路のような道が曲がりくねって続いていた。小坪の家族たちが住んでいる家は、その一画にあった。路地の奥の、更に続いている細い通路を抜けたところだった。上天気だというのに、地面は湿っている。傾きかけた屋根の下に、ただ板を打ちつけただけといった壁がある。低い庇の下に、ボロ雑巾のような洗濯ものが並んでいた。

浦上と伊集院は、思わず鼻をつまんだ。洞窟のようにポッカリと口を開いている入口の前に立った時、家の中から蒸れたような異臭が漂って来たからである。このような生活環境にいた十六歳の少年が現金で百万円を所持していたと、浦上はまずその点にこだわらないではいられなかった。

「ごめんなさい」

そう声をかけておいて、二人は家の中へ入った。一坪ほどの土間があって、あとは六畳一間だけである。敷いてある畳は、筵に近かった。部屋の隅に、黒光りしているような蒲団が積み重ねてあった。家具らしいものは、何一つとしてなかった。伊集院に声をかけられて、部屋の中央に坐っていた人影が振り向いた。女であった。モンペ姿で、頭に煮しめたような手拭いをかぶっている。年齢の見当はつかなかったが、小坪の母親に違いない。女の膝の上には、五つくらいの女の子がいた。女は警戒するような視線を二人の刑事に向けた。

「誰だい？」

女は、男のような野太い声で言った。言葉つきも乱暴だった。

「警察の者だがね」

浦上は両手をズボンのポケットに突っ込んだまま、女を凝視した。一瞬、女は目のやり場に困ったようである。明らかに、慌てたのだ。何か後ろ暗いことがある――と、二人の刑事は職業上の直感で判断していた。

「警察の人なんかに、用はないね」

女は、肩をそびやかした。虚勢を張ったのである。浦上は、鼻の先で笑った。

「親父(おやじ)さんは働きに行ってるのかい？」

「働くだって？　冗談じゃないよ。うちの父ちゃんはね、飲むことと競輪で金をすって来ることと、これっきり能がないんだ。雅一の稼ぎでどうやら食べて来たけど、その雅一も死んでしまった。この先、子供二人を抱えて一体どうなることやら……」

そう言いながら、女の目が部屋の一隅に積んである蒲団へ走った。それも、なんとなくそこに視点をおいたというのではない。不安そうでもあり、またそこになければならないものを確かめるような眼差しだった。浦上も、積んである煎餅(せんべい)蒲団に目をやった。それに気づいた女は、より狼狽したようだった。積んである蒲団に何かあると、浦上は読み取っていた。

3

浦上は、上がり框に腰をおろした。小坪の母親には気づかれないように、靴を脱ぐ。いつでも、素早く積み重ねられた蒲団へ突進出来るような態勢を整えたのだった。

「なぜ、雅一君の遺体を引取りに来ないんだね」

と、伊集院が母親に訊いている。浦上はしばらく、伊集院に質問を任せておくことにした。

「死んだ雅一を引取って、どうなるっていうんだね。火葬場の費用はおろか、伊豆まで行く電車賃だってないんだ」

女は、顔をそむけて答えた。まるで不貞腐れてしまっている母親であった。

「それにしても、冷たいな。あんたみたいに薄情な母親というのは、今日まで見たことがない」

「人間以下の暮らしをしていれば、人間らしい気持もなくなりますよ」

「雅一君がいなくなったのは、三日前だったね？」

伊集院は、質問を本筋に移した。小坪の母親と、そんなやりとりをしていても無意味だと気がついたのだろう。確かに、相手に常識を要求するのは無理なようであった。

「三日前の朝、ここを出て行って、それっきりさ」

と、女は足をバタつかせる膝の上の幼児の頭をこづいた。

「どこへ行くとも、言わなかったの？」

「黙って出て行ったからね。いつものとおり、会社へ出勤したのかと思ってましたよ」

「変わった様子はなかった？」

「気がつかなかったね。ただ、その前の前の晩、買って来た夕刊を何度も読み直しているみたいだった。それ以来、あまり口をきかなくなって……」

「いつも、夕刊を買って来るのかね？」

「とんでもない。そんな金はないはずですよ。新聞を買って来るなんて、珍しいことさ」

「家族にも言わず、会社も無断欠勤で、雅一君は伊豆へ行った。一晩、伊豆のどこかに泊まったんだろう。翌日、沼津に向かうバスに乗っていて死んだ。雅一君は、現金で百万円を持っていたんだがね。あんた、何か心当たりはないかな」

伊集院は、やや語調を鋭くした。

「雅一が、百万円持っていた！」

と、母親は腰を浮かせた。膝の上の子供は、畳へ投げ出された。単なる驚愕ではない。小坪が百万円を所持していたということが、女の胸のうちにある思惑と相通ずるといった感じだった。彼女の視線が、再び隅の夜具へ走った。同時に、浦上は畳の上に躍り上がっていた。彼はそのまま、積み重ねられた夜具へ向かって大股に歩いた。

「何をするんだよ！」

女がそう叫びながら、浦上の腰に縋りついて来た。浦上は構わず、薄い蒲団の山を崩した。その中から、新聞紙の包みが転がり出た。

「それは、わたしのものなんだ。返しておくれ！」

新聞紙の包みを奪い返そうとする女の手を振り払って、浦上はそれを伊集院目がけて放り投げた。受け取った伊集院は、手早く新聞紙の包みをひろげた。一瞬、この場の空気は凍りついたように凝結した。浦上と伊集院、それに女の目が、新聞紙の中身に吸い寄せられた。

「一万円札で百万円。束が二つだから、合計二百万というわけだ」

と、伊集院が呟くように言った。二つの百万円の束は、薄汚れた畳の上に、重々しく置かれてあった。まだインクの匂いが残っていそうな新しい札である。

「この金を、どうして手に入れた？」

浦上は、尻餅をついたように坐り込んでいる女を見下ろした。女の顔色は蒼白だった。放心したように目を宙に迷わせている。

「盗んだんじゃない」

女は惚けたようにだらしなく口を動かした。

「拾ったとでも言うのか？」

「家の中にあったんだ。きっと、雅一が隠して行ったんだろう。土間へ降りて何気なく床の下を覗いたら、この包みがあったんだ」

女の言うことは、嘘ではないらしい。すでに、二百万円のことは認めたとなると、小坪が手の切れるような札で九十九万円を持っていたということも、ある程度この女の言葉を裏づけているのである。

と、伊集院が浦上を呼んだ。浦上が近づいて行くと、伊集院は手にしていた新聞紙を差し出した。二百万円を包むのに、使った新聞であった。

「七月十七日の夕刊だ。小坪が姿を消す前の前の晩に、熱心に読みふけっていたという夕刊はこれだよ」

伊集院は、新聞の日づけを指先で示した。

「なるほど、これかも知れないな」

と、浦上は社会面の隅に載っている小さな記事を目で拾った。伊集院に指摘されなくても、この記事が小坪が手に入れた三百万円と密接な関係にあることは、すぐに分かった。

そこには『関東中部東北自治宝くじ当せん番号。一等三百万円。二組の三六四七〇一』とあった。小坪は、二百万円を家の床下に隠し、百万円だけを持って伊豆へ向かった。合計三百万円――これは、宝くじ一等の金額と一致するではないか。

「勧業銀行へ行ってみよう。当籤した本人であることを証明するものがなければ、賞金は受け取れないはずだ。勧業銀行へ行けば、小坪が一等当籤者であるかどうか分かる」

浦上はそう言ってから、改めて小坪の母親を眺めやった。

小坪の家を出た二人の刑事は、昨夜と同じように無言であった。今日もまた、胸の底に苦い残り滓があった。貧乏のどん底にあって、三百万円の現金を手に入れた少年。彼は、そのことを家族の誰にも打ち明けなかったのだ。夢ではないかと、当籤発表の載っている新聞をくり返し読みながら、少年は二百万円を家の中に隠し、百万円だけを持って旅に出ようと考えついたのに違いない。どうしていいか分からないほど、有頂天になっていたのだろう。

一方、母親は息子が隠した二百万円を見つけ出すと、もうわが子の遺体を引取りに行くことさえ忘れてしまったのだ。いや、下手に行動して出所不明の二百万円に気づかれることを恐れたのかも知れない。こうした母子がいるのも、貧困のせいだろうか。

浦上は、暑さがむしょうに腹立たしかった。

# 生きていた

## 1

勧業銀行の浅草支店に寄って調べた結果、やはり小坪雅一が今回の『関東中部東北自治宝くじ』の一等当籤者だったことが分かった。これで、バスの転落を計った犯人は、小坪雅一殺害を目的としたのではないと言えるわけだった。

小坪は、一等に当籤して三百万円が手に入ることを、母親にも喋っていない。当然、赤の他人に告げるはずはないのだ。従って、彼が伊豆方面を旅行しているということを、知っている者はいなかったに違いない。

「今度の事件は、金品には無関係だ。バスを海へ転落させておいて、死体から金を抜き取ったりすることは不可能だからな。われわれが追わなければならないのは、あくまで怨恨(えんこん)の線だ。それに、被害者に多額の生命保険がかけてあったかどうかの点だな。小坪の場合は勿論、生命保険がかけてあったとは考えられない」

勧業銀行を出た伊集院は、一人言のようにそんなことを呟きながら手帳を開いて、記入してあった小坪雅一の名前を鉛筆で抹消した。浦上は黙っていた。そんなことを言われなくても分かっている、と言いたそうな顔つきだった。浦上は、ますます不機嫌になったようだった。被害者が一人ずつ、犯人の殺意とは無関係だったとはっきりする度に、彼は奇妙な焦燥感を覚えるのである。結局、被害者全員を当たってみて、誰一人として殺されるる動機を持っていなかったということになるのではないかと、そんな不安が浦上を常に捉えているのだ。

二人は、芝崎町から六区を抜けて、雷門へ向かった。この界隈は、まだ正午を過ぎたばかりだというのに、もうかなり混雑していた。視界は、殆ど白色によって占められていた。その眩しさが、かえって酷暑を感じさせる。流れて来る音楽や街の騒音が、むし暑さを倍加させているようだった。

「次は、この身許不明の男を行こうじゃないか」

と、伊集院が言った。彼はまだ、歩きながら手帳を開いたままでいる。

「いいだろう」

浦上は、視線を前方に据えて頷いた。伊集院の言う身許不明の男とは、三十歳ぐらいで、現金五千円のほかに所持品なく、背広の上着に『中村』とネームがあり、『銀座スタンダード』というメーカーのマークがついていた――と、手がかりはこれだけの被害者であった。

地下鉄浅草駅で、伊集院が築地警察署へ電話をした。『銀座スタンダード』という洋服屋がどこにあるかを、問い合わせるためだった。

「店は大きくないが、仕立ては評判の洋服屋だそうだよ」

改札口の近くで待っていた浦上に、伊集院は珍しいものを拾った時の子供のような笑顔を見せて、そう告げた。

「それで、その洋服屋はどこにあるんだ？」

――と、浦上は、改札口を通り抜けながら背中で訊いた。

「銀座七丁目、築地よりの裏通り。京橋消防署の筋向かいだそうだ」

「中村というネーム入りなんだから、洋服は既製品ではない。注文で作らせたとすれば、中村の住所が控えてあるわけだな」

「しかし、中村という苗字は多いぜ」

「洋服屋にとって、自分が作った洋服は子供みたいなものだ。洋服の色や柄が分かれば、どこの中村さんに注文されたものか見当がつくだろう」

地下鉄に乗ると、二人は言い合わせたように口を噤んでしまった。電車の音が、車内にも大きく反響して来る。それでいて、声を張り上げて喋れば近くにいる乗客たちにも聞こえてしまう。あまり大声で話し合わないというのが、いつの間にか身についてしまった刑事の習性だった。

浦上は、目の前にいる母子連れを眺めやっていた。母親は、和子と同じくらいの年恰好であり、連れている子供は不二男に似ているような気がする。ここでもまた、彼は妻子のことを思い出さずにはいられなかった。彼は、新橋で降りるまで、その母子から目を離さなかった。

「腹がへったな」

地上への階段を昇りながら、伊集院が喉を鳴らして唾を飲み込んだ。

「昼飯抜きだから、当たり前だ」

そうは言ったものの、浦上は少しも空腹ではない自分を不思議に思っていた。

「どこかで、何か食べるか」

「銀座で、五十円の定食を食べるわけにはいかないだろう」

「寂しいことを言うな」

「おれはアイスクリームがいい」

結局、浦上の主張が通って、アイスクリームで一時しのぎをすることにした。新橋駅の売店でアイスクリームを買い、二人は小さな箱の中身を口へ運びながら銀座へ向かった。

新橋から銀座七丁目までは、歩いて十分とかからない。『銀座スタンダード』の看板を見つけた時、丁度アイスクリームの小箱が空になっていた。

「白昼、銀座を歩きながらアイスクリームを食べる。しかし、誰一人として不思議そうな顔をしたり、笑ったりしない。通行人は、知らん顔だ。これがまあ、東京のよさだろうね」

伊集院がそんなことを言って、ハンカチで口辺を拭った。

浦上は、『銀座スタンダード』の店構えを観察した。銀座の表通りにある店のように凝った装飾はしてなかった。どこにでもあるといった洋服屋の感じだった。ショー・ウィンドーに『通産大臣賞』と書いてあるリボンをつけた金杯が飾られてあった。店の中に、洋服が吊ってあるわけでもない。ほんの見本というふうに、四、五着の背広がハンガーにかけてあるだけだった。店の中央に、四点セットが据えてある。注文の仕事だけをするという洋服屋らしい。

浦上が声をかけると、暗い店の奥から四十前後の男がのっそりと出て来た。

「どちらさんですか?」

およそ商人らしくない無愛想な男の顔だった。頭は、丸坊主である。いわゆる職人気質で、口数の少ない気難しい男なのであろう。

「ちょっと、お尋ねしたいんです」

浦上は手帳を示してから、そう言った。相手が警察の人間だと分かっても、男の表情は動かなかった。

「どんなことです」

浦上たちに椅子をすすめようともしないで、男は腕を組んだ。

「お宅で背広を作らせた人間を探しているんです」

「うちで作った洋服だとはっきりしているんですか？」

「銀座スタンダードというマークがついていました。お宅の客に、中村という人はいますか？　中村というネーム入りだったんでね」

「うちのお得意さんに、中村さんは三人います」

と、男は右脚の貧乏ゆすりをとめた。伊集院が言ったとおり、中村という苗字は多いのだ。この店の得意先だけでも、中村は三人いるという。浦上は手帳を開いて、そこに書いておいた背広の特徴を読み上げた。

「生地はポーラ、グレイに白の細いチェック。そう古い仕立てではないと思われる背広なんですが……」

「分かりました」

男は考えもせず、言下に答えた。

「中村道郎さまの注文で、先月半ばに作った背広です」

「中村道郎……？」

「大変おしゃれな人です。三年前からのお得意さんでね」

「その人の住所は分かりますか？」

「世田谷の経堂町です。烏山用水の近くまで行って中村道郎さんと訊けば分かりますよ」

「職業は？」

「バーやキャバレーを、四、五軒経営しているという話です」

「すると、昼間は家にいるでしょうね」

「多分……」

男は、伊豆で中村が死んだことを知らないのである。昼間であれば中村は在宅していると、男は思っているのに違いない。恐らく、中村道郎はまだ独身なのだろう。三十歳ぐらいという年齢から推しても、家族持ちでないことはあり得るのだ。

浦上と伊集院は『銀座スタンダード』を出た。とにかく、世田谷区の経堂へ向かうことである。一人でも家人がいれば、中村道郎が死んだことを知らせてやらなければならない。山手線で渋谷まで行き、渋谷からタクシーに乗ることにした。伊集院は世田谷にあまり詳しくないと言うし、浦上も暑さと疲労のためにいささか参っていたのである。

タクシーは、二人を烏山用水の近くまで運んでくれた。このあたりで訊けば中村道郎の住まいはすぐ分かると、洋服屋が言っていた。有名人でもないのに、どうしてそのように名前が売れているのか分からない。

しかし、タクシーを降りた浦上が通りかかった人に中村道郎の住まいを尋ねると、事実すぐに教えてくれたのだった。近所の人がよく知っているのは当然であった。中村道郎は『中村荘』というアパートを経営していて、自分もそこの一室に住んでいたのだからである。『中村荘』は、烏山用水からやや小田急線の線路寄りに建っていた。入口に管理人の部屋があったが、中村はここに住んでいるわけではなかった。彼は三階の五号室を自分の部屋にしていたのである。鉄筋三階建てで部屋数も多い、かなりの高級アパートだった。

浦上と伊集院は、三階まで階段を上がった。昼間のアパートは静まり返っていた。鉄筋コンクリート造りだから、廊下の空気が冷えている。

三階の五号室の前に立ったが、この部屋もまた静かであった。浦上が、軽くドアをノックしてみた。返事はなかった。だが、ノブに手を触れるとドアが動いた。鍵をかけていないのである。奥の部屋に家人がいるのかも知れない。

浦上と伊集院は、開いたドアの隙間から部屋の中へ足を踏み入れた。そこは、ダイニング・キッチンになっていて、奥に二つの部屋があった。奥の二つの部屋のドアも開放されていた。レースのカーテンが、風に揺れているのが見えた。しかし、人声も物音も聞こえて来なかった。

「誰もいないらしい」

伊集院が、低めた声で言った。次の瞬間、伊集院の口を封ずるように、浦上が自分の唇に指を押しつけた。

「どうした？」

と、伊集院が浦上の耳に口を寄せた。

「誰かいる」

浦上は言った。二人は息を詰めるようにして、耳をすませた。今度は、伊集院にもはっきり聞こえた。呻くような女の声が、断続的に洩れて来るのである。

二人は奥の右側の部屋を覗き込むように、首をのばしていた。その部屋は寝室らしく、壁際のベッド半分が見えた。そして、二人の刑事はベッドの上で絡み合っている半裸の男女の姿を垣間見てしまったのである。

2

浦上と伊集院は、その場を動くことが出来なかった。部屋の外へ出るべきだったが、もし物音でも立ててベッドの上の男女を驚かしては申し訳ないという妙な引け目を感ずるのだった。

そうかといって、そのまま踏み留まっているのも苦痛であった。女の声が次第に甲高くなり、それにリズムが生じ始めていた。直接目にしなくても、寝室の光景は手に取るようによく分かる。二人は思いきって、あとずさりを始めた。廊下に出てから、音を立てないように、ドアを閉める。ドアがきっちりと閉まったとたんに、浦上と伊集院は顔を見合わせて肩で大きく息をついた。

「かなわんな。まったく……」

伊集院が苦笑した。

「しかし、寝室のベッドにいた男と女はいったい何者だろう」

と、浦上の目はすでに鋭さを取り戻していた。

「主人がいなくなった部屋なんだ。誰かが利用していたんだろう」

「部屋の様子では、何人もの人間が生活していたとは思えない。あるいは、中村は一人暮らしだったかも知れない。通いの家政婦でもいてね。とすれば、この部屋であんなことをする男女がいるのはおかしい」

「というと？」

「虎さん、おれは迷っているんだ」

「何を？」

「死んだのは果たして中村道郎当人かどうかっていうことさ」

「中村道郎が自分の背広をほかの男に着せて、妙な細工でもしたというのか？」

「臭いぜ。このアパートの管理人にしても、中村さんはいますかと訊くと、平気な顔をして三階の五号室だと教えてくれたじゃないか。この数日間、中村の姿が見えなかったら、管理人がそのことを言うはずだよ」

「しかし、何かの目的があって自分を死んだものと見せかけようとしたなら、中村はここで昼下がりの情事を楽しんでいるはずはないぜ」

「うん」

浦上は、腕時計を見やった。廊下へ出て来てから五分過ぎている。

「もう、そろそろいいだろう」

と、伊集院が再び苦笑した。浦上は、乱暴にドアをノックした。今度は、返事があるまで部屋の中へは入れないのである。三度目のノックが終わった時、室内から男の声で応答があった。それからドアがあくまで、一分近く間があった。

「どなたです？」

精悍(せいかん)そうな顔を覗かせた男が、怒ったような口ぶりで言った。行為のあとの余韻(よいん)を中断されて、男は不機嫌なのに違いない。

「中村道郎さんのことで、伺ったんですがね」

と、浦上はポケットから半分だけ黒い手帳を覗かせた。

「中村は、ぼくですが……」

男は、怪訝(けげん)そうな表情を見せた。浦上と伊集院は一瞬、おし黙った。相手が平然と、中村道郎であることを認めたからである。中村が自分の身代わりを作ったという浦上の推定は、少々穿ちすぎのようであった。

「何かあったんですか？」

黙っている刑事たちに、中村が逆に質問して来た。バス転落事件で死んだ身許不明の男と、中村道郎とはまるで似ていなかった。年だけは同じくらいだろう。しかし、中村の方がはるかに気品があり、垢抜けもしている。死亡した身許不明の男は、不精髭を生やしていたし、野卑な感じのする人相であった。

「あなたは最近、銀座スタンダードで作らせた背広を誰かに貸さなかったですか？」

しばらく間をおいてから、浦上が言葉を口にした。

「背広を？」

「伊豆でバスが転落した事件をご存じですね？」

「ええ」

「死亡した犠牲者の一人に、身許不明の男がいました。その男が、銀座スタンダードで仕立てた背広を着ていたんです。中村というネーム入りで、銀座スタンダードの主人もあなたの注文で作った背広だと言っているんですがね」

「分かった。それは島岡ですよ」

「島岡？」

「まあ、とにかくお入りになって下さい」

と、中村はドアを大きく開いた。彼はここで、女が衣服を身につけるための時間を稼いでいたらしい。水色のワンピースを着た二十歳前後の女が、とり澄ました顔で冷蔵庫からジュースを取り出しているところだった。男三人が応接間になっている奥の左側の部屋へ入ると、女が銀盆に載せたジュースを運んで来た。慌てて、ワンピースだけを身につけたのだろう。髪は乱れたままだったし、顔の皮膚がピンク色に染まっていた。首筋から胸にかけてふき出している汗も、拭き取っていない。二人の刑事は、とても女の顔を正視出来なかった。

「そうですか。島岡が、あの転落したバスに乗っていたんですか」

ソファに腰を沈めると、中村は感慨（かんがい）深そうに言った。

「友だちですか？」

と、浦上が上体を乗り出した。

「最近親しくしていたわけではないんですが、中学校が同級でね。ぼくも、島岡も同じ下田の出身なんです」

「下田ですって？」

「ぼくは東京へ出て来てしまいましたが、島岡は沼津にある運送会社に勤めていました。その島岡が、三日ばかり前でしたか、ひょっこりここへ来ましてね」

「何の目的で？」

「一口に言えば、行き場がなくなってぼくのところへ来たんでしょう。島岡は、この一カ月間、東京や横浜を流れ歩いていたんですよ。真っ黒になったワイシャツを着て、金も殆ど持っていませんでした。もう、これ以上逃げきれないと観念して、ぼくに相談したかったのに違いありません」

「逃げきれないというのは？」

「島岡の奴、勤め先の運送会社から現金三十五万円を持ち逃げしたんです。女ですよ、原因は。ここへ来た島岡に、ぼくは自首をすすめました。彼もその気になったんです。ただ、沼津の警察に自首する前に、生まれた故郷の下田に寄って行きたいと言うんでね。ぼくは一万円と自分の背広を彼にやったんです。ところが、それがかえって仇となって、下田から沼津へ向かう途中、あの災難に遇ったというわけですね。三十五万円の持ち逃げで死刑とは、ちょっと酷でした」

中村の話を聞きながら、二人の刑事は全身から力が抜けて行くような気がした。

# 殺してやりたい

## 1

身許不明の男として死亡した島岡喜作も、結局は伊集院刑事の手帳から消えたのだった。念のために沼津警察署に問い合わせた結果、勤め先の金を持ち逃げした犯人として島岡が指名手配になっていたことが分かったのである。中村道郎の言うことに、嘘はなかったのだ。

中村は島岡への友情から、背広と現金一万円を与えた。自首を決意した島岡は、その前に生まれた故郷の下田に寄り、沼津へ向かうためにあのバスに乗った。中村を訪れるまでの一カ月間、島岡は東京や横浜を流れ歩いたという。その間、島岡は逃走中の犯罪者として孤独な生活を送って来たのに違いない。それに、彼が下田に寄ってから沼津の警察に自首するということを知っていたのは、中村道郎ただ一人である。

中村に、島岡を殺す動機はない。また、一カ月間世間を離れていた島岡であり、勤め先の運送会社から現金三十五万円を持ち逃げしたあげく、逃げきれずに自首しようとする人間を殺す者もいないだろう。島岡もまた、犯人が狙(ねら)っていた対象から取り除かなければならなかった。

七月二十三日、午前中に浦上と伊集院は仮(か)りの宿とした渋谷の旅館を出た。沼津警察署や安良里町の特捜本部に連絡するためには、自由に使える電話が必要だというので、警視庁へ宿舎の紹介を頼んだ。疲れているだろうという警視庁側の好意もあって、紹介されたのは渋谷の『好本旅館』であった。何かの会合の時に警察関係者がよく使う旅館らしく、二人の刑事に対しても行き届いた扱いをしてくれた。

浦上は三日ぶりに、熟睡することが出来た。お蔭(かげ)で身体は軽くなったが、気持は相変わらず重かった。次の捜査を始めるのが、怖いような気がする。最初から、無駄足であることが分かっているような思いなのだ。むしろ、伊集院の方がはりきっていた。伊集院はすでに、この日の行動予定を決めていた。旅館を出る前に目黒署に電話をかけた伊集院は、手にした手帳を振るようにして浦上に声をかけて来た。

「南公平の父親は、民衆党の代議士だそうだぜ」

「そんなことを、目黒署に問い合わせたのか」

浦上は靴下をはく姿勢で、伊集院を振り向こうとはしなかった。

「予備知識を仕入れておいた方が、本番をてっとり早くすませることが出来るだろう。とにかく南公平の父親は、大学教授から国会議員に立候補して、当選三回。民衆党の中堅どころだというんだ。同じ革新系でも、労働者関係のバックアップよりも、知識人の支持が多いそうだよ」

「そう言われれば、南という代議士がいたような気がする。しかし虎さん、そんなに父親のことを調べて何になるんだ？」

「南公平の場合は、その家族たちのことが気になるんだ。南公平に関して、家族から問い合わせがあった。そのくせ、未だに遺体を引取りに来てないじゃないか。その点、興味があったから父親の職業を訊いてみたんだよ」

「父親は生きていたんだろう」

「当たり前だよ」

「結構でした」

と、靴下をはき了えて浦上は立ち上がった。浦上は、伊集院の考えにも一理あるとは思っていた。南公平は東都大学の学生証明書を所持していた。住所は目黒区上目黒四の二二八五、二十歳である。南公平は、駒井光子という三十歳ぐらいの女と、腕を組んだまま死体となっていた。当然、この二人は同伴者だったと見なければならない。

駒井光子については、何も分かっていなかった。バッグの中に『駒井光子』の婦人用小型名刺が五枚ばかり入っていただけである。南公平の場合は、伊豆西海岸でバスの転落事故があったというニュースがテレビに流された直後、家族から犠牲者の中にこういう人間はいないかと問い合わせがあった。それに対して、南公平は駒井光子という女と腕を組み合ったまま死亡していたと事実そのままに回答した。

その夜のうちに、家族の誰かが駆(か)けつけて来るのが常識である。ところが、問い合わせがあっただけで遺体引取りには誰も現われなかったのだ。確かに異常なケースであった。それでまず、伊集院は南公平の家族について知識を仕入れておきたかったのだろう。

渋谷から上目黒まで、バスで十五分ほどかかった。四丁目のその附近は東横(とうよこ)線の祐天寺(ゆうてんじ)駅に近く、かなり大きな邸宅の多い住宅地であった。代議士の家は、捜すまでもなくすぐに分かった。大学教授出身だけあって、それほど豪壮な邸宅ではなかった。革新系の代議士の家らしく、敷地は広くても家屋はむしろ質素という印象を与えた。門柱の『南千年(ちとせ)』という表札だけが、ひどく立派だった。

女中に来訪の意を伝えてから、五分ほど待たされて、二人の刑事は南家の応接間へ通された。応接間といっても、まるで書庫のように三方の壁が本によって占められていた。刑事たちが手にしたこともないような、横文字の書籍ばかりだった。紅茶が運ばれて来てから、更に十分たった。刑事に対してどのような態度で接するか、家族たちの間でもめているのに違いないと浦上には察しがついていた。やがて二人の男と一人の女が、応接間に姿を現わした。新聞の写真で見たことのある南千年は、一目で分かった。中年の女は、代議士の妻なのだろう。もう一人の五十年輩の男が誰であるかは、見当がつきかねた。

「わたしが南です」

それぞれが席に着くのを待って、南千年が重々しく言った。沈痛な面持ちである。かつての大学教授の印象が知的であるだけに、代議士にしては珍しく弱々しい物腰という感じだった。傍らで、彼の妻が顔を伏せている。息子の死を悼む親には違いなく、あまり薄情だというふうには見えなかった。

「早速ですが……」

と、伊集院が南千年の顔を見すえた。

「なぜ、すぐ息子さんの遺体を引取りに来なかったんですか?」

「今朝早く、長男夫婦が公平の遺体を引取りに現地へ向かいました」

代議士は、眼鏡の奥で細い目をしばたたいた。

「今日になって、やっとその気になったというわけですか。息子さんの死体は丸三日間近く、たった一人で放っておかれたんですね」

「いろいろと、事情がありまして……」

「事情っていうのは、分かっていますよ」

脇から、浦上が口を挟んだ。彼の鋭い目は、南公平の両親に冷やかに向けられていた。

「と言われますと……？」

微かに狼狽したように、代議士は顔をそむけた。

「息子さんに女の連れがあったと分かったので、すぐ遺体を引取りに来ようとはしなかったんでしょう。学生で、まだ二十歳の息子さんが、十ぐらいも年上の女を連れて伊豆を旅行していた。そして死んだ。代議士さんとしては、こういう事実が報道されてご自分の名前が出てしまうことを恐れたんでしょう」

「いや、そんなつもりは……」

「しかし、二、三日もたてばニュースとしての価値も薄れて来る。報道陣の取材も、いくらか小規模になる。その頃を狙って、今日目立たないように息子さんの遺体を引取りにやらしたんでしょう」

南千年の弁解を封ずるように、浦上の口調は厳しかった。天下の代議士を叱りつけたのである。もっとも、浦上は最初から相手の肩書など無視していた。彼にとっては、代議士も調べの対象となる人間の一人にすぎなかったのだ。

「あなたは革新系の弁護士、進歩的な知識人のはずでしたね。そんなあなたも代議士になると、事実から目をそらして表面だけを気にするんですね」

浦上は、そう皮肉な言葉をつけ加えた。南千年は沈黙してしまった。夫婦揃って、悄然と項垂れている。

「実は、そのことに関してなんですが……」

誰だか見当がつかなかった五十年輩の男が、思いきったように口を開いた。

「失礼ですが、あなたは？」

と、浦上はその男の方へ身体の向きを変えた。

「浅野と申します。南さんとは、大学時代からの親しい間柄でして、現在は修善寺でホテルを経営しています」

「ほう、静岡県の方ですか」

「そうなんですが……。公平君のことで、昨日からここへ参っていたんです。南さんは、ただわたしに申し訳ないと言われますが、わたしは公平君を絶対に信じているんですよ」

「よく分かりませんが、もう少し具体的に話して頂けませんか」

「ええ。つまりですな、南さんは公平君が女連れで伊豆へ来たということを、わたしに詫びるんです」

「なぜ、詫びられるんですか？」

「わたしの長女の千加子が、たまたま東都大学で公平君と一緒になりましてね。真剣な恋愛関係に陥ったというわけです。それで、南さんとわたしが相談して、二人が大学を卒業したら結婚させるということで一カ月前に正式に婚約しました。今度の場合も、わたしと千加子が公平君を修善寺に招待したんですよ。夏の間、修善寺で過ごしなさいってね。婚約者同士を、夏の間中、引き離しておくのは可哀想ですからね。公平君も、ご両親の諒解を得て、修善寺へ来ることになったんです」

「しかし、修善寺へ行くなら三島で降りて南へ向かうはずでしょう。ところが、息子さんは逆に下田から沼津へ向かうバスに乗っていたんですよ」

「そのことについては、わたしも承知していました」

と、南千年が顔を上げた。

「公平は、どうせ修善寺まで行くなら伊豆半島を一周しようと言って、七月十九日の朝出掛けました。その言葉どおり、公平は伊豆半島の東海岸から下田へ出て、そして西海岸を修善寺へ向かったんです」

「ですからね……」

浅野が、代議士の言葉を引取った。

「公平君が女連れだったということは、何かの間違いだとわたしは言うんです。いいですか、刑事さん。公平君と千加子は、熱烈に愛し合っていたんです。しかも、二人は一カ月前に婚約したばかりなんだ。久しぶりで婚約者に会いに来るという公平君が、どうして女連れだったというんです」

「なるほど……」

「わたしは、絶対に公平君を信じますよ。事件以来、泣いてばかりいる千加子のためにもね」

「よく分かりました」

興奮しかける浅野を抑えて、浦上は深く頷いた。すでに死亡している南公平の婚約者への愛情を信ずるかどうか、そんなことは刑事たちの任務に関係はない。しかし、南公平と駒井光子という女が連れであったかどうかは、捜査の上で重要なことだった。

浅野という男の主張は正しいと、浦上は思った。確かに、恋愛によって結ばれた婚約者に会いに行くのに、女を同伴するというのは分からない。そうした感情論ばかりではなく、浅野の主張を裏付ける物的証拠があることを、浦上は思い出したのだった。それは、それぞれの死体が所持していたバスの切符だった。駒井光子は、下田―沼津間の切符を持っていた。しかし、南公平の死体から見つかったバスの切符は修善寺行きだったのである。

南公平は東海岸から西海岸へと伊豆半島を一周して、修善寺へ行くつもりだった。彼は、七月十九日に自宅を出たというから、伊豆半島のどこかで一泊しているはずだった。従って、この間に駒井光子と知り合い、道連れになったということも考えられる。そのように想定しなければ、南公平と駒井光子の死体が腕を組み合っていたという事実が宙に浮いてしまうのである。

「息子さんが伊豆半島を一周して修善寺へ行かれることを知っていた人間は何人もいます

か?」

　浦上は、代議士に訊いた。

「いや、浅野さんからお招きの電話があって急に行くことになったものですから、家族のほかは誰も知っていないはずです」

「わたしのところでも、家内と千加子のほかは知らないはずです」

　浅野も、口早に告げた。浦上は、南公平もまた犯人に狙われた人間でないと判断した。ただ気になるのは、なぜ南公平と駒井光子が腕を組んだまま死んだかであった。

2

　南公平と駒井光子が特別な関係になかったということは、ほぼ確実であった。母親の口から生前の南公平と親しかった友人を三人ばかり聞き出して当たってみたが、誰もが言下に否定した。大学では、公平と千加子の恋愛が評判のようだったし、それに代議士の息子は非常に勤勉な学生だったらしい。

　友人の話によると、公平は酒も煙草もやらず、喫茶店へも行ったことがなかったという。勉学とサッカーだけに熱心だったという話である。だから、千加子との恋愛は公平の情操教育のためにもよかったと、友人たちは口を揃えて言った。

彼らは、駒井光子という女については何も知っていなかった。名前を聞いたこともないらしい。やはり、旅行の途中で知り合ったと考えるのが妥当のようであった。それにしても、駒井光子という女は一体何者だろうか。バッグの中に名刺があっただけで、身許を探り出す手がかりはまったくない。人妻とも見えないし、死顔も映画女優のような美人であった。その上、三十歳ぐらいで、十も年下の学生と気安く道連れになるような女なのである。

浦上と伊集院は、駒井光子のことを一旦諦めるほかはなかった。東京関係者はあと一人だけいた。三浦健一郎という四十歳ぐらいの男だった。所持品は、東京都大田区西六郷三の三〇、三浦製作所、と印刷された封筒だけだったのである。この三浦健一郎を、先にあたってみることにした。

この日の夕方近く、浦上と伊集院は住まい兼工場になっている三浦製作所を捜しあてた。すぐ先が、多摩川の河原であった。左手に、東海道本線の鉄橋が見える。

三浦製作所は低い屋根が密集した街中にあった。製作所といっても、ほんの家内工業の小さなオモチャ工場であった。板塀に囲まれていて、格子戸の入っている門に、字も消えかけた『三浦製作所』という看板がかけてある。

門から入って正面が住宅であり、右手に工場らしい木造の別棟があった。七月の夕暮れで残光がまだ明るかったが、それでも家々には灯がついている。しかし、三浦製作所だけは住宅も工場も暗く、そして無人のように静まり返っていた。

三浦健一郎の家人には、特捜本部から所轄署を通じて死体発見の連絡がしてあった。だがその後、家族から何らかの反応があったということは聞いていない。不思議なことであった。そして今ここへ来てみて、三浦家の暗さと静けさが、そうした疑問を暗示していることを感じたのだった。

玄関をあけて声をかけると、薄暗い中に何かを恐れているような女の姿が浮かび上がった。

「どちらさんですか？」

女は怯えるような目で、おずおずと上がり框に膝をついた。

「警察の者です」

浦上がそう答えると、女はほっとしたように肩を落とした。

「三浦さんの奥さんですね？」

伊集院が訊いた。当然頷くものと思っていたが、案に相違して女は首を横に振った。

「妹です」

「三浦さんの？」

「いいえ、三浦の家内の妹です」

「三浦さんの奥さんはお留守ですか？」

「姉は一週間ほど前に、二人の子供を連れて福島の実家へ帰りました」

「すると、ここにはあなた一人というわけですか？」

「ええ。朝から晩まで、債権者たちが押しかけて来どおしなんです。誰かいなくては警察沙汰になりますから、わたし一人がここに残って債権者たちに応対しているんです」

と、女は深々と吐息した。彼女は押しかけて来る債権者を恐れて怯えていたのだろう。

「三浦製作所は、倒産したということですか？」

浦上が、女に顔を近づけた。

「はい。半月前から閉鎖してます。お義兄さんは行方を晦ましてしまうし、姉もいたたまれなくなって子供を連れて実家へ帰ったんです」

「三浦さんが死亡したことをご存じですね？」

「警察から連絡があって、知っております」

「知っていて、問い合わせもしないし、遺体を引取りにも来ないというのは一体どうしたわけなんです？」

「お話した事情でお分かりでしょう。今は、それどころではないんです」

「それどころではない？　身内の人間が死んだんですよ」

「自業自得です。お義兄さんが死んだって、少しも気の毒には思いません。工場を駄目にして、この一年間妻子を苦しめて……みんなお義兄さんの女狂いのせいなんです！」

三浦健一郎の義妹は、ヒステリックに叫んだ。目が据わって、表情は憎悪に硬ばっていた。

「女狂いね」

浦上は、もてあまし気味に呟いた。だが、次の瞬間、二人の刑事は実に意外な言葉を耳にしたのだった。

「出来ることなら、お義兄さんとあの女を束にして殺してやりたかったんです。お義兄さんも駒井光子も、死刑にはならない悪人なんです。姉や子供たちが可哀想で……」

# 誘惑

## 1

三浦健一郎の義妹の口から、駒井光子の名前を聞かされるとは考えてもみなかったことである。浦上と伊集院は顔を見合わせてから、しばらく険しい表情の女の顔を見守っていた。

しかし、よく考えてみれば、それは決して不思議なことではなかった。三浦健一郎も駒井光子も、一台のバスに同乗していたのだ。この二人の間に、何らかの関係があったとしても、不思議なことではない。ただ、駒井光子が南公平と腕を組み合って死んでいたということが、三浦健一郎を完全に切り離して考えさせたのであった。

「駒井光子というのは、何者です？」

われに還ったように、浦上刑事の口調が鋭くなった。

「大森駅の東口にある〝紅蘭〟というバーのマダムです」

三浦健一郎の義妹は思い出すだけでも腹が立つというふうに顔をしかめた。

「なるほど……」

言われてみれば、駒井光子はいかにもバーのマダムといったタイプだった。美人であり、和服がよく似合う女で、三十歳ぐらいだが人妻という感じはしなかった。それに、肩書のない婦人用の小型名刺を所持していたではないか。

「三浦さんは、そのバーの常連だったというわけですね？」

「常連というよりも、義兄は『紅蘭』に入りびたりでした。ああなると、客とは言えません。駒井光子のパトロン気取りで……」

「すると、単なるマダムと店の客という関係ではなかったんですね？」

「勿論ですよ。義兄は三日に一度ぐらいしかここへは帰って来ませんでした。いつだったか、駒井光子を連れて来て、姉に見せつけるみたいにお熱いところを披露したこともありましたよ」

「馴れ初めは、いつ頃だったんです？」

「一年前からです。工場の仕事にも身を入れないし、前後の見境もなくお金を駒井光子につぎ込んでいました。工場がつぶれるのは、当たり前だったんです。みんな、駒井光子という魔女に吸い取られて……」

「三浦さんは奥さんと別れて、駒井光子と結婚するつもりだったんでしょうかね」

「義兄は、その気でいたんでしょう。でも、相手は海千山千の強か者で、義兄よりも役者が一枚上でした。金の切れ目がなんとやらで、工場経営が危ないと分かった今年の四月頃から、駒井光子は義兄に冷たくなったようです。いつかは、そんなことになるかも知れないと予想がつかなかったんでしょうかね。女が冷淡になると、義兄は逆に夢中になって、まるで気がふれたみたいに駒井光子を追い回していました。でも、駒井光子はますます冷たくなるばかりで……」

「三浦さんが、家を出てしまったのはいつです?」

「三浦製作所が再起不能と分かったその日からです。工場の従業員に給料も払わずに……。もっとも、この家や工場の敷地はとっくに抵当に入っているんです。一万円の預金さえなかったんだから、給料なんてとても払えはしなかったでしょうけど……」

「姿を晦ましてから、三浦さんはどこでどう過ごしていたんでしょう?」

「分かりません。その日その日、友だちの家などに泊めてもらいながら、駒井光子の動きを監視していたんじゃないでしょうか」

「それほど、三浦さんは駒井光子に参っていたんですかね」

「落ち目になれば、結局は自分をそんなふうにさせた駒井光子に頼るしかないでしょうし、この一年間で、四、五百万円つぎ込んだ女だから、諦めきれなかったんだと思いまねだられる度に、お金を出してやっていたらしいですよ」

「店を改装するとか、郊外に土地を買ったとか、動かせる現金が欲しいとか、駒井光子に

「一年間で、四、五百万円……」

す」

「分かりました。今日はこれで引き揚げます」

と、浦上は伊集院を振り返った。ほかに質問はないかと、念を押したのである。伊集院

は、首を横に振った。浦上は、シュッと音を立ててネクタイを抜き取りながら、玄関の外

へ出かかった。その背中に、女が言葉を投げつけて来た。

「刑事さん。一家の運命をメチャメチャにしてしまった駒井光子という女を、罰する法律

はないんでしょうか。姉や子供たちのためにも、わたしはあの女を死刑にしてやりたいん

です」

「駒井光子は、死にましたよ」

顔を背後に向けて、浦上は肩越しに女を見やった。

「え?」

と、女は身体を乗り出すようにして瞠目（どうもく）した。

「三浦さんと同じバスに乗っていて、駒井光子は死亡したんです」

浦上は一瞬、相手の複雑な表情の動きを確かめてから、女に背を向けた。

「いよいよ分からなくなって来たな」

六郷土手へ向かう途中で、伊集院が溜め息まじりに呟いた。

「何が分からない？」

浦上はガムを取り出して、口の中へ放り込んだ。

「三浦がなぜ、あのバスに乗っていたのか。そして一方の駒井光子はどうして、南公平と腕を組んだまま死んでいたのか……」

と、伊集院は両方の耳を指先でつまんだ。例の癖が、出たのである。

「虎さん、振り向くなよ。知らん顔で、このまま歩き続けるんだ」

浦上は伊集院の疑問には答えずに、押し殺したような声で言った。

「どうしたんだ？」

伊集院は顔を動かさない範囲で、目をあちこちに配った。六郷土手へ通ずる暗い道には、人影はなかった。道の両側は赤茶けた電灯のついている人家の並びであった。どの家も小さく、みすぼらしかったが、夕食時のささやかな平和の雰囲気がどの窓からも感じ取れた。ところどころに、街灯が光の輪を作っている。前方の鉄橋をオモチャのような電車がかなりの速さで渡って行く。その音が、しばらく間をおいてから聞こえて来た。

「後ろだ。尾けられている」

ガムを嚙みながら、浦上は言った。

「尾けられている？」

伊集院は、振り返りたい衝動を懸命に抑えているようだった。

「いつから、気がついていた？」

伊集院が訊いた。

「南公平の家を出た時からだ。ここへ来る途中の電車の中でも、見かけているよ」

浦上は、背後で微かに聞こえている靴音を、改めて確かめた。

「どんな野郎だ？」

「野郎じゃない。女だ」

「女？」

「ボート・ネックの派手なブラウスに、銀色のスカートをはいている。髪の毛の長い、二十五、六のいい女だ」

「何者だろう」

「見当がつかない。しかし、われわれが目的であることには間違いない。女は、新聞で南公平が犠牲者の一人であることを知った。代議士の息子だ。女は、そのことを知り、警察関係の人間が南公平の家を訪れることを予期した。それで、南家の近くで張っていたんだ。そこへわれわれが現われた。以後、女はずっと尾けて来ている」

「われわれに、どんな用があるんだ」

「まあいい。葱を背負った鴨が来るということも、たまにはあるぜ」

「尾けさせるのか？」

「向こうから、行動に出るのを待とう」

二人の刑事は、歩きながらの打ち合わせをすませた。六郷土手の手前の曲がり角で、刑事たちはさり気なく視線を後ろへ向けた。路上に、若い女のシルエットがあった。浦上が言ったとおり、髪の毛の長い女であることは一目で知れた。格好のいい歩き方をしている。女は一定の間隔をおいて、正確に歩を運んで来る。

第二京浜国道へ出たところで、浦上はタクシーを停めた。そのタクシーのあとにもう一台の車が続いて来ていることを、浦上は計算していた。二人は緩慢な動きで、タクシーに乗り込んだ。時間をかけなければならない。

「大森へ……」

運転手にそう告げて、浦上は窓ガラス越しに後ろを振り向いた。車が走り出して間もなく、国道へ飛び出して来た女が、タクシーを停めるのが見えた。女は、せかせかと空車へ乗った。それを確認してから、二人の刑事は微笑を交わした。

「おれたちを見失わないように、頑張って下さいよ」

伊集院がそう言って、また両方の耳を指先でつまんだ。

2

『紅蘭』は、大森駅東口の飲み屋街の一角にあった。飲み屋街は、地方の都市の駅前にあるそれのような感じだった。軽い気持で入れるような店構えであり、またその程度の値段ですむのに違いない。そんな店ばかりが並んでいるせいか、『紅蘭』は豪華な高級バーに見えた。建物は、赤煉瓦の壁になっていた。それに、蔦が絡まっていた。入口は三方がアーチになっていて、その奥に鉄枠の重そうなドアがあった。『紅蘭』というネオンも、紫一色で上品だった。

どういう仕組みになっているのか、浦上が近づいて行くと待ち構えていたようにドアが内側から開いた。制服のボーイが、丁寧に頭を下げる。店の中は暗かった。照明が、煉瓦の壁を落着いた感じに照らし出しているランプと、それに五カ所に立っているフロア・スタンドだけなのである。

天井が高く、カウンターの中にいるバーテンの背後の棚に見上げるほど洋酒のビンが並べてあった。カウンターに客の姿はなく、ボックス席にもホステスの数の方が多かった。時間が、まだ早いせいだろう。流れているクラシック音楽を、女の嬌声が邪魔してはいなかった。

十坪ほどのフロアを横切って、浦上はカウンターの止まり木に腰を据えた。寒いくらいに、冷房がきいている。浦上は、俄かに汗が引っ込むのを感じた。浦上は、一人であった。伊集院は、大森警察署へ寄ってからここへ来ることになっている。大森署から、安良里町役場の特捜本部へ、連絡をとるためだった。もし三浦健一郎と駒井光子に疑わしい点がなければ、東京関係者は一応終わったということになるのだ。次の行動予定の指示を受けなければならない。

「いらっしゃいませ」

バーテンが、カウンターの上を拭いながら会釈をした。若い男ではない。五十歳前後の、着るものによっては隙のない紳士に見えそうな銀髪のバーテンだった。

「いちばん安いウイスキーの水割りをくれないか」

浦上は、カウンターの上に二本の腕を投げ出すように置いた。

「承知しました」

と、バーテンはニコリともせずに洋酒棚へ手をのばした。

「マダムはどうしている?」

浦上は、氷を割るバーテンの手許を覗き込みながら言った。

「マダムですか?」

バーテンは、浦上を一瞥した。初めての顔なのに、馴れ馴れしい言葉つきでマダムのことを訊こうとする客を、バーテンは怪訝に思ったのだろう。

「正直なところを、聞きたいんだ」

浦上は警察手帳をカウンターの上に置き、すぐまたそれをポケットにしまった。

「マダムは、旅行中です」

と、バーテンは不安そうな目になった。

「行先は？」

「分かりません」

「何も言って行かなかったのかい？」

「ええ。目的地のない旅行に行くと言って出掛けたんです」

「忙しい身体のマダムが、そんな暢気なことをしていられるものかね。いつ、出掛けたんだ？」

「四日ほど前です」

「それ以来、何の連絡もなかったのかね？」

「一度だけ、電話がありました」

「どこからかけた電話だ？」

「分かりません。直通電話でしたからね」

「どんなことを言って来た？」

「三浦さんが、ずっと尾けて来ている。同じ乗りものに乗っても、話しかけて来ようとはしないで、ただ黙って傍にいる。気味が悪いから、何とかして三浦さんを撒いてしまいたい。いずれにしても、一週間ぐらい東京へ帰らないつもりだ。こんなことを言ってました」

「三浦っていうのは、三浦健一郎のことだね？」

「三浦さんをご存じなんですか？」

「知っている」

「それなら申し上げますがね、わたしは前々からマダムのようなやり方には反対だったんです。こういう世界では仕方がないとマダムは言いますが、あくどすぎましたよ。三浦さんを手玉にとってさんざんしぼり取った挙句、もう金が出ないとなると、人が変わったように冷たく扱う。この店のあらゆる部分に、三浦さんの金が活用されているんです。それでマダムは、平然としていられたんですからね。三浦さんは気がふれたようになって、マダムを追い回したとしても、当然のことです。マダムもとうとうやりきれなくなって、しばらく身を隠すからって旅行に出たんですがね。三浦さんはそれに感づいて、旅先までマダムを追いかけて行ったんでしょう」

「マダムは、今までにも何度か男を喰いものにしたことがあるのかね？」

「いや、三浦さんが初めてでしょう。去年の二月に亭主が病気で死んでから、マダムは別人のようになりました」

「ここへ、南という代議士の息子が、来たことがあるかい？　まだ学生だけど……」

「そういうお客さんはいませんね。うちは値段も高いし、お客さんは年輩者ばかりです」

「マダムは、生命保険に入っていたかな？」

「入っていませんよ。身寄りの人間がいないんですからね。死んで金を残して行くようなマダムでもないでしょう」

「伊豆の西海岸で、バスが転落したという事件があったね」

「ええ」

「判明した犠牲者の氏名を読まなかったかい？」

「いいえ……」

「店の女の子たちの中にも、読んだ者はいなかったのかな」

「多分ね。自分には関係がないと思うから、犠牲者の氏名にまでは目を通しませんよ。しかし、どうしてです？」

「新聞を捜して読んでみるんだね。三浦健一郎と、それに駒井光子の名前が載っているはずだから……」

「それは、本当ですか！」

「マダムが死んで、この店が一体誰のものになるか。みんなの関心はその点に集まるだろうがね」

と、浦上は口の中のガムを灰皿へ吐き出して、水割りのコップの底を天井へ向けた。

どうやら、これで南公平、駒井光子、そして三浦健一郎を結んでいる全てが明らかになったようである。三浦は、彼を避けるために東京を離れた駒井光子のあとをあくまで追って行ったに違いない。駒井光子に、話しかけるわけでもない。ただ彼女の目の前に存在することによって無言の威圧を加えようとしたのだろう。三浦は、駒井光子が折れて出るのを期待していたのだ。一切を失った彼は、駒井光子に喰い下がることを唯一の生き甲斐にしたのではないだろうか。それが、女に対する復讐でもあり、また希望を見出すための最後の手段だったのだ。

そして、三浦と駒井光子はあの日、下田から沼津へ向かうバスに乗り合わせたのである。言うまでもなく、駒井光子は三浦から離れたところに席を取った。彼女にも、意地があったのだろう。半ば捨て鉢になりながらも、同じバスの中にいる三浦を黙殺したに違いない。南公平はたまたま、駒井光子の隣に坐っていたのだと浦上は考える。南公平は、婚約者の千加子の顔を思い浮かべながら、バスに揺られていた。駒井光子とは、言葉も交わさなかっただろう。

そうしているうちに、運命の時が来た。銃撃を受けたバスは、断崖の上から飛び出した。強い衝撃が乗客たちを襲った。どうするべきか考えも浮かばない一瞬の出来事だった。転落するバスの中で、人々は本能的に何かに縋りつこうとしたのではないか。女であれば、尚更依存心が働く。駒井光子が訳もなく、隣に坐っていた南公平の腕に取り縋ったのだろう。そのまま、バスは海へ没した。南公平と駒井光子の死体は、まるで恋人同士のように腕を組み合っていたというわけである。

　この三人にとって、事件はまったく偶発的な災難だったと見なければならない。裏切った女も裏切られた男も、共に死んで行ったのだ。また南公平は婚約者に会いに行く幸福な若者だったのである。三人とも狙われた人間たちではないと、浦上は徒労を悔いるように吐息を洩らした。

　そんな浦上の鼻を、強い香料の匂いが包んだ。隣の止まり木に、若い女が坐ったところだった。

　予期してはいたものの、浦上の動悸は速まった。ボート・ネックの派手なブラウスに、銀色のタイト・スカート、そして長い髪の毛。尾行して来た女が、ついに浦上の目の前に姿を現わしたのである。

「お一人？」

　と、女は浦上に声をかけながらも、くねらすように腰を揺り動かした。受け口気味の唇が赤く濡れていて、媚びるような目をしている。男を誘惑する時の、女の顔であった。

# 女の夜景

## 1

女は二十四、五に見えた。化粧は濃いが、水商売の女という感じではなかった。皮膚も、疲れていない。鼻がツンと高くて、目が知的に澄んでいる。昼間、街角ですれ違ったりした時には、お高い女という印象を受けるに違いない。

そのとり澄ました女が、浦上に対して精一杯の媚態を示しているのである。腰をくねらしたりするところは、充分に男を知っている女の仕種であった。表面は上品な女だが、中身は不潔なのではないかと、浦上は見当をつけた。確かに、そうした仕種を効果的にする豊満な肉体の持ち主でもあった。

「あら、女のわたくしの方から見ず知らずの男の人に声をかけるなんて……。失礼しました。わたくし、少し酔っているものですから……」

女は、上目づかいに浦上を瞶めた。目が血走っていないし、酒臭くもない。その上、この女は浦上と伊集院を尾行するために半日を費しているのである。酒が入っているということなど、勿論、嘘なのだ。そんな嘘をつくところを見ると、浦上が尾行されていることを承知していると、女は気づいていないらしい。

「いや、あなたさえよろしかったら、お相手しますよ。ぼくも、一人なんですから……」

相手に面と向かって演技するのは苦手なことだったが、あえて浦上は愛想のいい微笑を浮かべたのだった。女を警戒させてはならないし、このまま逃がしてしまうことも出来ない。思ったとおり、女は葱を背負った鴨だったのである。向こうから、浦上の網に引っ掛かって来てくれた。女を、今度のバス転落事件の関係者と見て間違いないのだ。それも、すすんで浦上に接近して来たからには、単に犠牲者の家族であるはずはない。あるいは、この女から犯人の手がかりを引き出すことが出来るかも知れないと、浦上にはそんな期待があった。

「有難う。つまらない女だけど、お相手になって頂こうかしら。女には、こんな気持になる寂しい時もあるのよ」

と、女は目で笑った。表情豊かな眼差しであった。言葉づかいも、すでに馴れ馴れしくなっている。短い時間に浦上と親しくなろうとしている証拠だった。

「飲みものは？」

浦上は訊いた。彼はふと、財布の中身が気になった。ここでは、女の分まで浦上が勘定を持たなければならないと思ったからである。

「ウイスキー・コークを下さい」

バーテンに、女がそう注文した。

「わたくし、小野寺礼子です。どうぞ、よろしく……」

と、女は悪戯っぽく小首をかしげながら、右手を差し出した。小野寺礼子とは、多分偽名なのだろう。まるで用意してあったように、女はその名前を口にしたのだった。

「ぼくは、浦上です」

相手は、自分の職業を知っているのである。本名を明かしても、差し支えないはずだった。浦上は小野寺礼子と称する女の手に触れて、彼女が意味あり気に強く握り返して来るのに応じてやった。

「ご職業は？」

「警察官です」

「まあ、刑事さん……？」

「そうですよ」

「怖いわ」

「犯罪者にとってはね」

浦上は、大袈裟に驚いて見せる小野寺礼子に、皮肉な笑いを送った。小野寺礼子は不意に真剣な顔つきになって、ウイスキー・コークのコップを口へ運んだ。

「今は、どんな事件を調べていらっしゃるの?」

小野寺礼子が、俄かに沈んだ表情になったのは何らかの魂胆があってのことに違いない。浦上は彼女の真意を見抜くために、その口許に全神経を集中しなければならなかった。

「伊豆西海岸のバス転落事件について捜査を行なっているんですよ。しかし、目下のところは勤務時間外ですからご心配なく……」

浦上は答えた。

「あのバス転落事件の捜査ですか……」

ハッとしたように視線を浦上へ向けて、小野寺礼子は上ずった声を出した。

「ご存じですね」

「知っているどころか、昨日、わたくし伊豆西海岸にある安良里というところへ行って来たんです。遺体引取りは家族の人たちに任せましたけど、わたくしはせめて事件のあった現場ぐらいは見ておこうと思ったんです」

「すると、犠牲者の中にお知り合いがいたというわけですか?」

「まあ、知り合いですけど……」

「親しい方で？」

「婚約者です」

小野寺礼子は顔を伏せて、低い声で呟いた。

「ほう……」

浦上は同情するように女の横顔を覗き込んだが、胸のうちではいよいよいらっしゃったなと叫んでいたのである。小野寺礼子は、浦上が誰であるかを知った上で接近して来た。当然、その目的が事件に関連していなければならないと、浦上は予測していたのだ。果たして、小野寺礼子はみずから婚約者が犠牲者の一人になったことを告げたのだった。なぜ、彼女は浦上に近づこうとしたのか。言うまでもなく、担当刑事から何かを探り出そうとしているのである。

ただ自分の婚約者が犠牲者の一人だったというだけなら、こんなことをする必要はない。しかし、小野寺礼子は浦上の口からある種の情報を聞き出そうと努めている。予期し得なかった婚約者の死によって、小野寺礼子という女の背後に黒い影が生じたのではないか。あるいはまた、小野寺礼子はバス転落事件に関して必要以上に強い関心を抱いているとも考えられる。浦上にしてみれば、この女がバス転落を計った犯人ではないかと思いたがるのも、無理はないことだったのである。

「それで、あなたの婚約者のお名前は？」

「中林八郎……です」

「中林」

中林八郎という名前は、浦上の記憶にもあった。確か二十代の青年で、横浜の不動産会社に勤めているサラリーマンである。

「それは、大変お気の毒なことでしたね。そう言うより、ほかはありません」

「まだ知り合ってから日は浅いし、泣き崩れるほどのショックは受けませんでした。でも、胸の奥にぽっかりと穴があいたような気持で、とても一人でアパートにじっとしてはいられませんでした。不謹慎と言われるかも知れませんけど、こうして飲み歩いているのもそのためなんです。とにかく、寂しくて……」

「よく分かります。ほかの職業だったら、もう少しほかに慰めようもあるんですが……」

「一緒に飲んでいて下さるだけで、結構です。寂しささえ忘れていられれば、いいんですから……」

「ところで、中林さんは横浜の不動産会社にお勤めでしたね」

「ええ。わたくしも、同じ牧野不動産というところに勤めています」

「同僚と、婚約なさったわけですね」

「社長付きの秘書が二人いました。一人が中林さんで、もう一人がわたくしです」

「なるほど……。それで、中林さんは伊豆方面へどんな目的で旅行に行かれたんですか？」

「久しぶりに休暇がとれたので、伊豆半島を一周して来るって出掛けたんです」

「一人でね。なぜ、あなたは一緒に行かれなかったんです？」

「社長秘書が、二人揃って休暇をとるわけには行きませんから……」

「そうですか……」

「もう、やめましょう、こんな話。ますます気が滅入ってしまうわ」

と、小野寺礼子は頭を振ると、華やかな笑顔を作った。このあとの小野寺礼子の言動は、常軌を逸していた。ウイスキー・コークをがぶ飲みして、よく喋り、大声で笑った。浦上には乱暴な言葉を投げつけて、あげくに彼の肩にしなだれかかったりした。真に迫った酔態ぶりである。『紅蘭』では三時間も、小野寺礼子に調子を合わせていて浦上はくたくたに疲れ果てた。店が混んで来ると、彼女はドライブに行こうと言い出した。それを拒むわけにも行かず、浦上は酔ったふうに見せかけて小野寺礼子の誘いに応じた。『紅蘭』を出ると、小野寺礼子は浦上に縋りつくようにしてタクシーに乗った。彼女が運転手に命じた行先は横浜であった。心待ちにしていた伊集院はついに『紅蘭』に姿を見せなかった。行先を伊集院に連絡する術もなく、浦上は小野寺礼子と共に横浜へ向かった。

　刑事であっても、生身の人間には違いないのである。自分とこの女がどこへ向かうか知っている人間は世間に一人もいないと思うと、浦上は不安を覚えないではいられなかった。さすがに第二京浜国道の交通量も減っていて、タクシーは風に悲鳴をあげさせながらかなりのスピードで走った。

## 2

浦上と小野寺礼子は、山下公園前の海岸通りでタクシーを降りた。小野寺礼子は、浦上の左腕を抱え込むようにしている。そんな格好で二人は、横浜港の夜景を一望出来る山下公園の中を歩いた。時間が遅いせいか、涼を求めて公園に来ているアベックの姿もあまり多くはなかった。間もなく、小野寺礼子は公園前にあるナイト・クラブに行こうと浦上にせがんだ。さすがに、浦上は躊躇していた。そのナイト・クラブは、朝の四時まで営業している高級な店である。とても、浦上の持ち金だけでは足りそうになかった。

「じゃあ、わたくしをアパートまで送って行って」

と、小野寺礼子は交換条件を持ち出した。自分のアパートへ浦上を連れ込むことが、小野寺礼子の最終目的のようであった。最初からそのように仕向けて来たのである。アパートへ連れて行って、一体何をするつもりなのか。浦上には未だに、小野寺礼子の胸のうちを察することが出来なかった。

「君も横浜に住んでいるのか」

酔っているふうを装って、浦上はまわらぬ舌で言った。

「そうよ」

と、小野寺礼子は前のめりになる。上体を支えようとする浦上の手に、丸味のある弾力と柔らかさの感触があった。

「一人で住んでいるのか？」

「勿論……」

「どこなんだ？」

「小港町の近くよ」

「そう言われても分からない」

「案内するわ。歩いて十分か十五分」

小野寺礼子はよろけながら、厚味のある腰を押しつけるようにして来た。色仕掛けで、浦上の気を惹こうとするのである。そうまでして彼女は何を知ろうとするのか――と、浦上は下唇を噛んだ。

小港町は、海岸沿いに海へまっすぐ向かったところにある。左手は海、右側は山手町の小高い丘陵になっている。アメリカ兵やその家族たちの住宅があったせいか、幅の広い舗装道路が続いていた。正確に十二分歩いて、小野寺礼子は足をとめると右手を指さした。舗装道路から分かれて、登り坂が丘陵の中腹へのびていた。小野寺礼子の住んでいるアパートは、その坂道を二十メートルほど登った右側にあった。マッチ箱のように四角い、鉄筋コンクリートの建物だった。新築で、こぢんまりとしているが、横浜港を眺められる場所に相応して、しゃれたアパートという感じだった。

どの部屋の窓も、すでに暗かった。ただ入口に常夜燈がついているだけで、その光線の中に『あおい荘』という嵌め込みの表札が浮き上がっていた。小野寺礼子の部屋は、二階の右端であった。寝室と応接間、それにダイニング・キッチンという間取りである。立派なフロア・スタンドが一層壁を白く見せて、ベッドやステレオといった家具のいずれも豪華であった。小野寺礼子は、どのくらいの収入を得ているのだろうかと、浦上にはそんなことが気になった。

「ちょっと、いらっしゃいよ。ここから見える夜景が、何よりのご馳走なんだから……」

応接間の東向きの窓を開放しながら、小野寺礼子が鼻にかかった声で言った。彼女がそう言うだけあって、窓からの眺めはこの上もなく華麗であった。京浜一帯の灯が星のようにきらめいて、海が黒い草原のように広がっている。顔に吹きつけて来る風には、潮の香りが含まれていた。時計を見ると、十二時を過ぎたばかりであった。正体も知れない女と二人で、エキゾチックな港の夜景に見入る。浦上は柄にもなく、遠い未来を夢見るような甘い感情に捉われていた。

「ねえ、ご馳走は何も夜景ばかりではないのよ」

と、急に声をひそめた小野寺礼子が、浦上の右手首を掴んだ。

「ほかに、何かあるのかい？」

「あるわ。見てごらんなさい、あれよ」

小野寺礼子は、斜め下へ腕をのばした。その横顔に、淫猥な薄ら笑いが漂っている。浦上も、女が指さす方向へ視線を投げた。アパートより一段低いところに建っている家の、二階の部屋の中の有様が浦上の目に映った。最初、そこで何が行なわれているのか判然としなかったが、目を凝らしているうちに男と女のある姿態であるということが分かった。窓をしめていないから、夫婦らしい男女の営みはまる見えなのである。

「新婚さんなんですって。毎晩ああなんだから、独身者はやりきれないわ」

と、浦上の手首を握っている小野寺礼子の汗ばんだ指に力がこもった。

「いくら夏の夜が暑苦しいからといっても、窓ぐらいはしめなければ、せめて蚊帳でも吊ってあれば、こうもはっきり見えないんでしょうけど」

「そういう君自身も、あれを見て楽しんでいるんだろう」

浦上はそう言って、不快にさえなる熱っぽい光景から目をそらした。白い脚がもがくように宙に躍るところまで、目で確かめられなかったのである。それに、小野寺礼子の芝居がいよいよ見えすいて来たような気がしたのだ。浦上に、新婚夫婦の行為を見せつけようとしたのも、計画に基づいた予定の行動だったのに違いない。男の弱味につけ込んで、小野寺礼子は一挙に具体的な誘惑へ移ろうとしているのだろう。

「刑事さんを好きになるのは、いけないことかしら」

窓にカーテンを引いた小野寺礼子が、緩慢な動作で立ち上がった。うるんだ目で浦上を見やりながら、胴をよじるようにして彼の傍らに寄り添った。

「そんなことはないだろうね」

浦上は、脳裡に妻の和子や子供たちの顔を描き出していた。小野寺礼子の誘いなどには乗らない自信がある。彼は冷えている胸のうちでそう確認した。

「このままでは、別れられないわ」

「どうして？」

「条件が揃いすぎているんだもの。わたくしは、とても寂しかったのよ。それで、お酒を飲んだ。その上、今みたいな光景を見せつけられたでしょう。ここには、あなたとわたくし、二人っきりいない……」

「なるほどね」

浦上は、首に腕を巻きつけて来る小野寺礼子をそのままにしておいた。彼女は、胸や腰を浦上のそれに密着させようとした。しかし、彼女がこれ以上の行動に出て来たら、その時に叩きつけてやる台詞を用意していたのだった。

「あなた、わたくしが嫌い？」

「いや、別に……」

「じゃあ、わたくしの味方になって下さる？」

「事と場合によってはね」

「こんなこと、あなたに相談しても仕方がないかも知れないけど……。社長が、わたくしにとてもいやらしいことを言ったりするの」

「それで？」

「今度何かあったら、あなたに社長と会ってもらいたいのよ。刑事さんが相手なら、社長もきっと考えなおすと思うわ」

「会う必要があれば、明日にでも会うがね」

「今は駄目(だめ)よ」

「なぜ？」

「社長は今月の十五日から、修善寺の別荘へ行っているのよ。今月一杯は、横浜へ帰って来ないの」

「修善寺ね」

「まだいろいろ訊きたいこともあるし、話したいこともあるけど、明日にするわ。ねえ、何も言わずにわたくしを抱いて……」

すり寄せるように頬を近づけていたが、その顔の向きを変えて小野寺礼子は、軽く浦上の唇に自分のそれを触れ合わせるようにした。

浦上は咄嗟(とっさ)に、突き放すように女の両肩を押した。小野寺礼子はソファに尻餅(しりもち)をつき、呆(あ)っ気(け)にとられたように浦上を見上げた。

「いいかげんにしたらどうだい、下手な芝居は……」

浦上の鋭い言葉が飛んで、彼の態度は一変した。

「女には無条件に甘い鼻下長(びかちょう)ばかりだとは限ってないんだぜ。さあ。聞かしてもらおう。お前さんが何を知りたがっているのか。何を企(たくら)んでいるのかをだ。半日もおれのことを尾行していた女が、このままではとても別れられないだなんて、笑わせるにもほどがある」

「一体、何を言い出すの！」

「婚約者が死んで、まだ幾日も経っていないというのに、男を抱ける気になれるもんかね。それに、社長は修善寺の別荘へ行っていると言ったが、同じ伊豆にある修善寺だ。これも、聞き捨てには出来ないぜ」

と、浦上は小野寺礼子を睨(にら)みつけた。

# 愚(おろ)かな共謀者(きょうぼうしゃ)

## 1

小野寺礼子は、口を噤(つぐ)んでしまった。浦上を憎悪するような目で、鋭く見上げている。顔色は、青白かった。これ以上演技を続けても仕方がないことに気づいたのだろう。同時に、彼女は沈黙こそ残された抵抗の手段だと考えたのだ。

浦上は、気長に時間を稼ぐことにした。彼はズボンのポケットに両手を突っ込んだまま、部屋の中をゆっくりと歩き回った。その単調な靴音が、小野寺礼子の焦燥(しょうそう)感を誘うように響いている。

彼女の婚約者である中林八郎は、久しぶりに休暇がとれたので伊豆へ旅行に出かけたという。そして、同じ伊豆の修善寺に別荘を持っている社長が、七月一杯滞在しているそうである。転落したバスは、修善寺へ向かう途中であった。それに乗っていた中林八郎が、社長の別荘を訪れるつもりでいたということは充分に考えられる。そこに何か重大な問題点があるのではないかと、浦上は推定していた。

というのは、小野寺礼子の口から社長という言葉が洩れたからだった。彼女は、浦上に妙なことを頼んだ。社長が嫌らしい言動を見せるので、一度会ってくれないかと小野寺礼子は浦上に言うのである。まったく、唐突な頼みごとであった。相手を刑事と知り、出会ってからまだ十時間にもなっていない。しかも彼女は、誘惑にかかりながら浦上を口説こうとしたのだ。言うまでもなく、小野寺礼子にはそれなりの魂胆がある。いずれにしても、勤務先の牧野不動産の社長が小野寺礼子の不審な行動に密接な関係があることには間違いない。

小野寺礼子は、一体何を企んでいるのか。確かに、刑事を騙し、簡単に誘惑出来るものと甘く考えていたのは、彼女の誤算であった。しかし、誤算すること自体、それだけ切羽詰まった状態にあったということにもなるのだ。いわば、小野寺礼子は捨て身になってかかって来ているのである。それで、刑事たちが代議士の家を訪れることを突きとめ、半日がかりで尾行して、バーでは酔態を示し、ついには浦上を横浜の自分の住まいへ連れ込むという冒険も、あえて辞さなかったのではないか。

「一つだけ、教えてもらいたいんだがな」

右へ左へ教壇を往復する教師のように、浦上は両手を背中で組み、天井を見上げた。小野寺礼子は、貝のように頑なに沈黙を守るつもりらしい。

「言いたくないなら、それでもいい。明日になったら、牧野不動産へ行ってみるつもりだ。そうすれば、何もかも分かる」

浦上は顎を前へ突き出すようにして、横目で小野寺礼子の方を窺った。ソファで顔を伏せていた彼女の肩が、一瞬ビクッと動いたようだった。行ける——と、内心で浦上は思った。思っていたとおり、この小野寺礼子の目論見と牧野不動産とは切り離せない関係にあるのだ。

「何を教えろって言うの?」

聞き取れないような小声で、小野寺礼子が言った。顔を上げようとはしなかった。浦上の目を恐れているのに違いない。

「中林八郎は、レジャー旅行に出かけたのではないだろう?」

と、浦上は足をとめようとはしなかった。

「ただの旅行よ」

小野寺礼子の口調は堅かった。あっさりカブトを脱ぐ意志はないようである。

「社長の別荘へ行ったんじゃないのか」

「公務なら、休暇をとってなんか行かないわ」

「勿論、私用で社長に会うつもりだったんだ」

「知っているようなことを言わないでよ」

「お前さんも、中林八郎がどんな目的をもって社長に会いに行ったのか、その辺の事情は充分に承知している。ところが、まったく予期していなかったことが起こった。中林八郎が乗っていたバスが転落して、彼が死んだという事実さ。この偶発的な事故は、死んだ中林八郎は別として、お前さんを大変な窮地に追い込む結果となりそうだった。それで、お前さんはおれをたらし込もうとした。自分で確かめるわけには行かないことを、おれの口から聞き出すためだ。いや、そればかりではない。おれの弱みを握っておいて、後日、社長との間に悶着があった時、利用するつもりだった。ところが、残念なことに刑事はそれほど甘くなかった。女に誘惑されて弱みを作るおれでもなかった」

「あなた、刑事を辞めて小説家に転業した方がよさそうね」

「お前さんも会社を辞めて、男を誘惑する役専門の女優になった方がいい。もっとも、次第によっては刑務所の慰安会でしか、芝居は出来ない女優になるかも知れないがね」

「中林さんが、修善寺の社長の別荘へ行く途中だったという証拠はないはずよ」

「そうかな」

「ちゃんと、休暇をとって出かけたんですからね。会社で調べればすぐに分かるわ」

「中林八郎とお前さんは恋愛した上で、婚約したんだろう。男が一人で、わざわざ休暇をとって楽しい旅行に出かけるはずがない。お前さんと二人で行くというのが、常識だぜ」

「だから言ったでしょう」

「秘書が二人とも、休暇をとってしまうわけには行かないということか」

「そうよ」

「土曜、日曜をつぶしてでも、二人で行った方が楽しいだろう」

「土曜、日曜は、どこへ行っても混雑しているから」

「社長は、今月一杯は修善寺の別荘にいて、会社へは出て来ないと言ったじゃないか。その間、専務なり常務なりが社長の仕事を代行しているんだろう。社長の留守中、二人の社長秘書が休んだからって、大して困らないと思うがね」

「刑事なんて、何も知らないのね。社長が留守だからこそ、社長秘書は重要なのよ」

「お前さんみたいな女がいるから、刑事の仕事が重要なんだ」

と、浦上は突然足をとめると、身体ごと小野寺礼子の方へ向き直った。彼はそのまま小野寺礼子に近づくと、彼女の両肩に手をかけた。

「いいかげんにしろ」

浦上は、一喝した。両肩をゆさぶられながら、小野寺礼子は浦上を鋭い目で凝視した。

さすがに、女の頰は硬ばっている。唇が、微かに震えているようだった。

「わたしが何をしたって言うのよ。刑事が暴力をふるってもいいの！」

と、小野寺礼子は浦上の顔に唾をとばした。

「おれに訊きたいことがあると言っただろう。だから、質問しろというんだ。さあ、遠慮なく質問したらどうだ」

「もう、訊く必要はないのよ！」

小野寺礼子は、ヒステリックに叫んだ。

「訊きたいことがあるから、おれをここへ連れて来たんだろう。おれも、わざわざ横浜くんだりまで来てやったんだ」

浦上も、小野寺礼子の口を封ずるように声を張り上げた。

「しつこいわね。もういいって言っているのよ」

「勝手なことを言うな」

「何が勝手よ」

「質問してみろ」

「嫌だってば！」

「中林の死体が、どんなだったか、訊きたかったのか」

「違うわ」

「即死したかどうかを、確かめたかったのか？」

「違うわ」

「中林が伊豆へ出かけた日、お前さんはどこで何をしていたんだ」

「そんなことどうだっていいじゃないの」

「二十七人の人間が、死んでいるんだ。死刑は間違いないぜ」

「何を言うのよ」

「お前さんのやっていることは、普通じゃない。疑われたって文句は言えないんだ」

「まさか、わたしが……！」

「女だって、銃は使えるんだぜ」

「何を言いだすのよ。わたしは、あの事件とは無関係だわ」

「じゃあ、なぜ今夜のようなことをしたんだ」

「だから……」

「おれから何を聞き出したかったんだ？」

「それは……」

「言えないのか？　下手に隠したりすると、疑われることになるぜ」

「わたしはただ、中林さんの死体から見つかった所持品は、どうなってしまうのか知りたかっただけだわ」

　半ば逆上気味に、そう言ってしまってから小野寺礼子はハッとしたようだった。浦上のテンポのある質問の仕方に乗せられて、彼女は夢中で口走ってしまったに違いない。浦上は、小野寺礼子の両肩から手を離して、ゆっくりと腰をのばした。小野寺礼子は疲れ果てた病人のように、ぐったりとソファの背にもたれ込んだ。苦悶(くもん)したあとのように、蒼白(そうはく)な顔に汗が噴き出ている。恐らく、本音を吐いた瞬間に、小野寺礼子の胸のうちに組み立ててあったものが音を立てて崩れ落ちたのだろう。肉感的な美人も、今は砂浜に打ち上げられた海藻のようであった。

浦上も、ワイシャツの前をひろげて顔の汗を拭い取った。手強(てごわ)い容疑者に自供させた時のような疲れ方であった。いつもそう思うのだが、刑事にとって男よりも女の方が扱いにくいのである。

小野寺礼子は、死体から見つかった所持品がどう処分されるのかを知りたかったという。勿論、それなりの理由があってのことだろう。しかし、この場でこれ以上、小野寺礼子を問い詰めるつもりはなかった。多分、容易に喋ろうとはしないだろう。これからが、難関なのだ。それよりも、安良里の特捜本部へ中林八郎について問い合わせた方が賢明であった。何かしら分かるに違いない。ウラを取って突きつければ、小野寺礼子も観念するはずだった。

中林八郎は一体何を持っていたのか。死ぬことを予期していないだけに、所持していたものによっては思いがけない結果を生ずるわけである。いつ死ぬか分からない人間、やたらなものを持って外へは出られない——と、そんなことを考えながら、浦上はコーナー・テーブルにある電話機へ近づいた。一一〇番に、小野寺礼子を保護してくれるように頼むためだった。彼は電話機へ手をのばす前に煙草に火をつけて、たっぷりと煙を吸い込んだ。もう汽笛も聞こえず、すぐ目の前に港があるという感じはしなかった。

## 2

その夜のうちに、浦上は東京の大森警察署へ帰って来た。大森署へ電話すると、伊集院がまだそこにいるということだったからである。伊集院は『紅蘭』へ行き、バーテンから浦上が若い女と一緒に出て行ったことを聞き出したという。浦上の行先を調べる術もなく、伊集院は大森署でただ連絡を待っていたらしい。心配していたという伊集院に、浦上は電話で小野寺礼子に関して要点だけを報告した。

深夜の第一京浜国道を、浦上は三十分足らずで大森署に到着した。小野寺礼子は所轄署に保護してもらったから心配の必要はない。今はまず、安良里の特捜本部に連絡をとることが第一であった。

大森署のがらんとした宿直室に、伊集院は洋服を着たまま寝転んでいた。宿直室には、私服の刑事らしい男が、将棋を指しているだけだった。浦上の顔を見ると、伊集院はニヤニヤと笑った。彼の手許には、南京豆の紙袋があった。

「大した美人だったそうじゃないか。バーのバーテンが、そう言ってたぜ」

と、伊集院が冷やかすように言った。

「そうかい」

浦上はだが、相変わらずの仏頂面であった。

「おれも一度でいいから、そんな美人に誘惑されてみたいよ」

「虎さんだったら、相手の罠にかかるに決まっている。女には弱いからな」

「そういう男に限って、チャンスが到来しないから不思議だよ」

「ところで、電話は？」

「特捜本部には、申し込んでおいたよ。まだ、かからない。何しろ、先方は田舎町だからね」

と、部屋には場違いな感じがする片隅の電話機へ、伊集院は目を向けた。

「それから、特捜本部からの指示はどんなことだった？」

浦上は靴を脱いで、這うようにして一段高くなっている畳の上へあがった。つま先が、痺れるように痛んだ。

「東京関係者からは手がかりは得られなかったと報告したら、おれたちの仕事の早いのに本部の連中は驚いていた」

そう言って、伊集院は南京豆を一粒口の中へ放り込んだ。

「静岡関係はどうなんだ？」

「四人だけ、はっきり殺される動機を持っていないと分かったそうだよ」

「たったの四人だけか」

「そう言うな。ほかの土地から伊豆へ行って、あの事件にぶつかったという人間は、比較的調べやすい。しかし、あのバス路線をいつも利用している地元の人間となると、調査の対象が漠然としていて骨が折れるだろう」

「おれたちは、明日からどうするんだ？」

「神奈川関係を洗えということだった」

「それは好都合だ。中林八郎ひいては小野寺礼子も、神奈川関係者だからな」

「それからもう一つ、本部長から浦さんへ特別の指示があったぜ」

「本部長から？」

「冷静にやるようにって。つまり、感情的になって行きすぎがあってはいけないと言うんだよ」

あまり言葉に深刻な響きが加わらないように、伊集院は気を遣ったらしい。両手の指先で耳をつまみながら、彼はおどけた表情で言った。浦上は、何も言わなかった。彼は彼なりに、冷静でいるつもりである。しかし、時たま激情に駆られるのを抑えきれなくなることも、また事実であった。だが、今は何も言うことはない。何の罪もない妻子たちを殺された男の気持など、第三者の胸に実感として迫らないのが当然なのである。古ぼけた坐り机の上の電話が鳴った。将棋を指していた大森署の刑事たちがそろって顔をあげたが、その前に伊集院が受送器を取りあげていた。彼は、安良里の特捜本部への電話が出たことを確かめてから浦上に受送器を手渡した。

「浦上ですが……」

受送器を耳にあてると同時に、浦上は大声を出していた。

「特捜本部の白川だよ。ご苦労さん」

と、捜査一係長の声が聞こえた。その声が、ひどく懐しく感じた。まるで何年ぶりかで、話し合うような気がした。雑音も入らず、先方の声は小さかったが、鮮明であった。

「中林八郎について、知りたいんですが……」

「資料はここに揃っているよ。中林八郎、二十八歳。横浜の人間だね。牧野不動産という会社に勤めているサラリーマンだ」

「そういう点についてはよく分かっています。知りたいのは中林八郎の死体から発見された所持品なんですがね」

「現金六千五百円入りの財布、定期券、当人の名刺、ハンカチ一枚、修善寺行きのバスの切符、それに胃腸薬の小ビンと走り書きがしてある便箋一枚。これで全部だ」

「それで、そのうちから遺族に返したものは？」

「現金入りの財布、定期券や名刺の類。この二品だよ」

殺人事件だから、被害者の遺品をそっくり遺族に返してしまうことはない。捜査の手がかりになるかも知れないと思われるものは、そのまま特捜本部に保管してある。中林八郎の場合、現金入りの財布と定期券、それに本人の名刺だけが遺族に返されたらしい。小野寺礼子が遺族の手に返されたかどうか気にしている品物は、多分こうしたものではないだろう。

「胃腸薬を持ち歩いていたというのはどうしたわけなんでしょうか?」

「それがどうも、本ものの胃腸薬ではないらしいんでね。今、ビンの中身を鑑識で分析しているところだ。明日にでも、結果が分かるだろう」

「便箋には、どんなことが書いてあるんです?」

「所番地と、地図らしい略図だよ。文字は、女文字だ」

「読んでみて下さい」

「修善寺町より西へ二キロ、北又(きたまた)……こう書いてあるね。略図は、北又というところから山へ登って行くような道があって……」

「それです」

「何が?」

「そこに、牧野平三(へいぞう)の別荘があるんですよ」

「牧野平三というと?」

「中林八郎が勤めていた牧野不動産の社長です。中林は、社長に会うためにその別荘へ行く途中だったんですよ。便箋の文字が女文字だというのは、彼が婚約者の指示で社長に会いに行ったからです。これは推測なんですが、中林は牧野平三と会って、彼を殺す予定だったのに違いありません。恐らく、胃腸薬のビンの中身は毒物でしょう」

「確証があるのかね？」

「勿論、物的証拠はありません。しかし、中林の婚約者というのがとんでもない女でしてね。何かを企んでいるんです」

「それで、その婚約者は今、どこにいる？」

「横浜の加賀町警察署に保護してもらっています。小野寺礼子という女ですが……」

「分かった。誰かをやって一応、牧野平三にあたらせよう。胃腸薬のビンの中身が何か、結果が出たらすぐそっちへ連絡する」

「お願いします。われわれは明日、もう一度小野寺礼子と対決してみます」

小野寺礼子と中林八郎が何を企図していたのかは分からない。しかしみずから浦上の胸の中へ飛び込んで来るなど、彼女も愚かな共謀者であった。

# 黒い女

## 1

その夜、浦上と伊集院は大森署の宿直室に泊めてもらった。大森署管内に大きな事件の発生もなく、二人が安眠を妨害されるようなことはなかった。翌朝、九時前に目を覚ますと、私服の大森署員が、朝食を運んで来てくれた。署内の食堂から、定食を持って来たのである。味噌汁に納豆、新香と海苔だけの定食だが、浦上は久しぶりでうまい朝食を食べたような気がした。

食事を了えて間もなく、安良里の特捜本部から電話が入った。浦上は再び、白川係長の声を聞いた。

「今朝五時前に、殿村君を修善寺の牧野平三の別荘へやったんだがね。たった今、殿村君から報告が入ったんだよ」

挨拶(あいさつ)などは抜きにして、白川係長はすぐ本題に入った。

「はあ、それで……」

と、浦上の気も急(せ)いていた。味噌汁の味も今は忘れて、彼はくわえた煙草のフィルターを前歯で噛んでいた。

「どうやら浦上君の推測は、的中したらしい。殿村君の報告によると、こういうわけなんだ。牧野平三は、別荘の庭で朝の五時を過ぎたばかりだというのに、ゴルフの練習をしていた。その牧野平三が、殿村君の第一の質問に対してこう答えたそうだ。当日つまり、七月二十日、横浜の小野寺礼子から電話がかかって来た。別にこれという用件もない。小野寺礼子は、牧野平三が別荘にいるかどうかを確かめるために、電話をよこしたらしい」

「なるほど、牧野平三は、それと承知していたわけですね」

「多分、そうだろう。従って、中林八郎が社長に会いに修善寺の別荘へ行く途中だったという可能性は充分だ」

「牧野は、秘書の中林八郎が訪ねて来なければならないという心当たりがあったんですか?」

「心当たりはまったくないそうだ。用事は、電話でもすむことだし、一切は副社長をしている息子に任せてあると言っている」

「すると、中林八郎が牧野に会いに行った目的は……」

「中林は、社長を消すつもりだったらしいな」

「そう断定出来る裏付けがありますか」

「あるんだよ」

「何ですか?」

「例の胃腸薬の小ビンの中身だ。今朝鑑識から小ビンの中身が報告されて来たんだ」

「やっぱり、毒物だったんですか?」

「パラチオンだ」

「パラチオン?」

「農薬だよ。水溶性のパラチオンだった」

「中林と小野寺は共謀して、牧野殺害を企んだ……」

「間違いないと思うね」

「動機は?」

「二人の秘書が共謀したところを見ると、多分、金だろうな。会社の金を二人で着服したか、そうでなければ使い込んだかだ」

「分かりました。これからすぐ、横浜の加賀町署へ行ってみます」

「そうしてくれ」

「じゃあ……」

と、電話を切りながら、浦上はすでに背広の上着を右手で摑んでいた。

「お出ましかい？」

伊集院も食べ残しの新香を口の中へ放り込んでから、老人のように重そうに腰を上げた。

「来たくなければ、ここで留守番していてもいいんだぜ」

「しかし、相手はベッピンさんなんだろう？」

浦上は長くなった煙草の灰を息で吹き飛ばした。

伊集院は、音を立てて新香を嚙みながら相好(そうごう)を崩した。

「ああ、凄(すご)い美人だ。少なくとも虎さんのかみさんよりはね」

「うちのかみさんより美人と聞いては会わないわけには行かんだろう」

「じゃあ、さっさと歩くんだな」

二人の刑事はそんな冗談を交わしながら、大森署を出た。

空は曇っていた。蒸し暑いが、強い日射しを直接浴(あ)びないだけでも楽だった。伊集院が、時々ビッコをひいた。彼の持病は神経痛である。曇天(どんてん)の日には、脚が痛むらしい。それでも、汗をかかないですむはずはなかった。二人は揃って背広の上着を肩にかけ、鼠色(ねずみいろ)になったハンカチでしきりと顔を拭った。午前中のラッシュ・アワーがすぎて、夕立が去ったあとのように駅のホームや電車の中はさっぱりと空(す)いていた。大森駅から横浜の桜木(さくらぎ)

町へ向かう国電の中で、二人はゆったりとシートに席を占めることが出来た。

横浜加賀町警察署は、山下公園や中華街から、さして離れてないところにあった。桜木町駅から、タクシーで十分とかからない。浦上と伊集院はタクシーを降りると、逃げ込むように、加賀町署の建物の中へ入った。気のせいばかりではなく、なぜか警察の建物の中は涼しいのである。鉄筋コンクリートや石材などの建物が多いせいかも知れない。

捜査課長に事情を説明し、すぐ小野寺礼子と、取調室で対面することになった。案内された二人が取調室へ行くと、古ぼけた扇風機を前にして小野寺礼子が悄然と坐り込んでいた。浦上が、彼女と向かい合いの椅子に腰をおろした。伊集院とこの場に立ち会う加賀町署員は、小さな窓を背にして立った。

浦上は、扇風機のボタンを押した。だが、一向に回転しない。

「この部屋は特に風通しが悪いんでね、扇風機を置いたんですが、何しろ時代もので してね」

と、立ち会いの加賀町署員が笑いながら、扇風機のボタンに長い間指を押しつけていた。やがて、扇風機がまわり出した。大きさの割に、音がひどかった。その音に気を奪われたように、浦上はしばらく沈黙を続けていた。小野寺礼子も、伏せた顔を上げようとはしなかった。一晩、加賀町署に保護されただけだったが、彼女は別人のように憔悴していた。顔色も悪く、眠っていない目が充血している。

「さあ、聞かせてもらおうか……」

やがて、浦上は肩で息をついてから言った。小野寺礼子は、一瞬浦上を見やっただけで、口を開こうとはしなかった。浦上は不思議であった。昨夜、抱いてくれと自分に迫った女とは、別人のように思えるのである。怯えたような小野寺礼子の眼差しに、昨夜の妖(よう)艶(えん)さは見られなかった。

「会社の金を、いくら頂いたんだ？」

鎌をかけるつもりもなく、浦上は単刀直入にそんな質問をした。

「会社のお金？」

不審気に訊き返したが、その小野寺礼子の目許に狼狽の色があった。

「そうさ。中林八郎とぐるになって、会社の金を無断で頂いたな」

「そんなこと知りません」

「とぼけるのはもうやめなさい。牧野社長とも連絡がとれてね。何もかも分かっているんだよ」

「社長は、何て言っているんです？」

「お前さんたちが、会社の金を着服していたことに、社長は気づいていたそうだよ。この数カ月間に、五百万ほど穴をあけたんだってね」

と、今度は意識的に、浦上は嘘をついた。牧野社長が、小野寺礼子や中林八郎の行為に気づいていたという報告はなかったのだ。

「何を言っているんだか……」

小野寺礼子は、そう言ってクスンと鼻を鳴らした。不貞腐れたような態度である。恐らく、観念したのに違いない。鼻で笑ったのも虚勢ではなく、むしろ絶望的な自嘲の仕種と言うべきであった。

「この数カ月間に五百万円ですって?」

「そうさ」

「社長も、とんだ喰わせ者だわ。多分、社長自身が機密費を胡麻化していたんでしょうね」

「牧野社長の言っていることに、事実と相違する点があるというのかい?」

「あるわ。この数カ月間だなんて……。わたしと中林さんが社長機密費に手をつけたのは、婚約する以前のことだったわ」

「すると、社長機密費に手をつけたのが、お二人の婚約のキッカケになったっていうわけだ」

「そうかも知れないわね。それに、金額は月に十万がせいぜいよ。全部で、百三十万というところかしら」

「本音を吐いたな」

「十月の人事異動で、わたしと中林さんは営業へ回されることに内定していたのよ。秘書が替わる。そうなれば社長機密費の百三十万円の穴が発見されるでしょう。それを恐れていたんだけど、社長が気づいていたとは知らなかったわね」

「牧野社長は、何も気づいていなかったよ」

「何ですって！」

「あんまり怖い顔をするなよ。肝心なのは、お前さんたちが牧野社長を殺そうとしたことなんだ」

「社長を殺そうとした？　身に覚えのないことだわ」

「もう、引っかかりませんというわけかい。およしなさい。銀紙をむいてしまったチョコレートだ。遠慮なく食べた方がいいと思うがね」

「だって、知らないものは知らないんですもの」

「七月二十日、中林が修善寺の別荘へ出かけて行ったのはなんのためだ？」

「さあ……。中林さんが勝手にやったことで、わたしには説明出来ないわ」

「同じ日に、お前さんは修善寺の社長に電話をかけているじゃないか」

「ご機嫌(きげん)伺いに電話しただけよ」

「中林は胃腸薬のビンに農薬パラチオンを持っていたんだぜ」

「恐ろしいことね。中林さんは気が早いから、社長を殺す気になったのかしらね」

「十月の人事異動でお前さんたちの不正行為がばれる。それを防ぐには、牧野社長に死んでもらうほかはない。死人に口なしだ。機密費を、社長がどこでどういうふうにいくら使ったか、永久に分からなくなる。お前と中林は共謀して、社長殺しを計画した……」

「共謀で？　よしてよ！」

「甘ったれるんじゃない！　男と見ればなめてかかるお前の癖をここで直してやろうか」

と、浦上は態度を豹変させて、大声で怒鳴った。小野寺礼子は身体を震わせたようだった。浦上の一喝に、彼女の表情は萎縮した人間のそれに変わった。

「お前は中林の遺品を、ひどく気にしていたじゃないか。お前が書いた修善寺の別荘の地図、それを中林が身につけていたかどうかを心配したんだろう。真相が明らかになった場合、それが証拠で、お前が中林の共謀者だと分かることが、最大の悩みだったんだな」

浦上はそう言いながら、ふと空しい気持になった。殺人未遂の犯罪者を逮捕したことは警察官として手柄であることには違いない。しかし、彼本来の目的には関わりのないことだった。中林八郎を殺そうとして、何者かがバス転落を計ったとは考えられないのである。彼の捜査目的はまたしても果たせず、行動は空まわりしたわけだった。

浦上は、机の上に泣き伏した小野寺礼子を眺めて、それから伊集院の方を振り返ると、外国人がよくやるように肩をすくめて見せた。伊集院は指先で両方の耳をつまみながら、子供がイヤイヤをするように首を振った。

## 2

横浜在住の犠牲者は、あと三人いた。高校三年生の男女である。住所から推して、三人とも近所に住んでいた高校生と思われる。伊集院の手帳には、その三人の住所氏名について、次のように記されてあった。

氏木一夫　横浜市港北区篠原町二一八番地　私立横浜昭和学院高等部三年生　会社重役氏木隼人三男

佃加代子　横浜市港北区篠原町二二五番地　県立横浜高校三年生　公務員佃泰二郎長女

菊村さゆり　横浜市港北区篠原町二五一番地　私立横浜昭和学院高等部三年生　中学校校長菊村正二長女

住所が殆ど同じである点、また揃って高校三年生であることから、明らかに三人は行動を共にしていたのだと判断される。

近所の仲のいい高校生が夏休み中の何日かを、伊豆の旅行で過ごすといったことは、いくらでもある。この三人の生活に、それぞれ暗い部分や湿った亀裂があるとは考えられなかった。楽しかるべき青春の一日を、あの災難に遇い、若くして死ななければならなかった三人の高校生に、刑事たちはむしろ同情したくらいだった。

彼らが殺されるべき立場にあったとは、どうしても考えられない。あくまで側杖をくった犠牲者と見られるのである。しかし、だからといって彼らの身辺を調べないわけには行かないのだ。浦上と伊集院は、桜木町から東横線に乗った。白楽というところで降りれば、篠原町はすぐ近くだという加賀町署員の話であった。

なるほど白楽駅で下車して、通行人に尋ねると、篠原町は歩いて五分とかからないということ。篠原町は台地の住宅街であった。浦上と伊集院は、狭い割に自動車の交通量の多いアスファルト道路を歩いた。この一帯は空襲を受けなかったらしく、時代がかった家が多かった。

小さな池を前にして、篠原町の住宅街は横に長く続いていた。松林が多く、池の端で油蟬がうるさいほど鳴いていた。二人の刑事はまず最初に、菊村さゆりの家を訪れた。そうしなければならない理由があったわけではない。道順からいって、菊村さゆりの家がいちばん近かったのである。

菊村邸は、台地の中央を走っている坂の途中にあった。コンクリートの塀が長く続いていて、門の脇にカー・ポートもついている邸宅であった。刑事たちが通用口から門の中へ入ると、裏の方で犬が吠えた。

それで気づいたらしく、刑事がブザーを鳴らす前に緑色のワンピースを着た女が玄関へ出て来た。色白の四十前後の女で、知性的な顔立ちで品もよかった。だが、化粧が濃く、緑色のワンピースも年の割には派手であった。

「奥さんですか？」

伊集院が女に声をかけた。浦上は、この場を伊集院に任せることにした。疲れてもいるし、浦上は同じような質問に飽（あ）きていたのだった。彼は、玄関の壁によりかかって掌（てのひら）で顎を包んだ。伊集院は勝手に上がり框に坐り込んで、女に警察手帳を示したようだった。

「はあ。女中が今、井戸端（いどばた）に出ているものですから」

と、女が涼し気な声で答えた。女中がいることを強調して、みずから玄関へ出て来るようなことはないのだと言いたそうな口ぶりだった。気に入らない――と、浦上は思った。

「お話を伺いたいんですがね」

伊集院は、また耳をつまんでいる。

「どんなことでございましょうか？」

「亡くなった娘さんのことですよ」

「さゆりのことで？」

女は、冷やかな流し目をくれた。早くも、警戒する目つきになっていた。

「あまり固くならずに、質問に答えて下さい」

と、女にあくまで優しい伊集院の言葉つきであった。

「でも、さゆりは死んでしまったんですよ。警察の方が、さゆりのことを調べる必要なんかないじゃありませんか」

「それが、あるんですよ」

「なぜです？」

「殺人事件ですからね。被害者の一人一人を調べることになっているんです」

「お断わりします」

「協力して頂けないんですか？」

「まだお線香の匂いも消えないうちから、死んださゆりのことで何かとほじくられたくないんです」

「娘さんを死に追いやった犯人を、見つけ出したいとは思いませんか？」

「殺人事件だと、断言は出来ないでしょう。ただの事故かも知れません。それに、犯人が見つかってもさゆりは生き返りませんからね」

「そうですか……」

女の咎めだてするような応対ぶりに、伊集院は圧倒されたようだった。彼は困ったというふうに浦上を振り返った。

「ご主人は確か、中学校の校長さんでしたね」

顎を撫で回しながら、浦上は女を見ないで言った。背中を壁に押しつけたままである。

「そうです」

女は、昂然と胸をそらせた。

「それなら、教育者の妻として、奥さんも常識家のはずですね」

「勿論、自分ではそう思っています」

「それなら、警察に協力すべきでしょう」

「そんな理屈は通りません。わたくしは被害者の肉親です。死んださゆりのことを、何かと訊かれたくありません。あなた方は第三者だから、わたくしの気持など分からないでしょうけど……」

「第三者じゃありませんよ。奥さんは、娘さん一人を失っただけですんだ。しかし、わたしの場合は妻と二人の子供があのバスに乗っていたんですよ」

それだけ言うと、浦上はプイと顔をそむけた。女は沈黙した。

「さあ、奥さん、協力してくれるでしょうね」

と、伊集院が女の方に身を乗り出した。

「一体、何を言えと、おっしゃるんです？」

女は、やや譲歩したようだった。

「娘さんは、近所の親しい高校生たちと伊豆へ遊びに行かれたんでしょうね？」

もどかしくなるほどに穏やかな伊集院の質問が始められた。

「そうです。さゆりはあの日の朝早く家を出て下田へ向かいました。海水浴に行ったんです」

「あの日の朝、出かけたんですか?」

「そうです」

女は、はっきりと答えた。嘘だ——と、浦上は胸の奥で叫んだ。七月二十日は、昼前から雨になった。だが、菊村さゆりの死体はすっかり日焼けして赤黒くなっていたではないか。何日間か海辺で過ごした肌であった。

## 襲撃

### 1

菊村さゆりの母親は、さゆりが七月二十日の朝早く家を出て下田へ向かったのだと主張する。雨が降り出したので、仕方なく東京へ帰ることになり、沼津行きのバスに乗り込んだところが、途中であの災難に遇(あ)ったというわけである。近所に住む三人の親しい高校生たちは、日帰りで伊豆の下田へ遊びに行ったのだと、菊村さゆりの母親は頑(がん)として譲らないのである。

浦上は、その言葉を信じていなかった。しかし、これという証拠もないのに菊村さゆりの母親が嘘をついているときめつけるわけにも行かない。菊村さゆりの死体が日焼けしていたと言っても、それはごく最近家族ぐるみで海水浴へ行ったからだと答えられれば、それだけですまされてしまうのだ。この場は、黙って引き下がるほかはなかった。まだ、ほかに氏木一夫と佃加代子の家が残っているのである。

浦上と伊集院は、重い足を引きずるようにして菊村邸の門を出た。二人の顔に、雫(しずく)がふりかかった。朝から蒸し暑い気候だったが、やはり雨が降り出したのである。

「虎さん、この三人の高校生の所持品は、どんなものだったかな」

と、浦上は目を細めて頭上をふり仰(あお)いだ。更に厚くなった雲が、空を低くしていた。

「大したものは持っていなかったんだよ」

伊集院は雨に濡れないように、掌(てのひら)をかぶせて手帳を開いた。

「しかし、着替えぐらいは持っていたんだろう?」

「三人で、水色のボストン・バッグ一つだけだった」

「中身は?」

「水着と、女の子たちの下着類だ。それから、エロ本に近い三流週刊誌が二冊。これもエロ映画と変わらないということで騒がれた映画のスチール写真が五枚。つまらねえガラクタばかりさ」

「所持金は?」

「氏木一夫が三百円。佃加代子が千二百円。菊村さゆりが八百円ということになっている」

「少ねえな」

「そうかい」

「日帰りで下田まで行ったにしては、残っている金が少なすぎるという意味だ」

「しかし、最初から所持金は少なかったのかも知れないぜ」

「三人とも、立派なお屋敷のお坊ちゃん、お嬢ちゃんだ。女中を使って、あれだけの邸宅に住み、裕福な生活をしている息子や娘が千や二千の小遣いを持って、伊豆の下田まで行くとは考えられないね」

「子供には金を持たせないという主義の、厳しい家庭だってあるさ」

「それほど厳しい家庭なら、男と女の高校生三人だけで下田あたりまで遊びに行くこと自体、許さないと思うがね」

「浦さんは、三人の所持金が少なかったことが、大分ご不満らしいな」

「おおいに不満だね」

「なぜだい」

「おれは、あの三人が日帰りで下田へ行ったのではないと睨んでいる。三、四日ぐらいは、下田に滞在していたのに違いない。だとすれば、すっかり使い果たして、残りの所持金が少なかったというのも分かる話さ」

「だけど、菊村さゆりのおふくろさんは、二十日の朝早く出かけて行ったと言っているじゃないか」

「虎さんは、相手が女だと自分の職業を忘れるらしいな。刑事が、人の言葉を頭から信じ込んでいいものかね。三人の死体は、揃って日焼けしていたじゃないか。雨が降って来たんで諦めて東京へ帰ることにした三人が、どうしてあんなに日焼けしていたんだろう」

「そうか……」

と、伊集院は音を立てて手帳を閉じた。二人は沈黙した。あとのことは、口に出して言わなくても分かっている。なぜ菊村さゆりの母親が、そのような嘘をつかなければならなかったか。二人の刑事の胸のうちに共通してあるのは、この疑問であった。

浦上と伊集院は、池に沿った道を歩いた。池の水面に無数の波紋が、模様を描いていた。雨が、やや激しくなったようである。刑事たちの肩から胸にかけても、すでに肌の色が透けて見えるほど濡れ始めていた。

氏木一夫の家は、このあたりでも一段と豪華な、三階建ての洋館であった。庭も広く、雨に濡れた芝生の緑が鮮かだった。ガレージには、二台の乗用車がおさまっている。門から玄関まで、カーブする道が二十メートル近く続いていた。刑事の訪問に対して、応対に出たのは四十前後の顔色の悪い女だった。エプロンをかけた服装や女の物腰からして、使用人であることは一目で分かった。

「警察の者ですが、ご主人か奥さん、いらっしゃらないですか」

ここでもまた、伊集院が質問者となった。

「お留守です」

女は冷やかに答えた。まるで、怒っているようだった。それも刑事たちに腹を立てているのではなく、何か嫌なことがあったように不機嫌なのである。留守だというのは、事実らしい。家の中は森閑としている。地上に降りそそぐ雨の音だけが、聞こえて来た。浦上は、視界にある家の中を観察していた。これほどの邸宅を訪れたのは、初めてと言ってよかった。玄関から、そのまま大広間になっている。広間には四本の円柱があって、高い天井まで続いていた。三階の屋根まで、吹き抜けになっているのである。中央に幅の広い階段があり、二階へ通じていた。外国映画で見る富豪の別荘といった感じだった。これほどの家を持つ金持の息子が、千円程度の金を持って下田へ出かけて行くはずがないと、浦上は改めて自分の想定に自信を持った。

「あんた、お手伝いさんだね？」

伊集院が、女にそう訊いた。

「家政婦です」

一瞬、憤然となった面持ちで、女は言った。

「家政婦さん？　いや、どうも失礼しました」

と、伊集院は思わず苦笑していた。

「こんな家に、お手伝いさんが居つくものですか」

　中年の家政婦は顔をそむけて、唾と一緒に言葉を吐き出した。家族との間に、揉めごとがあったのに違いない。家政婦は、明らかに怒っているのだ。

「どうして？」

と、伊集院の背後から浦上が声をかけた。

「近頃のお手伝いさんは、プライドというものを重んずるんですよ。いくら高い給料を払っても、奉公人扱いされては長続きしませんよ」

　余程口惜しいことがあったとみえて、家政婦は浦上を睨みつける目で言った。

「そりゃあ、まあそうだろうな」

「ここの家族ときたら、一人残らず我儘で、虚栄心が強くて、人使いが荒くて、お金さえ出せば誰でも好きなように出来ると思っているんですよ。だから、家政婦を頼むんです。その家政婦にしても、同じ人間が半月と続いたことがないんですよ」

「あんたも、ここへ来てまだ半月足らずなんだね？」

「今日が八日目です。それで、今日限り辞めるつもりですよ。家政婦の雇い手は、多すぎて困るくらいなんですからね」

「なるほど……。家族の者に、ひどく侮辱されたというわけだね」

「わたしの料理が気に喰わないって、家族全員が食べなかったりするんですからね。まったく腹が立ちますよ」

「つまり、あんたは今日限り、ここを辞める。赤の他人だし、二度と再びこの家の人間と顔を合わすようなことはない」

「当然、そういうことになるでしょうね」

「じゃあ、隠しだてする必要もないから、喋ってくれるだろうね」

「何をです？」

「一夫という三男坊のことさ。七月何日に、その三男坊は伊豆の下田へ行ったんだい？」

「そのことですか。どういうわけか、一夫さんのことを家族たちは秘密にしたがっていたけど、確かにもうわたしには忠義だてする必要もないんだから、お答えしましょう。一夫さんがいなくなったのは、わたしがこの家へ来た最初の日ですよ。つまり、七月十七日ですね」

「いなくなったと言ったけど、家族には無断で家を出て行ったのかね？」

「そうなんですよ。二万円ばかり、お金を持ち出してね。家族たちは大騒ぎしていたけど、警察に届けたり、目立って捜そうとするようなことはしませんでした」

「近所の女の高校生二人が一緒だったということを、知ってますか？」

「ええ。それで佃さんと菊村さんのご夫婦が毎晩ここへ来て、うちの旦那と何かひそひそ相談していました。そのうちに、バスが転落して三人とも死亡したという連絡が入ったんです。その時の慌てようといったら、大変なものでしたよ。誰に訊かれても、一夫は七月二十日の朝、日帰りの予定で下田へ行ったことにするんだと、わたしにまで命令がありましてね」

と、家政婦は侮蔑するように鼻先で笑った。浦上は、伊集院の肩を叩いた。引き揚げようという合図だった。二人の刑事は家政婦に会釈しただけで、城門のように重い玄関の扉を押した。雨は、土砂ぶりになっていた。浦上と伊集院はずぶ濡れになりながら、雨の中をゆっくりと歩いた。

「下田へ行こう……」

しばらくしてから、気のない口ぶりで浦上が呟いた。

「三人の高校生が泊まっていた旅館を確かめるのかい?」

シャワーを浴びている時のような顔で、伊集院が訊いた。

「そこまでやらなければならないだろう」

「しかし、下田まで行って、また引き返して来るのが面倒じゃないか」

「いや、これで横浜関係も終わりだ。引き返して来るにしても、それほど時間はかからない」

「うん」

「虎さん、どうもおれたちは無駄な仕事をしているようだな。誰もが勝手なことをして、それをまた誰もが隠そうとする。おれたちは、そういう連中の尻拭いをして歩いているようなものだ」

浦上はそういって、雨に煙(けむ)っている高級住宅街を振り返った。

二人に泥水を浴びせて、傍(かたわ)らを一台の乗用車が通り過ぎて行った。刑事たちは、ドブネズミのようになって再び歩き出した。

2

夕方、下田に着いた浦上と伊集院は、夜八時過ぎに三人の高校生が泊まっていた旅館を捜しあてた。伊豆半島の東海岸から下田の街中に入るあたりに、『菊水荘(きくすい)』という高級旅館がある。純日本式の旅館で、広い庭園が海に面していた。庭園には、六軒の離れ家がある。金に余裕のあるアベックが、東京あたりから車で来て、この離れ家をよく利用するという旅館の人間の話だった。

三人の高校生は、『菊水荘』の離れ家の一つに七月十七日の午後から二十日の朝まで滞在していたのだった。昼間は間戸ケ浜(まどがはま)海水浴場へ泳ぎに行き、夜はハイヤーを頼んでドライブをする。ドライブから帰って来ると、酒盛(さかも)りが始まるのだった。客が高校生だと分かっていたから、旅館では酒の注文を断わった。それで、酒屋からウイスキーなどを買い込んで来たようである。

女中が、離れに床をとったことは一度もなかったらしい。自分たちでやるからと、高校生たちに断わられたそうである。昼間、敷布を取り替えに行った女中の話によると、形跡から察して一組以上の寝具は使わなかったということだった。浦上と伊集院は、それだけのことを確認すると、すぐ『菊水荘』をあとにした。

二人はどちらからともなく誘い合うようにして、下田駅前のバーへ入った。バーの入口に、生ビールの看板が立っているのを見たからである。

バーの一階は混んでいた。それに、ビールを飲むには照明が暗すぎるようだった。二人は二階へ上がった。二階といっても、一階にいる客の頭をすぐ目の下に眺められるほど低かった。浦上と伊集院は、手摺りよりの席について生ビールを注文した。一杯目のジョッキを空にするまで、二人は言葉を交わさなかった。まるで話すこともないといった倦怠期の夫婦のようであった。

「桃色遊戯か……」

二杯目のジョッキを口へ運び、唇についた泡を拭い取ってから伊集院が溜め息をついた。

「重役に中学校の校長に、公務員か。息子や娘が桃色遊戯に耽っていたことを世間に知られたくないという気持は分かるが、まったく大人気ない嘘をついたもんだ。子供も子供なら、親も親というところだな」

今夜の伊集院は、両方の耳をつまむという癖も忘れているようだった。浦上はなおも黙っていた。口をきく気にもなれないのである。彼は三人の高校生の死に、まったく同情しなくなっていた。同じ側杖を喰った犠牲者でも、この三人の高校生に較べれば、自分の妻子の方がはるかに哀れではないかと、浦上は思うのである。私情ではない――と、浦上は酔いが回り始めた頭の中で、そう念を押した。

「今夜は、下田泊まりか？」

黙っている浦上の胸のうちを察したらしく、伊集院は話題を変えた。

「そういうことになるだろう」

浦上はどうでもいいというふうに、視点を宙に据えていた。

「旅館に心当たりがあるかい？」

「ない」

「おれにはあるんだ。これから、ちょっと行って話をつけて来よう」

「旅館でなくてもいいだろう。女房の実家が下田にある。そこへ行こう」

「駄目だよ。そんなところへ行ったら、かみさんや子供たちのことが思い出されてどうにもならなくなるぜ。ここで待っていてくれ。三十分ほどで帰って来るよ」

生ビールの酔いが、伊集院の尻を軽くしたようだった。伊集院は浦上の返事も聞かずに、そそくさと席を立って行った。仕方なく浦上は、すべてを気のいい同僚に任せることにした。しかし、三十分経っても伊集院は戻ってこなかった。浦上は五杯目のジョッキを頼んだ。知合いの旅館だというから、そこへ行って話が弾み、伊集院は腰を落着けてしまったのかも知れない。その旅館がどのあたりにあるのか確かめておけば、こちらから出かけて行くことも出来たのだが、屋号さえも聞いておかなかったのだ。伊集院が帰ってくるまで、ここで待っているほかはないのである。

更に、三十分待った。だが、依然として浦上の眼前に伊集院の姿は現われなかった。浦上はようやく、焦燥感を覚え始めた。彼は、何度か腰を浮かせかけた。無意識に煙草を口に通わせて、あたりへ煙を吐き散らした。濡れた洋服も殆ど乾きかけていたが、俄かに腹や背中の湿った肌が不快になった。この時、浦上の顔を覗き込むようにして男の上体が近づいて来た。

「火を貸してくれないかね」

男は言った。ランニング一枚の若い男である。かなり酔っているようで、強いアルコールの匂いが浦上の鼻をついた。浦上は顔をそむけながら、男がくわえている煙草の先に自分のそれの火を近づけた。

「熱い！　気をつけろ、この野郎……！」

突然、男が大声で怒鳴った。顔をそむけながら煙草の火を貸してやった浦上も不注意だったかも知れないが、酔っている男の方も頭をぐらつかせていたのである。浦上の煙草の火が、男の指先に触れたらしい。

「この野郎とは何だ。火を貸してくれと言って来たのは、そっちじゃないか」

浦上もムッとして、突き刺すような目で男を見上げた。アルコールが彼を冷静にしておかなかったし、また気も立っていたのだ。浦上は、黙ってはいられなかったのである。

「何を！」

と、若い男は肩をそびやかした。すでに、挑戦的な表情になっていた。男の怒声に、傍らの席に着いていた連中が一斉に立ち上がった。同じように、ランニング一枚の男たちだった。男の仲間なのだろう。とたんに、店の中が静かになった。

男が浦上の右腕を摑(つか)んだ。その力を利用して立ち上がりながら、浦上は左手の拳(こぶし)を男の胃袋のあたりに突っ込んでいた。男は低く呻(うめ)いて、腰を折った。同時に、浦上の右膝(ひざ)が男の顎(あご)を突き上げていた。男は床に崩れた。男の仲間たちは呆然(ぼうぜん)と立ちすくんでいた。

「県警の浦上さん、おられますか？」

凍りついたような静寂を破って、店の入口でそんな声がした。

「いるよ」

と、浦上は手摺り越しに階下を覗いた。店のドアの前に、制服警官が立っていた。

「下田署の者ですが、すぐ下田病院まで来て頂きたいんですが……」

直立の姿勢をとって、警官が言った。

「病院へ？　何かあったのか？」

階段を駆けおりながら浦上は訊いた。

「県警の伊集院さんが負傷されたんです」

「何だって？」

浦上はカウンターに千円札を一枚置くと、警官の背中を押すようにして店の外へ出た。

「交通事故か？」

「いや、襲われたんです」

「襲われた……、誰に……？」

「分かりません。下田公園の近くで、歩いているところをいきなり背後から鈍器のようなもので撲られたらしいんです。手がかりは、現場に落ちていた靴ベラだけです」

「怪我はひどいのか？」

「駅前のバーに浦上さんがいるから呼んで来るようにと口をきいたくらいですから、大したことはないでしょう」

浦上は警官と一緒に、待たせてあった警察ジープに乗り込んだ。伊集院を襲撃したのは、事件の犯人だということも考えられるのだ。

# 青い顔

## 1

下田病院外科病棟の三階に伊集院はまるでイタズラを禁じられた子供のようにつまらなそうな顔でいた。ベッドの上で、伊集院は毛布だけを掛けていた。胸の上に、両手を重ねておいている。浦上の顔を見ると、彼は救われたように笑おうとして、慌てて顔をしかめた。頭の傷が痛んだのに違いない。

「大丈夫か？」

伊集院の顔を覗き込むようにして、浦上は、ふと自分の息が酒臭いのに気づいた。

「道端で転んだのと、大して違わないよ」

と、伊集院は気の強いことを言ったが、やはり顔色は優れなかった。頭に包帯を巻いて、それが後頭部のところで一段と厚くなっている。ほかに、外傷はないようだった。

「急に、顔が老けたようだぜ」

浦上は、革張りの丸椅子を引き寄せて、それに坐った。壁と天井が薄い緑色で、床は鏡のように磨き込まれている。小さな部屋だが、清潔そのものの病室だった。ドアの外に、下田署の警官が二人立っているだけだった。

「よせよ。白髪もなければ、腰も曲がってはいない。身体は、若さではち切れそうだ」

と、相変わらず伊集院は軽口を叩いている。だが、さすがに両耳をつまむほどの元気はないらしい。笑っては、すぐ顔をしかめる。後頭部の傷が、相当に痛むのだろう。

「後頭部を、一撃されただけなのか」

「医者の話では、そうらしい。一撃されたか二撃されたか、当人に分かるはずはないだろう」

「凶器はなんだ？」

「鈍器のようなものとしか分かっていない。鉄棒か、あるいはそのほかの金属性物体という主治医の話だ」

「虎さんが何者か承知の上で、襲ったのかな」

「勿論、そうだろう。いきなり、後ろから撲って来たのだから、喧嘩じゃない。十円玉一つ持って行かなかったんだから辻強盗でもない。酔っぱらいや若い野郎のイタズラに、みすみす引っかかって気絶するような虎さんでもない。多分、泣く子も黙る県警捜査一課の伊集院と知って襲いかかって来たんだろうな」

「虎さんも大物になった。ボディ・ガードをつける必要があるな」

「いや、あの生ビールがいけなかったんだ。つい、神経が鈍くなっていてね」

「場所は、下田公園の……」

「そうなんだ。グラウンドに近い暗い道だった。心当たりの旅館というのは城山ホテルのそばにあってね。そこへ行って話をまとめて、駅前へ引っ返して来る途中だった」

「すると、犯人は行きがけの虎さんを見かけて、あとを尾けた。途中で、何か手ごろな凶器を見つけた。帰り道、人通りの杜絶えた現場で、いきなり後ろから虎さんに一撃を加えたということになる」

「誰が、なんのためにそんなことをしたんだろう。おれには、人から恨まれる覚えはまったくない」

「犯人は、虎さんに対して殺意を持っていたかどうか、この点が問題だ。虎さんをバラすつもりだったら、鈍器で一撃を加えたあと、絞殺するなり、刺し殺すなり、同じ凶器で乱打することも出来たはずだ。ところが、犯人は虎さんを一撃して、気絶させただけだった。殺意はなく、負傷させるだけが目的だったのかも知れない」

「何のために、そんなつまらないことをしたんだろう。刑事を襲うからには、それなりの危険を覚悟しているだろう。そのくせ、殺さないで、ただ負傷させるだけだなんて……」

「警告だったということも、考えられるぜ」

「警告？」

「そうだ」

「何のための？」

「つまり、虎さんを襲った人間とバス転落事件の犯人が同一人物だったとする。犯人は、虎さんの顔を知っていた。その虎さんを今夜見かけた犯人は、これ以上嗅ぎまわると何をするか分からないぞということを警告するために、ただ鈍器で撲るだけの凶行を働いた……」

「浦さんらしくもない、子供じみた推理だな。そんな警告が通用するのは、ちょんまげ時代だよ。警告されたからといって、警察が捜査を打ち切るはずがないじゃないか。われわれも何を、というわけで以前よりも意欲的になる。まるで逆効果だよ」

「われわれから見れば、確かに子供騙しで漫画みたいな警告だ。しかし、当人は大真面目でそういうことをする場合もあるんだ。常識では判断出来ない、単純な人間も多いからな」

「仮りに、そうだったとしても、おれ一人を襲ったりはしないさ。特捜本部へ、警告するという手紙を送って来たりしただろう」

「じゃあ、虎さんは自分が中途半端な襲われ方をしたことについて、どんなふうに解釈しているんだ？」

「こういうこともあるだろうと、おれは思うんだ。犯人は、おれを殺すつもりだった。それでまず、一撃を加えておれを昏倒させ、無抵抗にしてから料理する。それで、おれを撲り倒すところまでは成功した。ところが、そこで通行人が近づいて来るのに気がついた。犯人は慌てて逃げた……」

「なるほどね。すんでに殺されるところだった人間にしては、虎さんも落着きすぎているじゃないか」

「どういたしまして。今考えただけでも、ゾッとするよ」

「とにかく、目撃者も手がかりもゼロだ。靴ベラが一つ、落ちていただけさ」

「あの靴ベラは、おれのものじゃない。しかも、倒れたおれの背中の上に落ちていたというから、犯人の靴ベラであることだけは間違いないな」

「靴ベラから指紋の検出は出来なかったし、靴屋の名前が彫りつけてあるわけでもない。どこにでも売っているセルロイドの靴ベラだ」

「野郎も間が抜けているな。靴ベラなんていうものは、靴をはく時だけ必要な品物だぜ」

「まあ、この事件は下田署に任せることにしたよ。こう言ってしまっては何だが、虎さんの傷害事件よりバス転落事件の方が優先するんでね」

「それはいっこうに構わないが、おれをこんな薬臭いところへ置いてきぼりにして行くつもりか？」

「医師の指示に従うほかはないだろう」

「先生は精密検査で何もなく、三日間も安静にしていれば大丈夫だと言うが、冗談じゃねえ。こんな恰好で三日間もいたら、背中にカビが生えちゃうぜ」

「たまには、人生についてゆっくり考えていろ。特捜本部の方からも、無理をしないようにと言って来ているし、おれも一人で歩くのは女房を亡くしたような気がして寂しいんだが、仕方のないことだろう」

「見てみろよ、浦さん。こうして付添いの看護婦だってなかなか来ないじゃないか。つまり健康優良児と変わらないっていう証拠さ」

「駄目だね。十年分のビールを保証してくれると言われても、おれはここで虎さんと別れるよ」

　と、浦上は椅子から立ち上がった。伊集院は、情けなさそうな顔をしている。しかし、あえて上体を起こそうとしたりはしなかった。口ではなんと言おうと、やはり身体の具合が悪いのだ。枕から頭を離そうともしない。浦上も、伊集院のことが心配だった。頭の傷は恐ろしい。見たところ大したことはなさそうだと思っていた怪我人が、翌日には死亡するということもあるのだ。まさかとは打ち消しながらも、浦上はこれが伊集院との今生の別れになるのではないかと、そんな気もするのだった。

病室を出てから、浦上はドアを振り返って短く溜め息をついた。悪意ではないが、伊集院に対して嘘をついたことが少しばかり辛かったのである。伊集院には再びバス転落事件の捜査に戻ると言ったが、それは事実ではなかった。浦上は特捜本部から、伊集院襲撃事件について調べるようにと、指示を受けていたのである。伊集院が襲われたのは、決して偶発的な事故ではない。特捜本部でも、バス転落事件と何らかの形で関連があると判断したのだった。

下田という場所で、特捜本部員が襲撃されたのである。原因もはっきりしていない。これではやはり伊集院襲撃とバス転落事件とを切り離しては考えられないのだった。伊集院を襲った犯人を追及することが、ひいてはバス転落事件の捜査に通ずる。その可能性は充分だったのである。

こうしたことを伊集院に隠したのは、彼の神経を昂ぶらせたくないためであった。伊集院は刑事である。それも県警の第一線にいる捜査官なのだ。同僚が自分を襲った犯人を追っていると知って、のんびり構えていられるはずはなかった。自然に、ベッドの中で落着いてはいられなくなるだろう。特捜本部も、そして浦上も、このことを恐れたのだった。

浦上は病院の洗面所で幾度も顔も洗い、そして漱をした。酔いをすっかり醒まさなければならないし、酒臭くては聞込みも出来ないのだ。それをすませてから、彼はガムを三枚ばかり、一度に口の中へ入れた。浦上は病院の廊下を出口へ向かいながら、手帳を開いた。特捜本部から言ってきている下田の住人だった犠牲者は、全部で六人いた。これは、思ったより少ない数字であった。だが、浦上一人だけではとても大変だろうというので、特捜本部から一人、応援が来ることになっていた。

浦上はまず、この二人の犠牲者に目をつけた。

河原崎則子（かわらざきのりこ）　十九歳　家事手伝　下田町埠頭脇平田方（ふとうひらた）
青柳芳江（あおやぎよしえ）　二十三歳　地方公務員　下田町埠頭脇

これという理由はなかった。二人の名前が最初に列記されてあって、同じ若い女、それに住まいがすぐ近所らしかったからである。

特捜本部からの応援を待って調べを始めるというほど、浦上は悠長（ゆうちょう）な気持ではなかった。伊集院を襲った男は、現在まだ下田にいるはずである。それに犯行直後であれば、それだけ犯人は反応を強く示すのだ。急がなければならないと、浦上は思った。

## 2

下田署で、若い刑事を一人つけてくれた。土地不案内では、何かと不便だろうというわけである。下田署としても、一応県警に協力するという形をとりたかったらしい。若い刑事は南村といって、まだ少年の面影が残っている顔立ちだった。浦上と南村は、下田町の埠頭へ向かった。警察ジープは借りなかった。狭い土地での捜査にパトカーや警察ジープを使うのは、あまりうまいやり方とは言えなかったのだ。

埠頭のあたりは、厚い闇の中に没していた。雨は上がったが、空も海も暗かった。屋外もむし暑いから、涼を求めて夜歩きする人もいないようだった。下田港を眼前にして、対岸の灯の瞬きが、僅かに視界の広さを語っているだけだった。

小さな町で、番地を頼らなくても捜す家はすぐに分かる。魚市場からドック寄りの埠頭の近くに二軒の旅館があり、その間に挟まれて傾きかけた人家が赤茶けた灯を路上に落としていた。これが、河原崎則子という娘の住まいだった。もっとも、平田方となっているから、彼女の本当の家ではないのだろう。

以前は商店だったらしく、表のガラス戸をあけるとすぐに土間であった。八畳ほどの部屋があり、その奥に暗い台所が見えている。八畳にはいっぱいに夜具がのべられてあり、蚊帳が半分吊ってあった。上半身裸の男が、蒲団の上にあぐらをかいている。五十年輩だろうが、赤銅色に日焼けした肌で、肉体労働者といった感じの男だった。男は右手に茶碗を持ち、左手で一升ビンを引き寄せている。

それと向かい合って、四十前後の女が坐っている。白っぽい寝巻を着ていた、というと体裁はいいが、いろいろな手ぬぐいを縫い合わせて作った寝巻だということは一目で知れた。悪いことをするにも気の合いそうな夫婦、という感じの男女である。

「警察から来たんだけどね」

南村刑事がそう声をかけると、夫婦は言い合わせたように荒々しい仕種で振り向いた。もの怖じしないというよりも、ふてぶてしいといった夫婦の態度だった。

「警察が何の用だ？」

男が、吠えるように言った。酔いに充血した目が、挑むように燃えている。世間のことが何から何まで気に喰わないと言いたそうな男の眼差しだった。

「例のバスの転落事件のことで、県警察の本部から見えられたんだ」

若い刑事は男の剣幕に戸惑ったようだったが、そう言って浦上を引き合わせた。夫婦の険しい目が浦上に向けられて、男は嘲笑するように鼻で笑った。

「偉い刑事が、おれたちにどんな用があるっていうんだ？」

と、男は茶碗の酒をあおった。酒に濡れて、不精髭が穢らしく光っていた。

「犯人を捜しているんでね」

表情を変えずに、浦上は夫婦に冷たい一瞥をくれた。

「そんなことかい。こっちは、則子の補償金でも出たのかと思った」

「そんなことは、バス会社に訊いてくれ」

「こっちとしては、あまり警察には協力したくないな」

「なぜだい？」

「誰かの話だと、ただの事故の方がバス会社はたくさんの補償金を払ってくれるようだぜ。犯人がいて、故意にやった事件だとなると、バス会社には責任がなくなるからな。こっちは、損をするというわけだ」

「河原崎則子との関係は？」

「弟の娘さ。つまり、姪だ。ところが、おれたちの場合、ただの伯父と姪という間柄じゃすまないんだよ」

「どういう意味だね？」

「親代わりさ。それも、本当の親以上だ」

と、傍らから女が口を出した。何を口にしても人に不快な想いをさせる、いかにも欲の深いといった女である。

「そうさ。なにしろ、則子が五つの時に引取って、今日まで育てあげたんだからな」

男が、そうだと言わんばかりに大きく頷(うなず)いて、女房の言うことに同調した。

「苦労して育てあげて、その挙句(あげく)がこの始末だ。まったく、割の合わない話さ」

半分は浦上に聞かせるように、女は声を張り上げて亭主に話しかける。

「則子に、老後の面倒を見てもらうこと、これだけが、おれたちの楽しみだった。その則子が、バス諸共に海へ落ちて死にました。どうもご愁傷さまでした。これだけですまされてたまるかって言うんだ」

「それも、則子が家を飛び出したりするから悪いんだよ。わたしたちの恩を忘れたりするから、罰が当たったんだ」

「罰が当たったで諦めろと言われても、そうはいかねえや。子供たちはまだ小さい。おれの稼ぎで、一家の生活はやっとなんだ。この辺で則子に大黒柱になってもらおうとしたら、こんな始末さ。おれは口惜しくて、涙も出ないくらいだよ」

男はそう言って、また茶碗に酒をついだ。左側の部屋で、子供の泣き声がした。その部屋に何人かの子供たちが、寝ているのに違いない。

「河原崎則子は、家出をしたのかね?」

と、浦上は訊いた。

「そうなんですよ」

女が四ん這いになって、浦上の方へ膝を進めて来た。

「今の若い者ときたら、まるで冷たいんだ。十五年間も面倒を見てもらって来た恩を忘れて、いざという時になったら家を飛び出そうとしたんですよ」

「家出の原因は?」

「東京に仕事の口が見つかりましてね。築地というところの大きな料亭で、経営者が下田出身の人だった。それが縁で、高い給料で則子を使おうということになってね。わたしたちは、これで長年の苦労が報いられたと喜んだんだけど……。則子の奴、女中なんて嫌だと言い張って、どうしてもうんと言わないんですよ。それで、次の日には東京から迎えが来るという時になって、家を飛び出しやがった。十五年の恩も忘れて、もう家へは帰りませんと書いた紙を一枚残して行っただけでしたよ」

則子という女への腹立たしさと、大魚を逃がした口惜しさとが半々で、女はしきりと自分の膝を叩いていた。

どうやら、ここにも脈はないと浦上は思った。この夫婦が、綿密な計画に基づいた言動をとっているとは考えられなかった。とすれば、この二人が言っていることは事実なのである。

十五年間も投資して来て、さてこれから役立たせようとした当の河原崎則子を、この二人が殺すはずはなかった。まさか、バス会社の補償を目当てに、家出を図った河原崎を殺そうとしたわけでもないだろう。

「ところで、話は別なんだが、同じバスで死んだ青柳芳江という娘のことについて、何か知っていることはないかね？」

「知ってるとも。すぐ近くに住んでいるんだから……」

あっさり諦めて質問の矛先を変えた浦上に対して、女も至極あっさりと答えた。

「娘の評判は？」

「あまりいいとは言えないね。多情な女なんですよ。美人には違いないけど……」

「勿論、すっかり参っていた彼氏もいたんだろうね？」

「あの娘にいちばん惚れていたのは、魚市場に勤めている良さんという若い衆だね。一時間ばかり前に、良さんはここへ寄ったけど……青い顔をしてね」

「一時間ばかり前に、青い顔をして……」

浦上は、背後の闇を振り返った。事件の被害者と関係があった若い男が、一時間ほど前に青い顔をして来たという。聞き捨てには出来なかった。

# 二度死んだ女

## 1

　魚市場で働いている良さんという若者が、伊集院を襲った犯人だと断定は出来ない。犯罪捜査が、そのようにうまく運ぶ例は、殆どないのだ。だが、一縷（いちる）の望みはある。その若者は、一時間ほど前にここへ来たという。伊集院が襲われて、間もなくだったと言っていい。しかも若者は青い顔をしていたというのだ。浦上が、胸の鼓動を速めたのは当然だったのである。

「詳しく話してくれないか」

　と、浦上は口の軽そうな女に言った。女の悪相も、この時だけは少しも不愉快と感じなかった。

「詳しい話といっても、別にありませんがね」

女は坐りなおして、太い股の上に両手を置いた。

「その若い男の名前は？」

「谷崎良太郎っていうんですよ。すぐそこの角にある薬局の三男坊でね。兄貴たちは東京の大学を出たというのに、良さんだけは出来が悪くて、高校を途中でやめると、勝手に魚市場に勤め始めたんです」

「奴さん、何の用があってここに寄ったんだ？」

「その点も、はっきり分からないんです。父ちゃんが今飲んでいる酒、その一升ビンをさげてふらりとここへやって来たんです」

「青い顔をしてね」

「元気もなくて、沈みきっていました。良さん、どうかしたのかいって訊くと、なんでもないって首を振るだけでね」

「今までにも、ここへ酒を持って来たりすることがあったのかい？」

「どういうわけか、良さんはここへよく来るんですよ。父ちゃんが好きだということが分かっているから、たまには酒を持って来てくれることもあります。もともと、陰気な子でしてね。何か困ったことがあったりすると、父ちゃんにボソボソ打ち明け話をするんですよ。そして、しっかりしろって父ちゃんに元気づけられて、帰って行くんですがね」

「すると、今夜も何か相談ごとがあって、ここへ来たんじゃないか？」

「今夜は、いつもと少しばかり違っていましたね。殆ど、喋りませんでした」

「しかし、一言や二言は何か口にしただろう?」

「そうだね。噂によると、バス転落事件のことで県警の刑事が下田へ来ているそうだ……なんていうことを、呟いていたようでした」

「そんなことを、どうして知っていたのかな」

「刑事さん、下田なんていう町は狭いもんですよ。ちょっとしたことがあれば、三十分もしないうちに町中噂がひろがってます」

「じゃあ、あんたたちも県警の刑事たちが下田へ来ているということを噂で知っていたかい?」

「良さんがここへ来るちょっと前に、父ちゃんの知合いの口からその噂は聞いてましたよ」

「どんなふうに?」

「県警の刑事の一人が下田公園で、誰かに襲われて怪我をした。もう一人の刑事が駅前のバーにいて、知らせを聞くとすぐ、飛んで行った。その刑事が滅法強くて、バーでからんで来た酔っぱらいをただの一発でのばしてしまったと、これだけのことは聞きました」

「なるほどね」

浦上は苦笑した。駅前のバーで、酔っぱらいに一撃を加えたことまで、もう噂になっているのである。別に恥じ入る必要もないが、この土地で滅多なことは出来ないと、浦上は思った。下田の町は、確かに狭い。それに、この土地にいる人々の半数はよそ者の観光客たちなのである。限られた人数の土地の人間たちの間で、あっという間に噂がひろがるというのは、当然のことであった。それだけ、日々事の起こることもない平和な町なのだろう。

「ついでに、訊いておきたいんだがね」

浦上はピースの箱を取り出して、その一本をまず女にすすめた。女は待っていたように煙草を抜き取ってから、軽く会釈をした。

「その良さんと、青柳芳江という女は深い仲だったのかい？」

「芳江ちゃんには、何人もの男友達がいましてね。良さんも、その一人だったというわけですよ。ただ、良さんがいちばん真剣だったようです」

「すると、二人の仲は別にまずく行っていたわけでもないんだな」

「それがね、刑事さん。最近になって、芳江ちゃんには珍しく自分の方から夢中になった男が出来たんです。沼津に住んでいる会社員でね。熱くなった芳江ちゃんは、暇さえあれば沼津へ通っていましたよ。彼氏の家に一泊して、翌日下田へ帰って来るんです。事件があったあの日も、芳江ちゃんはバスで沼津へ行く途中だったんですね」

「良さんの方は？」

「そりゃあ、すっかり頭へ来てしまいましたよ。見たわけではないけれど、泣いたり怒ったり脅(おど)したりして、良さんは芳江ちゃんの気持を取り戻そうとしていたという話です」

と、女はここでようやく煙草に火をつけると、鼻から勢いよく煙を出した。

「いや、どうもありがとう」

浦上は女とそれに寝転んでしまっている亭主に軽く頭を下げて、南村刑事に行こうと目で合図をした。

浦上たちは、暗い通りへ出た。浦上は黙っていた。しかし、彼の胸のうちにはずしりとした充実感があった。今度の捜査を始めて、最初に得た重量感のある手がかりだったのだ。あるいはという期待を、浦上はやっと抱くことが出来たのである。

転落したバスに、青柳芳江という女が乗っていた。彼女は、すっかり夢中になってしまった男の許(もと)へ行く途中だったのだ。だが、そうした青柳芳江は、谷崎良太郎という若者を裏切っているのである。良太郎は、芳江には真剣だった。彼は、泣いたり脅したりして彼女の変心を責めていたという。ところが、芳江は沼津に住む新しい恋人に狂っていた。同時に、良太郎もまた芳江に狂っていたのではないか。

女に裏切られた若者は、逆上しやすい。カッとなれば、何をするか分からないのだ。芳江の気持が変わらないと分かった時、良太郎は彼女を殺す決意を固めたのではなかったか。若いだけに、バスを射撃して、二十七人諸共死へ追いやるといった無鉄砲なことも、やりかねないのである。

美人だが、多情な女、そして陰気な性格の若い男——こうした取り合わせに起こりがちな葛藤ではないか。このような事実だけではなく、県警の刑事が下田へ来ているという噂を知った良太郎がひどく怯えているといった点も、浦上の期待をふくらませるのだった。

恋は盲目——と、浦上はそんな古くさい言葉を思い浮かべていた。

五十メートルも行かない四つ辻の一角に、『谷崎薬局』という看板が見えた。薬局だけは、夜おそくまで店をしめないでいる。谷崎薬局もまだ、店の明りを暗い路上に投げ出していた。

「いらっしゃい」

刑事たちが店先に立つと、椅子に坐って雑誌をひろげていた中年の男がそう言った。男は、良太郎の父親に違いない。

「息子さん、いますか？」

と、浦上は店の奥へ目を走らせた。

「息子？」

男は、不審そうな顔をした。

「良太郎さんですよ」

「良太郎ならいます」

「呼んでもらえませんか？」

「あなたたちは、誰なんです？」

「警察の者です」

「警察？」

「下田署まで、参考人として同行してもらいたいんですがね」

浦上がこう言った時、南村刑事が素早い動作で店のすぐ脇にある路地へ飛び込んで行った。裏口からでも良太郎が逃走するのを防ぐためだろう。

「何の事件の参考人ですか？」

薬局の主人は、よろめくように、椅子から腰を浮かせた。

「伊豆西海岸のバス転落事件です」

「それに、良太郎が関係しているというんですか？」

「参考に事情を聞かせてもらうんです。任意同行ですから、無理にとは言いませんがね」

浦上は冷然と言い放った。父親は短い間考えていたが、やがて諦めたように力のない声で息子を呼んだ。三度呼ばれてから、店に通ずるガラス戸が開かれて、若い男が姿を現わした。

「お前に、刑事さんが用があるそうだよ」

と、父親は怒ったように雑誌をガラス・ケースの上へ放り投げた。

刑事と聞き、浦上に気づいた良太郎は、顔色を紙のように白くして唇を震わせた。彼は脚がすくんでしまったのか、その場を動こうともしなかった。

2

下田署の取調室で向かい合ってみると、良太郎の孤独な雰囲気が、浦上にも肌で感じられるようだった。決して、凶悪な面相ではない。色の白い神経質そうな、むしろ弱々しい感じの若者だった。魚市場で働いている威勢のいい若い衆とは、とても思えない。ただ、暗い目の奥にギラギラしている炎のような激しいものがあった。

こういう青年は一旦黙り込んだら、貝のように口を噤んでしまうタイプだと、浦上は印象で見抜いていたが、果たしてそのとおりだった。良太郎は最初から、素直ではなかった。いわゆる内向型で、圧力が加われば、それだけ自分の殻の中に閉じこもってしまうのである。

「七十になるまで、黙り続けているつもりかい？」

一時間ほど辛抱した浦上も、さすがに我慢しきれなくなっていた。さっきから生ぬるい麦茶を、十杯も飲んでいる。南村刑事が使っている扇子の動きも、緩慢になっていた。

「知っていることを、正直に話してくれればいいんだ。青柳芳江が、憎かったんだろう？

殺してやりたかったんだろう？」

　浦上は、鼻と鼻が触れ合わんばかりに顔を近づけてそう言った。良太郎は、睨み返すようにして浦上の目から自分のそれをそらせなかった。意地になっているようでもあり、また理由もなく刑事に反感を抱いているのかも知れない。

「どうしても言わないのか？」

「何だ、その態度は。参考人として呼んだ人間を、警官が脅迫していいのか」

　突然、良太郎が言葉を口にした。だが、それは事件とはなんの関係もない、刑事の態度を非難する言葉だった。浦上の頭の芯に、熱いものがひろがった。冷静にとは思ったが、堪えきれなかった。浦上は、大声を張り上げていた。

「そんなことを言っている場合ではないんだ！」

　浦上の右手の掌が、机の表面を激しく叩いていた。ふくらませた紙袋を、手で割った時のような音がした。それで、良太郎も興奮したようだった。

「見ろ、そうやって脅迫するじゃないか！」

　と、良太郎も怒鳴り返した。

「ものごとは、何もかも因果関係にある。そっちが素直に喋ってくれていれば、こっちも静かに話を聞く」

「おれだって、税金を払っているんだ。その税金で、あんたたちは喰っているんだろう。

喰わしてやっている人間に、そんな口のきき方をされることはない」

「警官は公僕だと言いたいんだろう」

「分かっているんじゃないか」

「耳にタコが出来るほど、聞く台詞だ」

「じゃあ、公僕らしくしたらいいだろう」

「公僕だからこそ、こうやってお前に喋らそうとしているんだ」

「お前とはなんだ」

「いけないか？」

「決まっている」

「それなら、お前なんて呼ばれないようにしたらいいだろう！」

「帰ってもいいだろう？」

「帰りたいなら、とめはしない。ああ、どうぞお帰り下さい。しかし、帰ったからってこのままではすまされないということを、よく憶えておくんだな」

「一体、おれが何をしたというんだ！」

「下田公園で、県警の刑事を襲った」

「そんなこと、知るもんか！」

「そう言うだろうと思っていた」

「おれが、刑事を襲う理由はない」

「調べられるのが怖かったんだ。刑事を殺せば、それで無事にすむとでも思ったんだろう。ところが、失敗して怪我をさせただけに終わってしまった」

「刑事に調べられる覚えなんかない」

「冗談じゃないぜ。人殺しを、刑事が調べないわけはない」

「人殺し？」

と、良太郎は一瞬、目を伏せた。どうやら、不貞腐(ふてくさ)れた彼の虚勢も崩れかけたようである。浦上はすかさず、追い撃ちをかけた。

「それも、一人だけじゃない。二十七人の人間を、あっという間に消してしまったんだ」

「二十七人……！」

「罪もない女子供を含めて二十七人、バスごと海の中へ放り込んだ」

「知らない！」

「同じ台詞をくりかえすな！」

「おれじゃない！」

「じゃあ、誰なんだ？」

「知るもんか！」

「バスには、青柳芳江が乗っていた」

「それは分かっていた」

「青柳芳江は、お前を裏切った」

「確かにそうだ！」

「お前は、青柳芳江を殺したかった」

「そのとおりだ！」

「それで、沼津へ行く青柳芳江が乗っているバスに、散弾を浴びせた」

「違う！」

「どう違う！」

「おれは、バスを撃ったりはしなかった」

「何をしたんだ？」

「おれは……」

「言うんだ！」

「芳江を……芳江だけを殺した……」

良太郎はそう言うと、立ち上がりかけた姿勢のままでガックリと頭を垂れた。あたりが、急に静かになった。弾丸が飛び交うような言葉のやりとりの結果、浦上の矢継ぎ早の質問の前に、良太郎は屈したのである。良太郎が再び椅子に坐り込むのを見届けてから、浦上はゆっくりと煙草に火をつけた。さっきから、指の間に挟んでおいた煙草であった。

「変な話じゃないか」

浦上は人が変わったように静かな口調で、そう言った。項垂(うなだ)れた良太郎は、顔を上げようともしなかった。

「青柳芳江は、犠牲者の一人だったんだ。つまり、彼女はバスに乗っていた。ほかの乗客たちと一緒に死んだんだよ。その青柳芳江だけを殺したというのは、妙な話じゃないか」

「しかし、事実なんです」

と、良太郎は低い声で答えた。

「七月二十日の午後五時頃、お前はどこにいた？」

「安良里のバスの発着所にいました」

「事件現場の近くじゃないか」

「しかし、証明出来ます。バスの発着所で、高校時代の友達に会って、十分ばかり話し込みました」

「その友達の住所と名前は？」

「安良里港のすぐ近くにある美好(みよし)屋という旅館の息子で、三好孝雄(みよしたかお)です」

良太郎のその言葉が終わると同時に、南村刑事が立ち上がった。浦上が目で促(うなが)すまでもなく、南村刑事は良太郎の主張するアリバイを裏付けるために、取調室を出て行った。

「じゃあ、青柳芳江を殺した手口について、説明してもらおうか」

浦上は、煙草をもみ消した。

「どうやって殺した?」

「薬を飲ませました」

「薬とは?」

「酸化砒素です。俗に亜砒酸とも言ってますが、致死量〇・〇六グラムの毒物です。店の薬局にある毒物劇物棚から持ち出しました」

「それで」

「あの日、ぼくは下田から芳江と同じバスに乗りました。芳江は、まるで他人のように知らん顔をしています。酸化砒素を入れたコーラを持っていても、まだ迷っていたぼくは、芳江を殺そうと決心しました。バスが、安良里に着く直前にぼくは芳江に話しかけました。さっぱりと諦めるから、コーラで別れの乾盃をしてくれと言ったんです。芳江は笑いながら、コーラのビンを受け取りました。その時、バスが安良里の停留所に停車しました。ぼくは、そのまま安良里でバスを降りてしまったんです。多分、芳江が途中であのコーラを飲んでくれるだろうと思いましたから……」

「もし、バスがああいうことにならなかったら、お前はその日のうちに青柳芳江殺しの犯人として逮捕されたのだろうな。バスの乗客全員が目撃者だったんだ」

「あとのことは、考えていませんでした。ただ、ぼくは芳江がバス転落によって死亡したのではなく、あのコーラを飲んで死んだのだと信じたいんです」

「分からんな。バスが転落して二十七人が全員死亡した。そういう場合には、一人一人を解剖して死因を確かめるというようなことはしない。青柳芳江が亜砒酸で死んだかどうか、永久に分からんだろう。いずれにしても、青柳芳江は二度死んだようなものだ」

いつの間にか、浦上は力のない声になっていた。期待は、あえなく萎えたのである。良太郎の自供を、疑う気持はなかった。そしてその夜のうちに、良太郎のアリバイは確認されたのだった。夜半、下田埠頭に暗い海を眺めて佇む浦上の姿があった。

# 異母兄弟

## 1

　翌日、浦上は県警から応援に派遣されて来た捜査官と、下田署で落ち合った。応援に来たのは、丹下（たんげ）という部長刑事だった。肥満型で、見たところは温厚そうだが、刑事歴十八年のベテランである。四十五歳の働き盛りで、若手の刑事たちから煙（けむ）たがられている存在だった。

　浦上も丹下部長刑事とは親しい間柄だったが、一緒に組んで仕事をしたことは、まだ一度もなかった。手強（てごわ）い応援者が来たものだと、浦上は内心で思った。

「浦さん、大分張り切っているじゃないか」

　浦上の顔を見るなり、丹下部長刑事は言った。目を細めて笑っているが、言葉にはなんとなく皮肉っぽいものが感じられる。

「いつもと、変わってないつもりですがね」

浦上はニコリともしないで、部長刑事の顔を見返した。

「そうかね。浦さんには東京や神奈川関係を当たってもらうことになっていたが、結局はわれわれの分まで首を突っ込まれた格好になった」

「いけませんか？」

「いや、いけないはずがないだろう。このおれも、浦さんの活躍ぶりに圧倒されたんで、ちょっとそう言ってみただけさ」

「今後は、どうぞよろしく……」

「それは、こっちの台詞だね」

「どうしますか？　伊集院を見舞いに、病院へ行かれますか？」

「見舞いに行ったところで、仕方がないだろう。おれの顔を見たら、虎さんの傷がかえって痛み出すんじゃないかな。それより、早速仕事だ」

と、部長刑事は俄かに表情を引き締めた。伊集院の見舞いなどに時間を費すつもりはないと、丹下部長刑事は言う。薄情なのか、それとも職務に忠実なのか。浦上は、部長刑事の横顔をチラリと見やった。

「一つ、気になるのがあるんだ」

丹下は、扇子を忙しく動かしながら言った。

「どんなことです？」

浦上は、その扇子の動きを凝視した。

「犠牲者の一人で、諸岡貞次郎というのがいる」

「ええ、微かに覚えているようです」

「五十歳で、蓮台寺で小さな製材工場を経営している」

部長刑事は、手帳を開こうともしなかった。全て、頭の中に刻み込んでいるらしい。

「浦さんも多分記憶しているだろうと思うんだが、事件発生を知って、家族たちがいちばん最初に駆けつけて来たのが、この諸岡貞次郎だ」

「分かりました。確か、息子や娘が五人ばかり駆けつけて来ましたね」

「正確に言えば、息子が二人に娘が二人、それに上の娘の婿さん、この五人だったよ。しかも、連中ときたら親父の死体を目の前にして涙一滴こぼさなかった。ほがらかではなかったが、これで一つの結果が出たというほっとした様子だったじゃないか」

「傍らで見ていた人間の感想としてはね」

「その感想というやつが、えてして大いに役立つことになる。おれは一応、下田関係の犠牲者の中では、これに目をつけていたんだ」

「目をつけずにはいられない具体的な根拠が、ほかにもあったんでしょう」

「あった」

「何です？」

「保険金だ」

「幾らです？」

「三つの保険会社と契約していて、保険金の総額は五百万円」

「五百万円ね」

「ご不満かね。千円で人殺しをする世の中だぜ」

「保険金の受取人は？」

「末娘の澄子という女が、受取人に指定されている」

「じゃあ、その澄子という女が臭いというわけですか？」

「そうではない。おれは事件現場へ駆けつけて来た二人の息子と二人の娘、それに姉娘の婿まで、全員に鼻をくんくんいわせているんだ」

「なぜそういうことになるんです？」

「諸岡貞次郎は、自分の意志があって、すすんで保険の契約をしたわけではない。息子や娘たちにすすめられて、その気になった。但し、諸岡貞次郎は条件をつけた」

「条件？」

「死んで保険金が入っても、金が自分のものにならない。自分のものにならない保険金のために、自分が保険料を払うのはおかしいではないか。保険料は息子と娘たち、全員で払えというわけだ」

「それで？」

「息子も娘たちも、承知をした。つまり、保険料を兄弟たちが全員で支払うのだから、諸岡貞次郎が死んで保険金が入った場合、全員に分配する、という仕組みだよ。仮りに末娘を受取人に指定してあっただけなんだ」

「なるほど。それで、保険契約を結んだのはいつです」

「今年の一月に、続けて三つの保険会社と契約をしている」

「それだけですか？」

「今はね」

　丹下部長刑事は、すでに立ち上がっていた。気が早いわけではない。ここで論議をしていても仕方がない、という行動的な部長刑事の、いつものやり方であった。打ち合わせがすむと、すぐに立ち上がる。浦上もそれにならって、椅子から腰を上げた。長身の浦上と、短軀の部長刑事は並ばぬ肩を並べて、下田署を出た。

　世の中に変人は多いが、変わったケースもあるものだった。子供たちが父親に莫大な保険金をかけたがることは、さして珍しくもない。しかし、自分のものにならない保険金だから、保険料は払わないという話は、あまり聞いたこともなかった。しかも、そのとおり息子や娘たちがそれぞれ保険料を支払い、保険金が入った場合はそれもまた分配する、といったことも、珍談に属するものではないか。

諸岡貞次郎は死んだ。事件発生を聞き込んで、真っ先に現場へ駆けつけて来たのは、その諸岡貞次郎の子供たちだった。彼らは悲しむふうもなく、ただある結果を確かめるという態度だったという。部長刑事の主観も入るが、確かに尋常ではなかった。

しかし、今度こそという気持は浦上になかった。的はずれには、馴れてしまったらしい。特に、あれほど意気込んで調べにかかった谷崎良太郎が白と分かって、浦上は運命に対する自信を失っていたのかも知れない。

下田から蓮台寺まで、たいして遠くはなかった。浦上と丹下部長刑事は、蓮台寺行きのバスに乗った。バスは空いていた。蓮台寺温泉へ行く旅行者たちの姿は、バスの中に見当たらなかった。温泉が混み合うシーズンではない。土地の人間たちを乗せたバスは、のんびりと走り続けた。

窓の外は、目がくらむように明るかった。午前中ではあったが、すでに炎暑を感じさせる。見ているだけで、汗をかきそうであった。視界の全体が、赤茶けて見える。赤土の埃が、ひどいのである。

「チョウさん……」

不快そうに黙り込んでしまった部長刑事に、浦上は声をかけた。沈黙していると、尚更暑苦しいような気がしたのである。部長刑事の丸顔は、湯上がりのように赤くなっていた。

「うん……」

部長刑事は、首筋を拭ったハンカチへ目を落とした。ハンカチは、こすりつけたように黒く染まっていた。

「諸岡貞次郎に、かみさんはないんですか？」

「確かめてはいないが、いないらしいな。保険金の分配にも、かみさんが加わっているという話は聞かなかった」

「子供たちは、保険金を何に使うつもりなんでしょう？」

「さあね」

「連中は、父親の工場で働いているんですか？　それとも、遊んでいられる身分なんですかね」

「その辺がまた、面白いんだよ。諸岡貞次郎は、小さいながら製材所を経営している。製材所は、まあ順調に行っている方だ。その子供たちは、経営者の家族として、東京の学校へ行ったり、のんびり暮らしているのだろうと誰もが想像しがちだ。ところが、そうではない。子供たちは従業員として、父親の製材所で酷使されているんだそうだ」

「家族ぐるみで働いているということは、小企業にはありがちのことでしょう」

「そんな、生易(なまやさ)しい話ではない。諸岡貞次郎は、子供たちを徹底して従業員扱いしているんだ。給料を支払って、その金で生活をしろと子供たちに命じてあるらしい。ひどく、冷淡なんだな。その証拠に、子供たちは高校を出ただけで父親の製材所で働かされているよ」

「すると、諸岡貞次郎と子供たちは別個に生活しているんですか?」

「そうした点を、これから調べに行こうというわけだ」

部長刑事は喘ぐように溜め息をついて、ハンカチで、顔中をゴシゴシとやった。

諸岡貞次郎の子供たちは、単に父親の保険金を欲しかったわけではないようである。その裏には、父親に対する憎しみもあったらしい。父親の死を待ち、しかもそのことによって利益を得ようとするやり方は、思い余った復讐の変形とも思えるのである。

2

諸岡製材所は、蓮台寺のはずれにあった。温泉の旅館街とは反対の方向である。大きな銀杏の木に囲まれた敷地は広く、そこに古い住宅が一棟と、屋根だけがある製材所があった。角切りにされた板や角材、それにこれから加工する原木などが、敷地のあちこちに山積みにされていた。製材所は木屑に埋まっていた。

蟬の声と、電気鋸のキーンという音が断続的に聞こえていて、製材所には七、八人の人影があった。だれもが、日焼けした上半身をむき出しにした若者たちだった。浦上と部長刑事は、自分たちの濃い影を踏んで、古い造りの住宅へ近づいて行った。朝顔をからませた竹垣を前にして、日陰になった縁側に、若い女がいた。縁側へ幾つもの湯呑みを運び出している。十時半だから、従業員たちのお茶の時間なのだろう。

「特捜本部から来たんですがね」

と、部長刑事が娘に声をかけた。娘は一瞬戸惑ったように刑事たちを見つめたが、すぐに屈託(くったく)のない微笑を浮かべた。

「はい……」

「あんたは、諸岡貞次郎さんの娘さんかね？」

「そうです。末の娘です」

「じゃあ、澄子さん？」

「ええ」

「兄さんたちは？」

「今、呼びます」

澄子という娘は、のびあがるようにして、製材所の方へ向かってお茶の仕度が出来たと大声で叫んだ。色のあさ黒い、健康そうな娘である。クリーム色のワンピースに包んだ身体つきがまだ稚(おさな)い。浦上には、殺人事件に関わり合いを持つような娘だとは思えなかった。

　電気鋸の音がとまり、やがて八つの人影が縁側へ向かって来た。その中に、女が一人だけいた。ネッカチーフをかぶっているが、あとはスラックスをはき、男なみの格好だった。澄子が、二人の刑事が来ていることを連中に告げた。

「ぼくが、長男の貞一です」

　逞しい身体つきの青年が、一歩前へ出てそう言った。二十五、六に見えた。日焼けしてはいるが、なかなかの美青年だった。もの怖じした様子はなく、明るい顔つきであった。

「これが、長女の万里子です。その隣が、万里子の夫の田川君。それから、こっちが次男の義雄です。あとの四人は、この製材所で働いている人たちです」

　貞一が、説明まじりの紹介をして、ネッカチーフをかぶった女を含めて名前を言われた三人がそれぞれ前へ出て来た。

「どうぞ、お茶を飲んで下さい。休憩時間なんでしょう」

　と、部長刑事が一同に縁側へ坐るようすすめた。若者たちは縁側に腰を下ろして、お茶を飲み、煎餅を盛った器へ手をのばした。澄子が、刑事たちの分のお茶を用意した。若者たちは煎餅をかじり、お茶をすすりながら和やかな雑談を交わしている。汗臭いが、健康的な雰囲気だった。

「お父さんの五百万円の保険金はもう手に入ったんですか？」

丹下がさり気なく長男の貞一に話しかけた。

「それが、まだなんです」

別に嫌な顔もしないで、貞一は明瞭に答えた。

「どうしてです？」

「保険金をもらうのが、あんなに面倒なものだとは知りませんでしたよ。ここへも何度か来ましたが、保険会社の調査員というのがいろいろと調べて歩いているらしいんです。結局は、バスの転落事件が犯罪か事故か、もし犯罪であれば犯人が誰か、その点がはっきりしないうちは保険金はもらえないようですね」

「少額ならともかく、五百万円の保険金だからな。あんたたちは、お父さんに五百万円も保険金をかけて、それが手に入った場合、どのように使うつもりだったんですか？」

「どうするって、具体的には考えていませんでした」

「五人で、保険料を分担していたんでしょう。だから、保険金も五等分するはずだった……」

「建て前はそういうことになっていましたが、恐らく、分配することにはならないでしょう。五百万円の保険金が入ったら、この製材所を買うということに、今では意見が一致しています」

「買うって、この製材所は当然あんたたちのものなんでしょう？」

「それが、そうではないんです。この製材所の名義は、親父の内縁の妻になっているんです。つまり、親父の愛人のものなんですよ、この製材所は。それで、一昨日、ぼくたちは親父の愛人のところへ行って来ました。この製材所を売ってくれと、掛け合うためです。女は、三百万円で売ることを承知しました。製材所を持っていても、女にはそれを経営することが出来ません。ところが、ぼくたちは高校を出るとすぐこの製材所で働いて来ました。ぼくたちの唯一の生活手段だし、みんなで協力してこの製材所をもっと発展させようという夢もあるんです」

「お父さんは、ここに住んではいなかったんですね？」

「ええ。ここには、ぼくたちやほかの従業員たちが寝泊まりしていました。親父は、旅館街にある愛人の家からここへ通って来ていたんです」

「その愛人というのは、何をしている人なんですか？」

「一人で、土産物（みやげもの）の店をやっているんです。ただおとなしいだけの四十女でしてね」

「そういうことで、あんたたちはお父さんを憎んでいませんでしたか？」

「別に……。親父のそういう癖には、もう馴れていますからね。親父は若い時から女癖が悪くて、三度も妻を追い出しているんですよ。土産物屋をやっている女が、四人目の愛人でした。ぼくたちも、母親が違うんですよ」

「ほう……」

「ぼくと万里子の母親が、いちばん最初の妻です。義雄が、二度目の妻の子供、そして澄子が三人目の妻の子供です。しかし、ぼくたちは不思議と気が合うんですよ。親父が女癖が悪くて、ああも子供たちに冷淡だと、母親が違うことなど抜きにして、協力するようになるんですね」

「お父さんの死を、歓迎したというわけですね」

「正直なところ、親父が死んでぼくたちはほっとしましたよ。子供たちが高校を出るとすぐ自分の製材所で働かせて、その給料で自活させる。一方では、製材所の名義を自分の女のものにする。こんな親父が死んだからといって、涙にくれるのはかえって不自然でしょう。ぼくたちがほっとしたのは、親父が死んで初めて希望を持つことが出来たからです。生活苦や激しい労働なら、いくらでも我慢します。しかし、一人の人間として認められずに希望さえ抱けないことは、とても辛いですよ」

「例えば、どんな話がありますか？」

「田川君と万里子のことにしてもそうです。田川君は、昔からこの製材所で働いていました。そして、万里子と愛し合い、正式に結婚したんです。ところが、親父は二人の結婚を絶対に認めようとしませんでした。反対する理由なんか、全然ありません。親父はただ、勝手なことはさせないという、それだけのことなんです」

「事件当日のアリバイはありますね？」

「親父は、仕事のことで沼津へ出掛けたんです。こういう時は、能率をあげておかないと怒鳴られます。ぼくたちは、製材所で必死になって働いていましたよ。ほかの従業員や近所の人たちも、それを認めてくれます」

この貞一の言葉に、兄弟とは赤の他人である従業員たちが、一斉に深くうなずいた。明るく、そして健康的な雰囲気だと、浦上は再び思った。解放された人々の希望に満ちた顔が、並んでいるのだった。

諸岡製材所を出ると間もなく、丹下部長刑事が汗を拭いながら言った。

「何とも言えなく不思議な話だな。異母兄弟たちが揃って、父親の死を期待していたなんて。おれも、子供たちに保険金をかけられるような親父にはなりたくない」

「保険金をかけてくれるような子供でも、いればいいです。わたしには、そんな子供もいない」

と、浦上は暗い眼差しになって、バスの停留所へ通ずる赤土の道をぽくぽくと歩いた。

# のぞき屋

## 1

わたしは、木村伊平（きむらいへい）と申します。年はこの七月に、五十六になりました。職業は東西銀行下田支店の支店長でございますが、下田町文化高揚会の会長という名誉職も持っております。

家族は妻と、東京の大学へ行っております長男、それに今年の秋結婚する予定の長女、これだけでございます。下田富士の麓（ふもと）近くに、豪華とは言えませんが、まあまあ住みよい家を持っております。

刑事さんたちが、この度のバス転落事件の捜査に於（お）いて、松浦砂男（まつうらすなお）にある種の疑いを抱かれたということを聞き、一晩苦悶（くもん）した結果、わたしは決心をして警察へ出頭したわけでございます。

噂によると、転落したバスに乗っていた椎名勉を殺害する目的で、松浦砂男が猟銃を発射したのではないかという疑いだそうですが、わたしも一応ありそうなことだと思います。松浦砂男は二十二になりますが、これという定職も持たずに、毎日をぶらぶらして過ごし、喧嘩や脅しで巻き上げた金を遊興費に当てるという、いわば愚連隊なのです。近所の者たちにも嫌われ、鼻つまみにされている男で、確かに場合によっては人殺しさえしかねない松浦砂男です。

そして、ご明察どおり、松浦砂男は椎名勉から、多額の金を借りておりました。椎名勉は四十五というい年でいながら、十五万円も松浦砂男のような質の悪い男に貸し与えたのは軽率ですが、それもやはり、乱暴されるのを恐れたからに違いありません。たまたま、松浦砂男も椎名勉もわたしの家の近所に住んでおりましたから、最近になって二人の仲が険悪になっていたことをよく知っております。

椎名勉も下田の街中に質屋の店を持っているくらいですから、こと金に関しては非常に細かい男でした。後難を恐れ、同時にまたうまい儲け話があると口車に乗せられて、松浦砂男に金を貸した椎名勉ですから、必ず利子をつけて返してもらうつもりでいたのです。

ところが、松浦砂男はのらりくらりと逃げていて、儲け話はおろか、千円の金も返そうとはしませんでした。ですから、道で顔を合わせたりした時の二人は、もう大変な剣幕で口論をしていました。わたしも庭にいて、何度かこの二人の激しい言い争いを耳にしたことがあります。

「一体、儲け話というのはどうなったんだ」

と、椎名勉が嚙みつきますと、松浦砂男も負けずに怒鳴り返します。

「おれに、そんな口のききかたをしてすむと思うのか！」

「わたしを、騙したんだろう」

「今はまだ事が運んでいる途中なんだ」

「この場だけの胡麻化しは、もう沢山だ」

「胡麻化してなんかいない」

「もう、儲け話なんてどうでもいい。金を返してもらいたい」

「気が変わったのか」

「そうじゃない。わたしは、いくらでもいいから色をつけて貸した金を返してもらえば、それでいいと言っているんだ」

「色をつけろ？」

「当たり前じゃないか。貴重な金を、ただ遊ばせておく人間なんているものか」

「おっさんは、一軒おいた隣に住んでいる人間にも、高利貸し並みのことをするつもりか」

「高い利子を払えとは言ってない。二千円ばかり色をつけてくれれば、わたしは何も言わないよ」

「笑わせるな。その二千円さえも、おれは持っちゃあいないよ」

「それじゃあ、詐欺じゃないか」

「おれを罪人呼ばわりするつもりか、おっさん！」

「寸借詐欺には違いない。警察へ訴えるぞ」

「ああ、勝手に訴えればいい。その代わり、おっさんと高校へ行っている娘の顔が血まみれになったって、おれは責任を負わないぜ」

「もう、そんな脅しにはのらないよ」

「この土地の者じゃない気の荒い連中が、おっさんと、娘の顔をカミソリで可愛がって、あっという間に消えちまうんだ。おれはただ、知らん顔をして見ているだけさ」

「娘は、何も関係していないじゃないか」

「うるせえや！　今すぐにでも、やってやるぞ！」

　と、松浦砂男が身構えると、椎名勉は青くなって逃げ出します。こんな調子で、争いが幾度もくり返されていました。

　ところが、先月の末あたりから、椎名勉の気が強くなったのです。その理由は、椎名勉の妹が急に南伊豆署の警官と再婚する話が決まったからです。つまり、椎名勉は警察官を義弟にしたわけです。これで、すっかり強気になりました。何かあれば、義弟に頼めばいい。松浦砂男も、警官の身内には暴力は振るわないだろう。

　一方の松浦砂男も、敏感に椎名勉の心中を見抜きました。所詮はチンピラ、警官は怖いのです。これでは、騙し取った十五万円を何とかしなければなりません。しかし、とっくに遊びに使ってしまった十五万円を、今更どうにもすることは出来ないのです。一万円だって、工面することは難しかったでしょう。

「さあ、貸した金を返してもらおうか」

「おっさん、もう少し待ってくれないか」

「待てないね。なんなら、弟に来てもらってもいい」

「冷たいことを言うなよ。おっさんとおれの仲じゃないか」

「まあ、期限つきで待ってやろう。今日から十日以内に耳を揃えて十五万円を返してもらう。十日たったら、あとは妹の亭主に任せるつもりだ」

「薄情者！」

「どっちが薄情か、よく考えてみるんだな」

「畜生、殺してやる！」

　と、このような言い合いをしたのが、確か七月十五日でした。これを聞いたのも、庭先だったのです。

　このように、松浦砂男には椎名勉を殺す立派な動機があります。十日間の期限は、七月二十五日に切れます。金を作る当てもない。カッとなり易いやくざな松浦砂男が、十日の期限が切れないうちに、椎名勉を消してしまおうと決意する。あり得ることです。事実、そうなったとしても、不思議に思う者は一人もいないでしょう。

次に、松浦砂男のアリバイの件でございます。聞くところによりますと、事件当日の七月二十日、午後五時前後の松浦砂男のアリバイがはっきりしないそうですが、わたしがみずからここへ出頭しましたのは、実はそのことについてなのでございます。

七月二十日の午後四時頃、見知らぬ若い娘と親しくなり、そのまま二人で下田富士の麓にある雑木林の奥の小屋まで行き、そこで午後六時頃まで、戯れていたと松浦砂男はアリバイを申し立てたと聞いております。午後四時から六時頃までのアリバイが成立すれば、松浦砂男は当然、バス転落事件には無関係だったということになります。

ところが、松浦砂男が申し立てたアリバイは曖昧だった。というよりも、アリバイを証明する方法がない。当たり前です。相手は、どこの女なのか分からないんですからね。それで、刑事さんたちは松浦砂男が苦しまぎれの言い逃れをしていると判断したのも、また当然のことだと思います。

このことで、松浦砂男同様に、わたしも顔色を失いました。出来れば、関わり合いになりたくない。知らん顔をしていたかったのです。しかし、わたしが黙っていれば、あるいは松浦砂男が犯人にされてしまうかも知れません。やはり、傍観者ではいられませんでした。わたしは昨夜から一睡もしておりません。妻に相談するわけにも行かず、わたしは頭を柱にゴンゴンとぶつけたいくらいに悩みました。

今朝になって、わたしはやっと決心しました。警察へ出頭して、一切を打ち明けることにしたのです。たとえ、そのためにわたしが世間のもの笑いになり、家庭を失ったとしても、ちゃんとしたアリバイのある松浦砂男を見捨てることは出来ません。

松浦砂男は、人々に嫌われ、今度の事件の容疑者にされたことを喜んでいる者さえいるような男です。決して、社会のために役にたつような人間ではありません。しかし、彼にしても、一個の人格を認められている点では誰とも変わりないのです。わたしは、家人には何も言わずに、ここへ参りました。

刑事さん、まことに恐れ入りますが、水を一杯頂けないでしょうか。

2

思いきって、恥を申し上げましょう。わたしには大変恥ずかしい習癖があるのです。といっても、生まれつきのものではありません。三年ほど前から、わたしはこの密(ひそ)かな愉(たの)しみを知りました。最初から、意志があってやったことではありません。たまたま若い人たちの激しい情事の場面を見せつけられて、それ以来病(や)みつきとなったのです。

下田富士の麓に、土地の人たちが『赤い森』と呼んでいる雑木林がございます。通称『赤い森』の由来は、秋になりますと蔦が紅葉して、林全体が赤く染まって見えるからだと思います。この雑木林は、いつの間にかアベックで賑わうようになりました。下田の町の若い男女たちばかりではなく、東京から来たアベックがこの林の中に足を踏み入れるようになったのです。

蓮台寺へ向かう道路からすぐのところに、この雑木林はあるので、ドライブの途中や、あるいはハイキングのついでに、寄りやすいのでしょう。雑木林は広いし、木が密生しています。用もないのにこの雑木林の中へ入って来る人は、殆どありません。人目に触れずに、しかも手軽に利用出来るのですから、若い男女にとっては恰好の場所と言えましょう。

この雑木林の奥に、二坪ほどの小屋があります。これは雑木林の持ち主が薪用に伐採した木の枝などを入れておくために作られた小屋なのでございます。

この小屋が最も大胆なことが出来る場所であり、同時にわたしの愉楽の場でもありました。若い男女は、どういうわけか、小屋の裏側にはまったく注意を払いません。小屋を見つけると、まっすぐ入口から中へ入って行ってしまいます。ところが、小屋の裏側にはわたしがいて、中の光景をそっくり覗き見しているのです。

小屋は粗末なものですから、板の間にはいくらでも隙間があります。そこへ目を押しつければ、小屋の中の光景が手に取るように見えるのです。小屋の中には荒縄や莚があって、それがベッドの代わりをします。恐らく、数えきれないほどのアベックがすでにこれらを利用したことでしょう。

ここは東京などと違って、夜になると男女は絶対にやって来ません。若い男女が雑木林に集まって来るのは、午後三時頃から夕方までです。夜になっては、気味が悪くてとてもこんなところにはいられないのでしょう。三月の末から十月いっぱいまで、土曜日と日曜日の午後、わたしは定期便のようにこの雑木林の奥へ通い、小屋の裏側にひっそりと佇むのです。

わたしは七月十五日からお腹を悪くして、勤めを休んでおりました。二十日頃には大分よくなり、足ならしのために散歩でもするよう医師から言われました。それで、七月二十日の午後三時すぎに、わたしは散歩をして来ると言って家を出たのです。

七月二十日は朝から小雨模様でした。わたしは傘をさして、家の近くをぶらぶら歩いてみるつもりだったのです。ところが、習慣というものは恐ろしい。わたしの足は、自然に『赤い森』へ向けられていました。

でも、この日は特に期待はありませんでした。なにしろ、雨が降っているのです。いくらお熱い恋人同士にしろ、雨の日にこの雑木林へ出掛けて来るほどの酔狂な人間はいない。わたしはそう思いながらも、結局は例の小屋まで来てしまったのです。小屋の中を覗いて見ましたが、やっぱりそこに男女の姿はありませんでした。

失望したものの、わたしはすぐ帰る気にもなれません。しばらく、待ってみようと思ったのです。三十分ほどして、確か四時頃だったと思いますが、わたしの忍耐は報われました。小屋へ近づいて来る足音、若い男女の声が聞こえたのです。

二人は、そのまま小屋の中へ入って来ました。小さな窓からは光が射し込んで来ますが、小屋の中は薄暗い。しかし、男女の顔や姿ぐらいはよく見えます。わたしは、ギクリとしました。ここで知っている顔を見たことは、まだ一度もありませんでした。だから、男が松浦砂男だと分かって、わたしは驚いたのです。

女の方は、見たこともない顔でした。二十歳ぐらいでしょうか。髪の毛の長い、悪魔的に可愛い娘です。ピンクのブラウスに、白いスカートをはいています。靴も、白いハイヒールでした。松浦砂男とその女は、莚の上に並んで腰を下ろしました。女は土地の人間ではなく、多分東京から下田へ遊びに来ていた娘だろうと、わたしは察しをつけました。

「どこから来たんだい？」

「どこからだっていいじゃないの。日本人には違いないわ」

二人はそんなことを言ってから、顔を見合わせて笑いました。たった今、親しくなったばかりだという感じです。きっと松浦砂男が俗に言うヒッカケタのであって、娘も気軽くそれに応じたのに違いありません。奔放と言いますか、積極的と言いますか、まだ若いくせに、娘はポロシャツの上から松浦砂男の胸を撫で回したりしていました。

「いい身体をしているわ」

「君、いくつなんだ？」

「年なんて、どうでもいいじゃないの」

「名前は？」

「誰でも構わないでしょう」

「おれは……」

「聞きたくないわ、あんたの名前なんて。あんた、わたしが欲しかったんでしょう。わたしも、その気になったのよ。そして、ここで二人きりになった。それだけでいいじゃないの。明日になれば、わたしは下田を引き揚げるつもりよ。今が、最初で最後。ね？」

娘はそう言って、自分から松浦砂男の肩にすがりついて行きました。松浦砂男も、すぐ燃え上がったようです。二人は、絡み合って倒れました。男が女のブラウスを脱がしにかかり、女の手が男のバンドにかかりました。

わたしは、茫然とこの光景に見入っていたのです。何か、たまらなく美しいものに見えました。二人とも、雨で全身ずぶ濡れです。その二人が互いに、狂ったように求め合おうとしているのです。いかにも弾力のありそうな、若い男女の身体が躍ります。男の唇が、女の耳から喉へ、胸の赤い木の実へ、そして腰から脚へと這いずり回りました。女は早くも、身体をくねらせて恍惚とした表情になっていました。

　わたしは、やがて嵐が去って二人が静かになるまで、身動きも出来ませんでした。のぞきという習癖のあるわたしが、これほど惹きつけられたことは、今までに一度もなかったのです。なぜだか、未だにわたしには分かりません。二人はそれから、二度も激しい行為をくり返しました。

「帰るわ。もう、これっきり永久に会わないでしょうね」

　さっぱりした顔つきで、そう言った娘が、勢いよく立ち上がった時は、もう雨の夕暮は暗さを迎えていました。時計を見ると、六時少し前でした。わたしは、二人が立ち去って十分ほどしてから、この場を離れたのです。

　刑事さん、このように松浦砂男のアリバイは絶対なんでございます。わたしが証明者です。七月二十日の午後四時から六時頃までの間、松浦砂男はこうして、わたしの目の前にいたのです。相手の娘は、どこの誰とも分かりません。何も知らずに、翌日には下田を発ってしまっているのです。

　わたしは、銀行の支店長です。それに、文化高揚会の会長もやっています。そういう立場にある人間が、のぞきの常習者だったと世間に知れた時、一体どういうことになるでしょうか。東西銀行の信用に関わるかも知れません。また何が文化高揚会の会長だと嘲笑されるでしょう。秋には結婚する長女も、このことが理由で破談になる恐れもあります。

それでわたしは黙っていようか、それとも警察へ出頭しようかと、苦悩したのです。もし、出来ることなら今までのわたしの話を、公にしないようにとお願いしたいのです。

＊

話し了えると、木村伊平という銀行の支店長は、暗い顔つきで取調室を出て行った。惨めな後ろ姿であった。浦上は、丹下部長刑事と顔を見合わせた。部長刑事は苦笑しながら、うんざりだというふうに首を左右に振った。

「これで十五人目も駄目でしたね」

と、浦上は呟くように言った。椎名勉は、松浦砂男に狙われる以外には、殺される動機を持っていないのである。松浦砂男のアリバイは成立した。とすれば、十五人目の犠牲者椎名勉を殺すために、バスを転落させたのではなかったのだ。

二十七人の犠牲者のうち、子供四人と浦上の妻和子、そしてバスの停留所を乗り過ごしてしまったという佐々木タカという老婆、この六人を除いた残り二十一人。うち十五人が、すでに捜査ずみとなったのである。あと六人——と、浦上は痛みを覚えるほど下唇を噛みしめた。静岡県関係で、四人がすんでいるという話だったが、浦上としてはその四人も自分の手で調べてみなければ、納得出来そうになかった。そして、ますます心細くなってもいたのである。

# 求愛

## 1

七月二十八日の朝、浦上は起こしに来た女中の声で、目を覚ました。頭を持ち上げると、頰の赤い、若い女中が襖(ふすま)をあけて、部屋の中へ上体だけを入れていた。

「お客さまですけれど……」

女中は、起こしたことを詫(わ)びるように顔を伏せて言った。

「客……?」

浦上は、目をこすった。窓の外で、もうやかましいほど蟬(せみ)が鳴き始めているが、枕許(まくらもと)に置いた腕時計は八時三十分を示している。

こんな早くから、訪れて来る客の心当たりはない。丹下部長刑事なら、浦上が宿舎にしているこの小さな旅館へ来たことがある。女中も、丹下であることを告げるに違いない。

「誰だろう？」

と、浦上は夜具の上に胡坐をかきながら、そう訊いた。

「男の方ですけど、名前も言わないんです」

もう用はすんだというふうに、女中は、立ち上がった。

「男か……」

「こちらへ、お通ししますか？」

と言う女中を押しのけるようにして、廊下に一人の男が姿をあらわした。

「勿論、お通ししても構わないさ」

白い歯を見せて男は言った。伊集院刑事であった。

「虎さん……」

浦上は、目を丸くした。

女中のことなど意に介せず、伊集院は部屋の中に入り込むと、後ろ手に襖をしめた。

「いつ、退院を許されたんだ？」

「昨夜だ。しかし、夜遅く病院を追い出されても行くところがない。一晩泊めてもらって、今朝退院して来たんだよ。下田署に寄って、浦さんの居場所を聞いて来たんだ。まだ、下田あたりでウロウロしていたのか」

「三日間も、のうのうと休んでいた人間が、偉そうな口をきくな。それより虎さん、本当なのか？」

「何が？」

「正式に退院の許可が出たのかと、訊いているんだよ」

「当たり前だ」

「それじゃあ、お迎えに参上しなくてすみませんでしたね」

「どういたしまして、おかげさまで、精密検査の結果、心配ないとのことでした」

と、伊集院は頭に巻かれた白い包帯へ手をやった。まだ、包帯だけはとれないらしい。

いずれにしても、思ったより回復が早くて伊集院が元気なのには、浦上はほっとした。やはり、仕事は伊集院と組んでやりたかった。正直なところ、丹下部長刑事は苦手であった。気持も通じないし、浦上も思いきった行動をとることが出来ない。伊集院の顔を見て、これで元の軌道に戻れるだろうと、浦上は思った。

浦上が宿舎にしている旅館『松の屋』は、宝福寺のすぐ近くにあった。下田の町はずれで、部屋の窓からは梢の揺れ動く森や樹木ばかりが目についた。蜩の声で夜を迎え、アブラ蟬の鳴き声で、朝、目を覚ますといった環境である。古い部屋で、四畳半という広さも、物見遊山に来ているのではないから、仕方のないことだった。

浦上は、浴衣を脱いでズボンをはいた。伊集院は出窓に腰かけて、煙草をふかしていた。顔色もよく、伊集院は少し太ったようだった。僅かな間の入院でも、すっかり疲れがとれたのに違いない。

「捜査はその後、いくらかでも進展したのかい？」
思いついたように振り返って、伊集院が訊いた。

「あまり、嬉しくないご質問だね」
浦上は答えた。

「何人か、すんだのかい？」

「虎さんが入院してから、四人の犠牲者に関して、当たってみたよ。いずれも白さ」

「おれを襲った犯人については？」

「何も分かっていない」

「それで、今日の予定は？」

「予定なしなんだ。虎さんの穴を埋めに、部長刑事さんが来ていたんだよ」

「丹下の旦那？」

「うん。その丹下の旦那が呼ばれて、昨夜から特捜本部へ帰っている。自分から連絡があるまで、小休止していろっていう丹下の旦那の厳命なんだ」

「じゃあ、今日は公休じゃないか」

「公休なんて嬉しくないね。こっちは気持が急いているんだから……」

「そう焦るなよ。あんまり根をつめると、身体によくないぜ。たまには、息抜きが必要だよ」

「虎さん、もう充分休息をとったじゃないか。この上、まだのんびりしていたいのか？」

「病院に押し込まれていたんでは、休息にはならないよ。それに、勘も鈍っている。今日は自分を刺激して、明日から張り切って仕事にかかると、こう行きたいもんですね」

「一体、どうしたいっていうんだい？」

「とりあえず、美人にお目にかかりたいね。美人を見ると、いつもの虎さんに立ち還るんだよ」

「いい気なもんだ」

「どうだい？　美人の顔を見ながら、冷たいものでも飲まないか？」

「まるで、行こうと決めたところがあるみたいだな」

「あるよ。ありますとも、このすぐ近くにね。『あやめ』という、和風喫茶の店だ」

「あの店が、この近くにあるのかい？」

「浦さん、それでも男なんですかね。いや、よく刑事という職業がつとまりますね。そこの路地を出たところに、開国記念碑があるじゃないか。すぐそばにガソリン・スタンドがあって、その向かい側が『あやめ』だよ。ここへ来る途中に、覗いて来たんだがね、もう店開きをしていた」

伊集院は、両方の耳を指先でつまんでニヤリと笑った。

『あやめ』がこの旅館のすぐ近くにあるということを、浦上は事実気づいていなかったのだ。もっとも、現在の浦上にしてみれば、事件に関わりのないことには関心を持てなかったのである。それに、『あやめ』は忘れたい思い出を、甦らせるのだ。それだけに、あえて『あやめ』のことを念頭におくまいとする気持が、働くのだろう。

「行くぜ」

浦上の思惑など無視して、伊集院はさっさと部屋を出て行ってしまった。浦上も、ついて行くほかはなかった。彼は、ワイシャツの袖を折り上げながら、伊集院のあとを追った。

旅館を出ると、目が痛いほど強い日射しが、地上に降り注いでいた。今日もまた、暑くなりそうだった。浦上は、顔をしかめた。強い日射しが、妙に不快だったのだ。それは多分、彼がまだ洗面をすませていなかったからに違いない。

なるほど、和風喫茶『あやめ』はすぐ近くにあった。店はあいていた。相変わらず、店の中には人気がなかった。もっとも、まだ喫茶店が混む時間ではないのである。履きものが濡れない程度に水が打ってあるのも、先日来た時とまったく変わっていない。

「おはよう……」

店の中へ入ると、伊集院が気やすく奥へ声をかけた。この店の常連みたいな、彼の態度だった。伊集院は靴を脱いで、店の半分を占めている座敷へ上がり込んだ。勝手に扇風機にスイッチを入れて、彼はすましていた。

　奥から、女が出て来た。やはり、岩崎静香であった。

「いらっしゃいませ」

　岩崎静香は小さく、驚いたような顔をしてから、ニッコリと笑った。もの静かな、彼女の声だった。今日は、白地の浴衣姿であった。黄色い前掛をかけている。それがまた、艶っぽかった。薄化粧をして、浴衣姿の彼女はまた変わった肉感的な魅力を感じさせた。

「やあ……」

　と、伊集院は満足そうに目を細めた。

　二度目の客ではあったが、刑事たちに心安さを覚えたのか、岩崎静香は座敷の上がり框のところまで近づいて来た。

「頭をどうなすったんです？」

　岩崎静香は、伊集院の頭の包帯を見て言った。

「撲られたんだよ。あまり、自慢にはならない話だけどね」

　伊集院は、岩崎静香の顔を見つめて答えた。

「県警の刑事さんが襲われたって新聞で読みましたけど、あれはあなたのことだったんですか？」

「実は、そうなんだ」

そう言って、伊集院は勢いよく立ち上がった。

「トイレを借りたいんだが、どこだい?」

「あの左側のドアがそうです」

岩崎静香は、奥の左側に見えているノブのついたドアを指さした。伊集院は靴をつっかけて、それを引きずるようにしてドアへ向かった。彼がトイレの中へ消えるのを見すまして、岩崎静香は浦上の方に向き直った。何か言いたそうであった。だが、浦上は黙っていた。岩崎静香と二人だけになるのは、気づまりであった。口にする言葉がないのである。

当然のことではあったが、彼女の愛人だった岩崎信吉を絞首台へ送り込んだのは、浦上なのである。岩崎信吉の死刑が決まってから、静香は彼と正式に結婚したのだ。そうなれば尚更(なおさら)、岩崎静香と向かい合っているのが気まずかったのである。

「あのう……」

思いきったように、岩崎静香が浦上の顔に目を据(す)えた。何を言い出そうとするのか、と浦上は瞬間的に気持を引き締めている。

「刑事さんに、是非とも聞いて頂きたいことがあるんです」

それでも、岩崎静香は控え目な口のきき方をした。

「わたしじゃなければ、いけないんですか?」

と、浦上は店の外へ顔をそむけた。

「勿論、浦上刑事さんにお話したいんです」

「どんなことです？」

「今、ここではお話出来ません。簡単にすむことではないんです」

「どうすればいいんですか？」

「改めて、時間を作って頂きたいんです。一時間か二時間ほどでいいんですけど……」

「いつです？」

「今夜では、いけませんか？」

「今夜ね」

「店は、八時にしめてしまいます。ですから、その前にここへいらして頂けませんか？」

「公務に差し支えないようだったら、来ましょう」

ここで、即答を与えないわけには行かなかった。岩崎静香は、この話を伊集院には聞かせたくないらしい。だが、その伊集院がトイレから出て来てしまったのである。岩崎静香は浦上に、真剣になって頼んでいるのだ。断わらなければならないという理由もない。それに、彼女と自分の因縁を考えると、浦上はあまり冷たい態度はとれなかった。

「ご注文は？」

伊集院を意識して、岩崎静香は聞こえよがしにそう声を張った。

## 2

結局、この日一日は無駄に過ごしてしまった。『松の屋』の浦上の部屋で、二人はすんだ捜査について議論し、事件の今後の見通しに関していろいろと推測してみた。

この分では、犠牲者全員を当たってみて、手がかりなしということになるかも知れないのだ。そうなった場合、捜査方針が根本的に再検討されなければならない。つまり、バスの乗客の誰かを殺すことを目的に、全員を死亡させたという見方は、一応否定されるわけである。

動機のない犯罪、例えば異常者がふと思いついてバスを転落させたという見方、あるいは猟銃を手に入れた少年の悪質な悪戯という見解が、生きて来るのだ。捜査方針が変わる。捜査は、最初からやりなおしということになる。捜査の見込みが立たなければ、特捜本部解散という最悪の事態も考えられるのだ。

しかし、二人の意見は結論として一致した。浦上も伊集院も、現在の捜査方針が正しいという意見だった。一人の乗客を殺すのを目的に、猟銃を発射してバスを転落させたという説である。二人のそうした判断には、ちゃんとした裏付けがあった。それは、伊集院が下田で何者かに襲われていることだった。その人間は今度この事件に関連して、伊集院を襲ったことは明らかである。

　ということは、現に犯人が存在している証拠だと言ってよいだろう。伊集院を襲った人間と、バスを転落させた犯人は同一人物と考えなければならない。犯人は異常者でも、幼稚な少年でもないのだ。計画的な犯罪を遂行するだけの能力がある人間に違いなかった。

　夜になっても、丹下部長刑事からの連絡は入らなかった。勝手な捜査を始めるなと言われたのだから、じっとしているほかはなかった。八時前になって、浦上はブラブラ歩いて来るという口実で旅館を出た。伊集院は、浦上のその言葉を信じたらしい。待っていると、伊集院は一人だけで旅館の部屋に残った。

　浦上は、『あやめ』へ向かった。何を話したいのか、岩崎静香の真意は見当もつかない。あるいは、個人的なことで身の上相談をしたいのかも知れなかった。彼女の口から、事件に関する情報を得られるという期待は、まったくない。久しぶりに自分は無駄なことをするのだと、浦上は思った。

『あやめ』は、まだ店をしめていなかった。しかし、客の姿はなく、岩崎静香が一人ぽつねんとテーブルの前に坐っていた。彼女は心待ちにしていたらしく、浦上を見ると顔を輝かせた。

「来てくださらないのではないかと思って、気が気ではなかったんです」

　岩崎静香は立ち上がると、手早く入口のガラス戸をしめにかかった。四枚のガラス戸をしめて、内側のカーテンを引いた。通りが見えなくなって、俄かに孤立した部屋の中に閉じ込められたような気分になった。

岩崎静香は、一旦奥へ姿を消し、氷を浮かべたジュースを運んで来た。それを座敷のテーブルの上に置き、そこだけを残して店の中の電灯を全部消してしまった。座敷にテーブルを挟んで、浦上と岩崎静香が落着いて向かい合うまで、五分ほどかかった。

「話は、何です？」

浦上は、早速本題に入った。急いで、話をすませてしまいたかったのだ。このような状態の中で、二人っきりになるのは、素直に受け入れられないことだったのである。

「ええ……」

と、岩崎静香は顔を伏せたままでいる。妙に固くなっているようだった。

「わたくし……」

岩崎静香は言いかけて、再び口ごもった。よほど、言いづらいことなのだろうか。チラリと浦上を見上げた岩崎静香の目に、羞恥の色があった。

「さあ、話して下さいよ」

浦上は、煙草の先にマッチを近づけた。

「お話と言っても、別にしたところで仕方がないことなんです」

岩崎静香は横を向いて、半ば諦めたというような顔をした。

「しかし、あなたはわたしを呼んだんですよ」

「怒らないで下さい。何もお話しなくても、あなたとこうしているだけで、満足なんです」

「何ですって？」

浦上は驚いた。岩崎静香が、意外なことを言い出したのだ。二人でこうしているだけで満足だというのは、とりもなおさず、愛を告げる言葉ではないか。しかし、岩崎静香は真剣そのものの顔つきである。決して、色目を使ったりはしていない。若い娘のように、恥じらいの風情(ふぜい)でいるのだ。

「冗談はよして下さい」

「いいえ、冗談ではありません。わたくしは、本当の気持を伝えたかったんです」

「あなたは、どうかしている。もし、本気だというならば……」

「どうかしているのかも知れません。こういう感情を抱いた時、男も女も皆どうかしているんですわ」

「わたしは、妻や子供を亡くしたばかりなんだ」

「知っています。新聞で読みました。お気の毒なことだったと、ご同情申し上げます。でも、そのこととわたくしの気持は無関係です」

「とんでもない。まだ初七日を過ぎたばかりなんだ。わたしは妻や子供の初七日に、線香を一本も立ててやらなかった。そんなわたしに、今のようなことを言うのは非常識だ」

「何と言われても構いません。ただ、わたくしはあなたを忘れられないんです」

「そんな気持になるほど、あなたとわたしには付き合いがない」

「夫の事件のことで、わたくしは何度も参考人として呼ばれました。その時から、わたくしはあなたを忘れられなくなったんです。先日、あなたが偶然、このお店にお見えになった時、わたくしはもう自分の感情を抑えきれなくなりました」

「あなたは、再婚すればいいんですよ」

「未亡人の寂しさから、こんなことを言うと思われるんでしょうけど、そうではありません。お願いです、これからもこうしてわたくしと会って下さい。ただ一緒にいて、お話ししているだけでいいんですから……」

と、テーブルの上に乗り出すようにして、岩崎静香は顔を近づけて来た。香料の匂いが、浦上の鼻をついた。彼は、立ち上がった。そのまま無言で靴をはき、カーテンをくぐり、ガラス戸をあけて、浦上は外へ出た。その荒々しい態度に圧倒されたらしく、岩崎静香は声もかけず、追って来ようともしなかった。

『松の屋』の部屋へ戻って来ると、伊集院のほかに、丹下部長刑事が浦上を待っていた。

「海の底から、妙なものが見つかったんだ」

丹下部長刑事は、いきなりそう言った。

# 兄妹と宝石

## 1

丹下部長刑事の言葉を耳にした瞬間、浦上はもう岩崎静香のことを忘れていた。部長刑事はそれほど意気込んではいなかった。しかし、何か重大なことを聞き込んだ時、逆に落着いているふうに見せるのが丹下の特徴でもあったのだ。特捜本部で、重要なことを聞いて来たのに違いないと、浦上は直感したのだった。

「海の底から、何が見つかったんです？」

浦上が帰って来るまで話してもらえなかったらしく、伊集院が早速そう言って乗り出した。浦上も、部長刑事の前にあぐらをかいた。

「宝石だよ」

と、丹下は無表情に口を開いた。

「宝石？」

浦上と伊集院は、同時に訊き返した。

「布袋に入れたルビー、サファイヤ、スピネル、ジルコンといった宝石類が、全部で二十八個。何千万という代物ではないけど、ちょっとした拾いものだったね。鑑定によると、本物だそうだ」

「原石ですか？」

伊集院が訊いた。

「いや、指輪用にカットされている宝石なんだそうだ」

そう言って、丹下は自分の左手の薬指へチラリと目をやった。結婚指輪が嵌めてある。

だが勿論、宝石が光っている指輪ではなかった。

特捜本部では、潜水夫を雇ってバスが転落したあたりの海底も調べさせたのだった。バスの窓は殆どあけてあったし、ガラスも割れていた。窓から犠牲者たちの所持品が、飛び出したということも考えられる。それで、潜水夫に海底を捜索させたのだ。

その結果、ボストン・バッグが一つ、片方だけの男子用の靴、水筒、それに白い革のハンド・バッグという収穫があった。その白いバッグの中から、布袋に入った宝石類が発見されたのである。誰もが所持しているような中身であればともかく、二十八個の宝石が入っていたとなると簡単に見すごすわけには行かなかった。自分の宝石類をまとめて持ち歩いているという人間は、まずいないだろう。とすれば、この宝石類の持ち主には異常な事態が迫っていたということも考えられるのだ。宝石類とバス転落事件を、結びつけてみる必要は充分にあった。

「持ち主は、言うまでもなく女だ」

丹下部長刑事は説明を了えて、途中で消えてしまっていた煙草にもう一度火をつけた。

「それで、犠牲者のうち誰がバッグの持ち主であったか、判明したのですか?」

伊集院がしばらく間をおいてから言った。

「北沢君子という二十四歳の女が、犠牲者の中にいただろう。そのバッグの中から、北沢君子と彫ってある万年筆が出て来たんだよ」

「北沢君子というと、川崎市の……」

「そうだよ」

「じゃあ、われわれの受持ちじゃありませんか」

伊集院は、慌てたように浦上を振り返った。浦上も、頷いた。二人の手帳にはそれぞれ、『川崎市中原一六一一　北沢君子　二十四歳』と書き込まれてあるはずだった。神奈川県関係は、浦上と伊集院の受持ちである。神奈川県関係五人のうち、四人まではすんでいたが、もう一人だけは残っていたのだった。

「そうさ。それで君たち二人に、明朝一番の電車で川崎へ向かってもらう。いいね」

部長刑事は、浦上と伊集院の顔を交互に見やった。

「確か、その女は兄と二人暮らしでしたね」

浦上が初めて、口を挟んだ。

「よく、知っているな」

「遺体を引取りに来た伯父だという男が、そう言ってましたよ」

「事実、北沢君子は亮介(りょうすけ)という兄貴と二人で住んでいた。両親はいないし、親戚とも殆ど付き合ってない。どうやら、まともな人間たちではないらしい。北沢君子は、川崎駅前のクラブに勤めているホステスだ。兄の亮介は三十歳だが、未だに定職についていない。詐欺(さぎ)の前科一犯だ。亮介は今月の十日頃から姿を消してしまっている。同じアパートの住人たちも、亮介の行先は知らない。これだけが、川崎署に問い合わせた結果分かったことだ。あとは一切、君たちに任せる」

それだけ言うと、丹下部長刑事は重そうに腰を上げた。

「じゃあ、頼んだぞ」

部長刑事は、部屋の入口へ向かいながら言った。

「どこへ?」

伊集院が、その背中へ声をかけた。

「おれは、これから特捜本部へ帰る。重要会議があるんだ。上の方では、犠牲者の身辺聞込み捜査では事件解決の見込みなしという意見が強い。現在、君たちを除いた特捜本部員の全員は猟銃関係と不審者に当たっているんだよ。このまま、まったく手がかりなしで行くと、捜査打切り、特捜本部解散ということにもなりかねないぞ」

　襖の前で言いたいことだけを言うと、とたんに丹下の姿は廊下へ消えていた。

　部屋に残った浦上と伊集院は、しばらくの間、沈黙を続けていた。二人の思惑は複雑であった。丹下部長刑事の最後の言葉がなければ、二人きりになって伊集院などは早速、おどけるところだったのに違いない。煙ったい部長刑事は本部へ帰り、再び浦上と伊集院は二人で組むことになったのだ。大いに張りきっただろう。

　しかし、二人の予測していたとおり、県警の上層部では現在の捜査方針に不満だというのである。前例のない大事件だったし、それに発生以来すでに一週間たっている。それでいて事件解決の目鼻はまったくつかないのだ。新聞が、そろそろ警察の無能を云々し始める頃である。県警の上層部としては、焦らずにいられないのだ。

「偉い人たちの気持は分かるが、おれは今のまま地道に捜査を続けて行くべきだと思う」

　浦上は仰向けに寝転んで、頭の下で両手を組み合わせた。

「しかし、ひどいな。犠牲者の身辺聞込み捜査は、事実上打切られてしまっているんじゃないか。続けているのはおれたち二人だけなんだぜ」

　伊集院が壁によりかかって、そう言った。

「おれは、絶対にやめないぞ」

浦上は天井を凝視(ぎょうし)した。

「うん。犠牲者の中から殺される動機のあった人間を探し出すこと、これっきり方法がないからな」

伊集院はガムを取り出して、その一枚を浦上に投げてよこした。

「ところで、例の宝石の件だが……」

浦上は身体を半回転させて、思いなおしたようにガムを口の中へ入れた。

「虎さんは、どう思う？」

「そうだな。まず、北沢君子のものではないことだけは確かだ」

「すると、盗品か？」

「密輸品にしては、ケチな品物らしいな」

「北沢君子は、盗んだ宝石類を持って逃げる途中だった」

「そんなところが、妥当だろう」

「しかし、ただそれだけのことなら、北沢君子が狙(ねら)われるはずはないだろう」

「そこなんだ。あくまで北沢君子が狙われたのだという前提で捜査を進めなければならないんだからな」

「バスを転落させれば、確かに北沢君子は死ぬ。だが同時に、宝石類も海底へ沈んでしまうんだ。とすれば、彼女を殺して宝石を奪い取ろうとしたという犯行ではない」

「事件の騒ぎが静まってから、海へもぐって宝石を捜そうという魂胆(こんたん)ではなかったんだろうな」

「勿論だ。警察が海底も捜査するかも知れないということは、当然考えるだろう。それに、宝石がバスから飛び出して海底に沈んでくれると、予測出来るはずもない。北沢君子の所持品から、すぐ宝石が見つかるという可能性の方が大きいんだ」

「じゃあ、どう解釈する？」

「北沢君子は、宝石泥棒の共犯だった。だが、彼女は仲間を裏切って、盗んだ宝石の全部あるいは一部を持って逃げた。主犯は怒った。それに、北沢君子が下手に宝石を売ったりすれば足がつく。逮捕された彼女の口から、主犯の名前が出るだろう。半分は怒りに任せて、あとは口を塞(ふさ)ぐ必要があって、宝石泥棒の主犯が北沢君子を消すためにバスを転落させた。と、こういう想定は成り立たないか？」

「小説もどきだが、まあ、あり得ないことはないだろう」

と、伊集院はニヤリとした。あまり気が乗らないといった笑い方だった。浦上も自分でそんな想定をしていながら、可能性を信じていなかった。これも空振(からぶ)りに終わるのだろうと思うのではなく、捜査方針が変更になるかも知れないことが彼の心を不安定にさせるのである。しなくてもいいことをしているような気がするのだった。

「虎さん、おれは最後までやるつもりだ。捜査方針に従わないからと馘にされても、おれは続ける」

浦上は、自分を励ますようにそう言った。

## 2

翌朝一番の電車で、浦上と伊集院は下田を発った。横浜で東横線に乗り換えて、武蔵小杉駅で下車する。北沢君子と兄の亮介が住んでいたというアパートは、すぐに見つかった。『山田荘』という安っぽい建物のアパートだった。二人の刑事は、北沢兄妹の部屋へも入ってみた。小さな台所と便所がついていて、六畳一間だけの部屋だった。一とおりの家財道具があるだけで、ろくに掃除もしていない、ちらかっている部屋であった。べつに、手がかりらしいものは得られなかった。

アパートの住人たちや近所の者から聞込みをやったが、川崎署から聞いたこと以上の情報は入手出来なかった。近所付き合いも、まったくしてなかったらしい。兄と妹は、日頃から仲がよくなかったという。妹がアパートへ男を連れて来たりすると、すぐ喧嘩が始まる。小さな言い争いは、絶えなかったそうである。

亮介は、競馬や競輪に凝っていた。定職は持っていなかったが、土地ブローカーの真似ごとみたいなことや、仲間うちにもめごとがあると口ききをやったりして、いくらかの収入は得ていたらしい。ただ一つだけ、二人の刑事は気になることを聞込んだ。それは、アパートを管理している男が喋ったことだった。

「いなくなったのは、今月の十日の朝からでした。朝早く、兄妹そろって出かけて行くのを、わたしは見ましたが、それっきり帰って来ないんです」

中年男は、刑事の質問に対してこう答えたのだった。

「兄妹そろって？」

浦上は、思わず一歩前へ踏み出して、男の顔に自分のそれを近づけていた。

「ええ、そうですよ」

男は、のけぞるようにして答えた。

「それで、行った先の心当たりは？」

「それは分かりませんね。見当もつきませんよ」

「荷物を持っていましたか？」

「そうですね。妹さんの方が、小型のスーツ・ケースを持っていたような気がします」

「それだけですか？」

「とにかく、兄さんの方は手ぶらでしたよ」

「服装は、ちゃんとした身なりでしたか？」

「一応は、きちんとしていたようです。近所へ行くという恰好ではありませんでしたよ」

亮介だけでなく、君子もまた七月十日からアパートへ帰らないでいたということは、初耳だった。しかも、兄妹そろって一緒にアパートを出て行ったのである。妹の方は十日後に伊豆半島の西海岸で死亡し、一方の兄はまだ行方不明なのだ。これは、ただごとではなかった。

何よりもまず、兄妹がどこへ行ったかを探り出さなければならない。浦上と伊集院は、君子が勤めていたという川崎駅前のクラブへ行ってみることにした。午後三時すぎ、二人は遅い昼食をすませてから、武蔵小杉駅へ向かった。武蔵小杉駅で、東横線と南武線が交差している。南武線に乗り、その終点が川崎だった。

君子が勤めていたのは、『シャンハイ』というクラブであった。駅前の七階建てのビルの地下にある、なかなか高級そうなクラブである。急な階段を降りて左へ折れると、そこが入口だった。革張りのドアがあり、『クラブ・シャンハイ』という電飾が備えつけてあった。

まだ、四時をすぎたばかりであった。開店まで、大分時間があるに違いない。しかし、時間をつぶす方法も思いつかなかったし、ただぶらぶらしているのももったいないような気がする。二人は店の中へ入って、ホステスたちが出勤して来るのを待つことにした。二人はドアを押して、店の中へ入った。掃除婦が一人、床を磨いていた。ほかに、人影はなかった。ひどく虚ろな空間で、とっても夜の華やかさは連想出来なかった。

円柱が、四本立っている。その円柱の周囲と壁際に、席が設けられてあった。ほかに、長いカウンターもある。天井にはシャンデリアが吊ってあり、一隅にクリーム色に塗ったピアノが据えてあった。二人の靴音に気づいて、掃除婦が振り返り、腰をのばした。ズボンをはき、頭に手拭いをかぶっていたが、掃除婦はまだ三十前後の女だった。

「お店は、まだですよ」

女は怪訝そうな顔つきで言った。

「いや、客じゃないんだ」

苦笑しながら、浦上は首を振った。

女は、棒雑巾で床を一つトンと叩いた。

「何かご用ですか?」

「警察の者なんだがね」

「刑事さん? お店の人に何かあったんですか?」

浦上の一言に、女はたちまち好奇心を剝き出しにした。

「この店のホステスのことで、訊きに来たんだよ。ホステスたちは、何時頃出勤かね」

「早番が五時で、自由出勤を許されている人は八時頃来ますよ。でも、わたしだってホステスのことならよく知っていますがね」

女は、自分に訊いてくれというふうに、胸をそらせた。

「北沢君子、知ってるかい？」

女が坐ったので、二人の刑事も手近のソファに腰を下ろした。

「君子さんなら、知っていましたよ」

女は、知っていたと過去形の言葉を用いた。多分、君子が死んだことを知っているからだろう。

「七月十日頃から、北沢君子はずっと店を休んでいたんじゃないかな」

「えーと、ルリ子さんがお店を辞めたのが十日だから、そうですよ。確かに、十日からお店に来なくなりました」

「どこへ行ったか、あんた聞いてないかい？」

「知ってますよ」

と、女は至極あっさりと答えた。

「知っている？」

刑事たちの方が、かえって戸惑っていた。こうも簡単に、分かることとは思っていなかったからだ。

「お兄さんと二人で田舎へ行くんだって君子さんは言ってましたよ」

「田舎……？」

「群馬県の前橋ですよ。君子さんの郷里は……」

「前橋ね」

　これで、亮介と君子が今月十日に郷里の群馬県前橋へ向かったということははっきりした。問題は、それ以後のことである。亮介の行方は分からない。君子は伊豆半島で死んだ。いつ頃から、兄妹は別行動をとったのか。なぜ、別行動をとらなければならなかったのか。そして、君子が宝石を持って伊豆へ向かったのはどういうわけか。これらのことを知るには群馬県の前橋へ行かなければならない。浦上の意志は、すぐ伊集院に通じたらしい。伊集院は、仕方がないというふうに肩をすくめた。

「あのう……」

　と、掃除婦がおずおずと上体を乗り出させて来た。

「君子さんのことを調べに来たとすると、刑事さんたちは伊豆のバスが転落したという事件の……」

「そうですよ」

　両方の耳を指先でつまみながら、伊集院が答えた。

「あの事件の犯人を知っているという人が、実はいるんですよ」

　思いきったように、女がそう言った。

「何だって！」

伊集院が立ち上がり、浦上は組んでいた足を解いた。

「本当かい、それは……」

伊集院は詰め寄るように、掃除婦に近づいた。

「本当ですよ」

「その人は、どこにいるんです？」

「わたしの家のすぐ近くに住んでいる人なんです。酒屋の亭主でしてね」

「川崎に住んでいる人が、どうしてあの事件の犯人を知っているんだろう？」

「事件のあった日、伊豆の大久須（おおぐす）とかいうところにいる友達の家へ遊びに行ってて、その時見たんだそうですよ、猟銃を持った男が歩いていたところを、復讐されるのが怖いから、警察には知らせないんだって言ってましたけどね」

浦上と伊集院は、顔を見合わせた。大久須といえば、宇久須からさして遠くない町である。犯人を目撃したという酒屋の亭主の話も満更（まんざら）嘘ではないらしい。

「行くか？」

「行こう」

浦上も伊集院も、緊張しきっていた。

# 血

## 1

　二人の刑事が意気込んだのも、無理はなかった。犯人の目撃者が出現したとなれば、これ以上に確かな手がかりはないのだ。自分たちの大手柄になるといった欲得ずくではない。これで事件が解決するという喜びが、二人の刑事の胸をふくらませたのである。目撃者の家は掃除婦から教えてもらった。駅前から、大して遠くはなかった。川崎競輪場の方向へしばらく行くと、京浜川崎駅がある。その駅の近くに、『福田屋』という酒屋があった。目撃者は福田屋の主人、福田市太郎という男だった。

　浦上と伊集院は店先に立つと、積み上げられた罐詰の山の後ろから、四十がらみの男の顔が覗いた。二人の刑事は、細い通路を店の中へ入って行った。一角に煙草売場があって中学生くらいの少女が、坐っていた。福田市太郎の娘なのだろう。

かなり大きな酒屋で、品物も豊富であった。店の奥は薄暗く、棚には一升ビンが並び、酒樽も据えてあった。乾物類の異臭が、二人の鼻をついた。

「いらっしゃいまし」

扇風機の前に坐っていた男が、立ち上がって来た。頭を坊主にしていて、背が低かった。愛想のいい笑顔は、商人特有のそれだった。野暮ったく、髭の剃りあとの濃い、どこででもよく見かける『おっさん』というタイプである。

「福田市太郎さんですね」

と、伊集院が男に警察手帳を示した。

「そうですが……」

男は警察手帳から目を離すと、二人の刑事をチラチラと見やった。

「あなたは今月の二十日に、伊豆の大久須というところへ行かれましたね?」

伊集院が訊いた。浦上は、福田市太郎の顔を見守った。重大な発表が行なわれる直前のような、期待と緊張が彼の胸にあった。二人の刑事の喰い入るような眼差しに圧倒されたのか、福田市太郎は言葉に詰まったようだった。伊集院は、男が口を開けるのを待っていた。

「ええ。確かに行きましたよ」

ようやく福田市太郎はそう答えたが、目つきに落着きがなかった。

「それで、バス転落事件の犯人と思われる人間、つまり猟銃を持って歩いている男を見たんだそうですね？」

「ええ、見ましたよ、はあ……」

「何時頃です？」

「夕方の五時過ぎでした」

「場所は？」

「黄金崎の近くでした」

「どんな男でしたか？」

「それは……」

「何も、恐れる必要はありません。あなたの名前を、目撃者として公表するわけでもなく、逮捕された犯人は多分、死刑になるでしょうからね」

「はあ……」

「是非、協力して下さい」

「刑事さんたちは、わたしのことを誰から聞いたんです？」

「駅前のクラブで掃除婦をしている女の人からです」

「あの、お喋り女めが……」

と、福田市太郎は歯ぎしりをした。浦上と伊集院は、顔を見合わせた。福田市太郎は犯人を目撃したという一件を、あくまで、警察に知らせたくなかったらしい。事件解決のために苦労している自分たちと、犯人を知っていて言いたがらないこの男、その両方がひとつ社会に存在していることが、浦上には不思議でもあり、また腹立たしくもあった。

「どんな男だったか、言って下さい」

もう一度、伊集院が促した。

「ええ……」

口の先を尖らして、酒屋の亭主はしぶしぶながら承知したようだった。

「幾つぐらいの男でした」

「よく分かりませんけど、二十代の男でしたね」

「髪の形は?」

「その時は、まだ事件が起こったことを知らなかったんです。通行人を注意して見ていたわけではなかったから、分かりませんね」

「身長はどの位だったか、見当もつきませんか?」

「さあね」

「瘦せているとか、太っているとかは?」

「まあ、中肉中背といったところでしょう」

「服装は?」

「ズボンをはいて、白っぽいものを着ていたような気がします」

「靴をはいてましたか」

「多分ね」

「猟銃は、剝き出しのまま持っていたんですか？」

「いや、革の袋みたいなものに入れて持っていました」

「どっちの方向から、どっちの方へ向かって歩いていたんですか？　その男は……」

「黄金崎の方から、安良里へ向かって歩いて来ました」

「あなたとすれ違ったわけですね？」

「そうです。わたしは、沼津まで送ってくれるという友人の車に乗ってました。車の中から、その男を見かけたんです」

　そう言って、福田市太郎は顔を伏せた。右手で、紺色の前掛をしきりに揉んでいる。浦上は、おかしいと思った。この目撃者が言っていることは、きわめてありふれている。犯人の特徴など、まったく記憶していないと言うし、なんとなく曖昧である。それに、浦上は福田市太郎の言葉の矛盾に気がついたのだった。浦上は、伊集院を押しのけるようにして、一歩前へ出た。

「福田さん……」

　酒屋の亭主は、ギクリとしたように顔を上げた。その顔に、鋭くそして冷やかな浦上特有の視線が注がれた。

「はあ……？」

福田市太郎は目のやり場に困っているようだった。

「あんた、友人の車で沼津まで送られて行く途中だったと言いましたね」

「ええ」

「そのあんたが、どうして猟銃を持った男とすれ違ったんです」

「どうしてって……」

「黄金崎は、宇久須の南、安良里の北にある。あんたが友人を訪ねて行ったという大久須は、宇久須からほんの少し東へ入ったところにある。沼津まで送るつもりだったら、大久須から宇久須へ出て、そのまま北へ向かったはずだ。その車の中にいたあんたが、黄金崎から南の安良里へ向かって来た男と、どうしてすれ違うんです？」

「それは……」

「あんた、猟銃について詳しいですか？」

「いいえ、別に……」

「男が持っていたのは、革のケースに入れた猟銃だったそうだけど、どうして中身が猟銃だと分かったんです？」

「形で、分かりました」

「あんた、本当にその男を目撃したんですね？」

「ええ……」

「じゃあ、その男とすれ違ったという場所について、もう少し詳しく説明して下さい。沼津へ向かうあんたが、なぜ黄金崎と安良里の間でその男とすれ違ったかについてもね」

「その点は、その……」

福田市太郎は、苦しそうな顔になった。目のやりどころばかりか、顔をどこへ向けたらいいのかと困っているようだった。

「嘘なんですか！」

浦上は、大声で叱咤（しった）した。福田市太郎は肩を震わせて、直立不動の姿勢をとった。唇が痙攣（けいれん）している。何も言えないのだ。やはり、この男の話は出鱈目（でたらめ）だったのである。

「馬鹿野郎！　誰もが、汗水垂（た）らして真剣に取り組んでいることなんだ。どういうつもりで、そんな人騒がせな嘘を思いついた！」

浦上は、酒屋の亭主の胸ぐらを摑（つか）んでいた。期待が大きかっただけに、この罪な作り話に浦上は逆上したのだった。彼の大声に、煙草売場の娘が振り返り、店の奥から妻らしい女が飛び出して来た。足をとめて店の中を覗き込んでいる人影も、二つ三つあった。

「よせ」

伊集院が、福田市太郎の胸から浦上の手を引き離した。

「あんたも、なぜそんな出鱈目を吹聴したりしたんだ。捜査の妨害になるじゃないか」

伊集院が、浦上を背後に押しやってから、福田市太郎に言った。

「すみません」

蒼白な顔になって、亭主は幾度も頭を下げた。

「大久須の友人のところへ、あの日に行ったことは、事実なんです。夕方の五時頃、友人に送られて車で宇久須のあたりを通りました。その時は、勿論、事件のことは知らなかったんです。翌日になって、新聞で事件を知りました。ところが、わたしは事件が起こった頃、現場のすぐ近くにいたことに気がついたんです。そう思っているうちに、わたし自身が、満更、事件と無関係ではない、という気がして来たんです。あるいは、自分が犯人の目撃者になってたかも知れない、そんなことを想像していたら、どうしてもそのように人に言ってみたくなりました。みんな驚いたり、感心したりしますし、つい得意になってしまって……。お騒がせして、どうも申し訳ありません」

福田市太郎は、その場に土下座してもという風情であった。妻も寄り添って、哀願するように伊集院を見上げていた。

「なるほどね。それで、警察へはどうしても知らせたくなかったわけだな」

伊集院は、怒るに怒れないといった気持だった。ただ、ひどく空しかった。頭へ来た浦上の胸のうちは、充分に察することが出来た。特捜本部は、浦上や伊集院に背中を向けかけている。そして、この福田市太郎のような人間もいる。まるで、からかわれているようだった。

二人は、酒屋の店を出た。照りつける日射しだけが、正直に今日も変わらない。

「一体、おれたちは何のためにこんなことをやっているんだ」

と、伊集院が空を仰(あお)ぎながら言った。

「犯人を挙げるためさ」

口早にそう答えて、浦上はすでに無表情であった。

2

浦上と伊集院は、川崎から京浜東北線で上野(うえの)まで行った。上野からは、高崎(たかさき)線で高崎まで行く。高崎で両毛(りょうもう)線へ乗り換え、前橋に着いたのは夜の九時であった。北沢兄妹の郷里が前橋とは分かっていても、肉親がいるのか、いるとすればどこに住んでいるのか、まったく見当がついていなかったのだ。二人は、前橋警察署を頼って行くほかなかった。

前橋署で、夜勤の警部補に事情を説明して、北沢姓の家を探してもらった。市内の各派出所に連絡して、受持区域内に北沢姓の家があるかどうかを調べるのである。大変な仕事だった。十一時を過ぎても、成果は得られなかった。北沢姓の家は何軒かあったが、兄妹に該当するような家族はいないというのである。

「どうも、いけませんな」

小島(こじま)という警部補は、腕組みをして幾度も首を振った。またも無駄足なのではないかと、浦上は思った。まだ夕食もすませていないし、お茶もろくに飲んでいない。俄かに、疲労感を覚えた。

「しかし、郷里が前橋だということは間違いないと思うんですがね」

浦上は両眼を指圧して、それからくしゃくしゃになるほど手で顔をこすった。

「前橋といっても、市内とは限らないでしょう。前橋の在であっても、郷里は前橋だというふうに言いますからね」

と、小島警部補は深々と吐息した。

「なるほどね」

伊集院が、どうでもいいというふうな頷き方をした。彼も退院直後のことであり、疲れきっているのだろう。

「とにかく、妹の方が宝石を持ったまま死んでたんですからね。そう簡単に諦めることも出来ないんですよ」

浦上は、苦笑しながら言った。

「宝石を持っていた？」

小島警部補が、よりかかっていた椅子の背から身体を起こした。

「ええ。北沢亮介が生きているとすれば、妹の死を新聞で知ったでしょうし、黙っているはずがないんですがね」

「その宝石というのは？」

「ダイヤはありませんが、指輪用にカットしてある宝石を二十八個も持っていたんです」

「被害届も、指輪用の宝石二十八個だった。間違いない」

と、小島警部補が勢いよく立ち上がった。

「何かあるんですか？」

浦上も伊集院も、釣られて腰を浮かせた。

「実は、七月十二日の夜、一人の若い男を窃盗現行犯で逮捕したんですがね。その男は、萩町の中央堂時計店に忍び込んで、二十八個の宝石を奪って逃げたんです」

「二十八個の宝石ですって？」

伊集院が、両方の耳を指先でつまんで、それを引っ張った。

「店員が追跡しているところを、パトカーが見つけ、男を現行犯で逮捕しました。ところが、大変に強情な男でしてね。黙否権を使って、逮捕されてからまだ一言も口にしないんです」

「それで、その男は？」

浦上が訊いた。

「現行犯ですからね。拘置期間を延長してもらって、辛抱強く調べを続けています。昼間は地検通いですが、夜はここの留置場にいます」

「間違いありません。会わせて下さい」

「分かりました」

小島警部補は、警官の一人を呼んで、窃盗現行犯を取調室へ連れて来るよう命じた。三人は、直接取調室へ向かった。

北沢亮介は、とんでもないところにいたものである。警察の留置場にいるとは、考えも及ばないことであった。しかも、完全に黙否権を行使しているという。これでは、北沢亮介のことを訊いても、前橋署員に分かるはずはなかった。それに、七月十二日から逮捕されていたとなれば、亮介は妹の死を知る由もないのだ。

浦上と伊集院は、小島警部補と共に取調室で亮介を待った。やがて、警官が手錠を嵌めた男を連れて、取調室へ入って来た。男は一見して真面目な人間ではないと分かる髪型や人相をしていた。ゴム草履を引きずるようにして、荒々しく椅子に横坐りになり、男は不貞腐れた顔つきで三人をジロジロと見上げた。

「いいのかね、こんな時間に呼び出したりして、違反じゃないのか？　人権問題だぜ、まったく……」

と、男は言い放った。

「取調べじゃない。ちょっとお前に訊きたいことがある」

警部補は、天井のあたりを見上げた。

「それなら、手錠をはずしてもらおうじゃないか」

「そうは行かんさ」

「話っていうのは、何だい？」

男は、浦上の方に顎を突き出した。

「北沢亮介だな」

極めつけるように、浦上はズバリと言った。こういう場合には、遠回しな質問や余計な言葉は禁物であった。相手の意表をついて、不意打ちを喰らわせるのである。とたんに、男は表情を引き締めてそっぽを向いてしまった。

「黙否権なんか無駄だよ。北沢亮介だって認めるんだな。どうしても頑張るつもりなら、認めさせてやろうか」

浦上は、男の顔を覗き込んだ。男は、頑なに口を噤んでいる。

「お前の妹は死んだぞ」

この一言に、男はハッとなったが、すぐそんな手には乗らないというふうに、鼻先で笑った。

「妹の君子は、伊豆の西海岸で死んだ。誰かが射撃して、そのため妹の乗っていたバスが、海の中へ転落したんだ。布袋に入れた二十八個の宝石は、海の底で見つかったんだよ」

「伊豆で死んだ？」

男はこれ以上、堪え切れなかったようである。ついに、そう口走った。北沢亮介であることを、認めたのである。

「なぜ、妹は伊豆へなんか行ったんだ？」

「それは、こっちで訊きたいくらいだ」

「畜生、君子の奴、裏切りやがったな」

「どうして裏切ったと分かる？」

「中央堂から宝石を頂くつもりで、おれは君子を連れて前橋へ来た。十二日の夜、計画どおり実行した。おれは店の外で待っていた君子に品物を渡して、そのまま逃げた。おれが捕まった時は、お前のことを一言も口にしないから、川崎へ帰って宝石には手をつけずに待っていろと、君子には言ってあったんだ」

「じゃあ、前橋が郷里だったわけじゃないんだな」

「知合いがいて、何度か前橋へ来たことがある。その時、中央堂に目をつけたんだ」

「やっぱり、お前は妹に裏切られたらしいな。妹は一度も川崎のアパートへは帰って来ていないんだ。勤めにも出ていない」

「分かったよ」

「お前も、兄と妹の血の繋がりというものを、信じすぎたようだ」

「兄貴よりも、女にとっては自分の男の方が大切だろうさ。君子の奴、野郎と二人で関西へでも逃げるつもりだったんだ。その途中、伊豆をまわって、お蔭でこの世におさらばだ。ざまみやがれ」

「野郎って、誰のことだ？」

と、浦上は伊集院を振り返った。犠牲者の中に、北沢君子の同伴者と思われる男の死体はなかったような気がしたからである。伊集院も、不思議そうに首を振っていた。

# 悲恋

## 1

北沢君子が、一人でバスに乗っていたという確信はない。だが、すでに調べ終わった犠牲者たちの中に、彼女と関係のありそうな人物は一人も見当たらなかった。それに、まだ残っている五人の犠牲者は、バスの運転手、同じく車掌(しゃしょう)、静岡市に住んでいた夫婦者、そして下田の女なのである。

どうしても、北沢君子に男の連れがあったとは考えられないのだ。しかし、亮介は君子が男と一緒に伊豆へ行ったのに違いないと口走った。

北沢君子が、犯人に狙われた人間でないことは、すでにはっきりしている。彼女が二十八個の宝石を持って、前橋から伊豆方面へ逃走したことを知っている者はいないのだ。従って、あのバスを転落させて北沢君子を殺そうと計画することは出来ないはずだった。

　しかし、もし彼女に男が絡んでいたとしたら、話は別である。三角関係ということもあり得るし、犯人は、男を通じて北沢君子がバスに乗っていることを知ったのかもしれない。彼女が男と一緒にバスに乗っていたかどうかはともかく、その『野郎』の存在は重大であった。

「話してくれないかな。その野郎について……」

　浦上は、上体を折って顔を亮介に近づけた。

「ふん……」

　気がすすまないらしく、北沢亮介は鼻を鳴らして、そっぽを向いた。

「お前にとって、不利になることではないんだ。死んだ妹のためにも、事情を聞かせてくれよ」

「実の兄より自分の男の方を大事にする妹のことなんて、おれは知らねえ」

「そう言うなよ。確かにいい女とは言えないけど、お前の妹は……」

「冗談言うな。あれでも君子には、なかなかいいところがあったんだ」

　警察官への反抗か、あるいは肉親への微妙な愛情か、妹のことを浦上に悪く言われると、亮介は憤然となった。

　彼は、浦上の方に向き直ると、歯を剝き出した。浦上は苦笑しながら、頷いた。相手が怒ろうと怒るまいと、とにかく喋ってくれればいいのである。取調べの際にも、相手がカッとなり易い性質だと見抜けば、わざと怒らせるという手も使うことがあった。

「どんなふうに、いい妹だったんだ？　話してくれなければ、分からないじゃないか」

「例えばだな」

「例えば？」

「あいつは、浮気な女だった。アパートにまで男を引っ張って来たことも何度かある。しかし、君子は決して男を騙さない。むしろ、男に騙されていたのかも知れない」

「うん。そういう点で、お人好しの女はよくいるな」

「そういう君子だったから、男には真剣に惚れる。惚れたら、とことんまで男につくすんだ」

「最近、君子は誰かに惚れていたのか？」

「うん」

「それが、お前の言った、あの野郎、なのかい」

「そうだ」

「どこの野郎だ？」

「男のことは、詳しく知らねえ。会ったこともないし、君子の話で聞いただけなんだ。あいつも、馬鹿な女さ。妻子持ちの男なんかに、夢中になりやがって……」

「妻子のある男なんだな」

「それも、質の悪い男さ。君子に、金をたかっていやがったんだ。君子も君子だ。おれが何て言っても、君子は男に金を貢ぐことをやめようとしなかった。クラブの給料も、半分は男にやっていたらしい。そのことで、何度、兄妹喧嘩をしたか分からない」

「堅気なんだろうか？」

「その男かい？」

「うん」

「サラリーマンなんだろう。ちゃんとした家庭の主人だなんて、君子の奴、得意そうに言っていた」

「君子は将来、その男と結婚するつもりだったんだろうな」

「とんでもない」

「とんでもない？」

「君子には、そんな気はなかった。そりゃあ、相手が結婚すると言えば、君子は夢を見ているような気持になったろうよ。しかし、君子は最初から諦めていたんだ」

「人が好すぎるじゃないか」

「そこが、馬鹿なあいつのいいところさ。男には女房もいる。子供が、五人もいる。それに病気のおふくろがいる。そういう家族を捨てさせてまで、男を自分のものにはしたくないと君子は言っていた。酬われない愛というところだろうな」

「そうだよ。そうに決まっている。あの宝石も、君子は男にやるつもりだったんだ。男の喜ぶ顔を見たかったんだろう。君子も、もう少しましな男に惚れればよかったんだ」

「その男の住所が、分からないかな」

「分からねえ、一カ月に二度ぐらい、川崎の中原にある温泉マークで男と会っていたらしい」

「名前ぐらいは、君子の口から耳にしただろう」

「名前ね。一度だけ聞いたことがあったんだが……」

「思い出してくれ」

「たしか、水から始まっている名前だった」

「水野(みずの)？」

「いや、違う」

「水島(みずしま)？」

「そうじゃない」

「水木(みずき)？」

「感じが違う。待ってくれ……。そうだ。水谷(みずたに)、水谷だ！」

「水谷に間違いないな」

「水谷だよ」

「分かった」

浦上はテーブルから離れて、ほっと吐息した。水谷という名前は、決して少なくない。しかし、それだけでも分かれば、何らかの手がかりになる。妻子のある男、一カ月に二度ほど君子と会っていた、名前は水谷。これだけでも分かれば、収穫があったと言わなければならなかった。

「浦さん……」

と、伊集院が近づいて来て、浦上の耳許で囁いた。伊集院は、手帳を開いていた。

「これは、単なる偶然じゃないぜ」

伊集院が言った。

「何が……？」

浦上は、真剣な表情の伊集院を見やった。

「転落したバスの運転手が、水谷という名前なんだ」

「何だって！」

「水谷正和。三十六歳。沼津市高田、家族、病気療養中の母親、妻、子供五人。どうだ、母親が病気、子供が五人という点まで、ピッタリ一致するじゃないか」

「うん」

「それに水谷という男と君子は、一カ月に二回きり会っていなかった。これは、なかなか会うチャンスがなかったからだろう。つまり、男が遠くに住んでいた。それで、簡単に川崎へ来ることが出来なかったんだ」

伊集院は、手帳へ目を走らせながら、自分の発見を説明した。なるほど、母親が病気、子供が五人、という符合、水谷姓の一致からいっても、伊集院の見方は間違っていないようだ。しかし、もうひとつ釈然としないものがある。それは、高級クラブのホステスと、地方の定期バスの運転手、この取り合わせであった。

「その水谷という男と君子は、いつ頃、どんな縁で知り合ったんだろう?」

と、浦上は北沢亮介に声をかけた。

「知り合ったのは、去年の秋頃らしい。君子がクラブのホステス連中と、伊豆の下田へ遊びに行ったんだ。そこで初めて言葉を交わしたんだと、君子は言っていた。だから、あいつにとって伊豆は思い出の地なんだろう。それで、今度も野郎と伊豆方面へ出かけたのに違いない」

亮介は、貧乏ゆすりをしながら答えた。これでもう、間違いはなかった。君子の愛人は転落したバスの運転手だったという伊集院の推定は正しかったのである。

亮介は、君子と水谷が旅行者同士として、伊豆の下田で知り合ったのだと思っている。だが、そうではない。水谷は、下田―沼津間を走る定期バスの運転手だったのだ。バスの発車時間を待つ運転手の水谷と、たまたま下田へ遊びに来ていた君子は、発着所附近でちょっとしたキッカケから言葉を交わしたのだろう。男と女というもの、それに愛してしまうまでの時間、これほど奇妙で常識に当て嵌らないことはない。以来、君子は水谷運転手を忘れられなくなったのに違いない。

愛人が死ねば、顔ぐらいは出すだろう。しかし、君子の死を知って駆けつけて来たのは、伯父と称する男だけであった。愛人は、姿を見せようともしなかった。それもそのはず、君子の愛人は、彼女と一緒に死亡していたのである。猟銃の散弾を受けて、いちばん最初に絶命した水谷正和だったのだ。

水谷運転手の身辺調査は、ほかの係官の手によってすでにすまされていた。だが、水谷が乗客の一人の愛人だったという事実は、分からずじまいだったらしい。もう一度、当たってみる必要があった。

「水谷の妻君に会ってみるか？」

「そうしよう」

浦上と伊集院は、頷き合った。

## 2

北沢亮介は十日に前橋へ来て、駅前の『上州屋』という目立たない旅館に泊まったと、自供した。上州屋には、十二日までいた。二日かかって宝石店の下調べをした兄妹は、十二日の夜、散歩に出かけるふうを装って上州屋を出た。店員に見つかり、亮介は逃げ出しながら盗んだ宝石を、隠れていた君子に手渡した。

そのあと、君子は上州屋へ戻ったのに違いなかった。旅館には荷物が置いてあるし、亮介の帰りも待たなければならない。それから七月二十日に死亡するまでの間、君子はどこでどうしていたか、それが問題であった。

浦上と伊集院は、上州屋へ行ってみた。そこで、君子が十四日まで上州屋にいたことが分かった。君子は、翌十三日いっぱい、亮介の帰りを待ってみたのに違いない。そして、十三日の夕刊で、宝石泥棒が逮捕されたことを知ったのだろう。すぐ、前橋を離れなければ危険である。しかし、君子はもう一晩、上州屋に泊まっている。それは、行先を決めるためだったのだ。

十四日の午前中に、君子は上州屋から市外電話を申し込んでいる。それも、二本であった。伊集院が、電話局に問い合わせてみた。その結果、十四日の午前中に君子の申し込んだ市外電話は、一本が伊豆の海南交通下田営業所、もう一本が下田の『喜仙旅館』あてだということが分かった。

海南交通の下田営業所にかけた電話は言うまでもなく水谷と連絡をとるためだったのだろう。『喜仙旅館』にかけた電話は、予約申し込みをしなければならなかったからに違いない。君子は、以前この旅館を利用したことがあったのだろう。

念のために、伊集院が上州屋から下田の喜仙旅館に電話をして確かめた。電話で予約申し込みをして来た水谷君子という若い女の客が、十四日の夜から二十日の朝まで喜仙旅館に滞在していた事実がはっきりした。

君子は、愛人の名前を使っていたのだ。そして、十五日から十九日までの昼間、せいぜい一時間ぐらいではあったが、その女の客のところへ男が来ていたという。勿論、水谷正和である。水谷は休憩時間を利用して、喜仙旅館で君子と短い逢う瀬を重ねていたのだろう。

その夜は前橋に一泊して、翌朝早く、浦上と伊集院は列車に乗り込んだ。上野から東京駅へ出て、東海道線に乗り換える。沼津に到着したのは、午後二時半であった。

沼津市の高田というところに、海南交通の社員住宅がある。二間に台所がついているといった小住宅が、数十軒並んでいた。水谷の家族も、この社員住宅の一つに住んでいた。猫の額ほどの庭があり、垣根越しに『水谷』という表札を見た時、浦上と伊集院は期せずして溜め息をついていた。君子と水谷の関係を知ってしまっただけに、彼の妻と会うことが辛かった。

「しかし、なんだって君子は二十日のあのバスに乗っていたんだろう」

と、少しでも玄関をあけるのを遅らせるように、伊集院が急にそんなことを言い出した。

「さあね」

浦上も、目を伏せた。

「まさか、子供じゃあるまいし、水谷が運転するバスに乗っていたかったわけでもないだろう」

「何か、目的があったんだろうよ。滞在していた喜仙旅館を出て、バスで沼津へ向かったからにはね。同じ乗るなら、愛人が運転するバスがいい、というわけだったんだろうさ」

これで、もう交わす言葉がなくなった。玄関のドアをあけるほかはなかった。思いきったように、浦上がドアを引いた。案内を請わなくても、音を聞きつけただけで三十前後の女が狭い玄関へとび出して来た。一目で、水谷の妻だと知れた。

「県警の者ですが……」

浦上が言った。

「あのう、まだ何か……」

瘦せた女は、くすんだように浅黒い顔へ手をやった。

「もう一度、お訊きしたいことがあるんです」

「はあ……」

「亡くなった水谷さんは、一カ月に二度ぐらい遠くへ出かけませんでしたか？」

浦上は、そのものズバリの質問をした。

「はい。月に二度ほど、川崎まで参りました」

と、水谷の妻は色あせたワンピースの裾を引っ張るようにした。妻は、夫が川崎まで行くことを承知していたのだ。

「どうして、川崎へ行かれたんですか？」

「用事がありまして……」

「どんな用事です？」

「それは、あのう……」

水谷の妻は、言い渋った。

「本当のことを、話してくれませんか」

浦上は、労るように穏やかな口調で言った。

「実は、恥を申し上げるようなんですけど……」

女は、頰を硬ばらせた。

「主人の母が、三年来、寝込んでおりますし、それに、子供が五人もおります。それだけでも、生活はギリギリで、その上、やはり病気で寝ておりますわたしの父へも、主人は仕送りをしてくれていました。家計が赤字などという、生易しいものではありません。今の時代に、明日のお米を心配しなければならないような毎日でした。主人の給料だけでは、どうにもなりません。それで……」

「それで、どうしたんです？」

「主人は、月に二回ぐらい川崎へ行くようになりました」

「すると、川崎へは金策に行かれたんですか？」

「そうなんです」

「川崎に、誰か金策に応じてくれるような人がいたんですか？」

「はい」

「どんな人です？」

「主人は入隊しただけで、戦地へ送られる前に終戦になりましたけど、その入隊仲間で今は事業に成功した人が川崎にいるんです。まるで仏さまみたいにいい方で、いつか生活が楽になった時に返してくれればいいとおっしゃって、主人にお金を貸して下さっていたんです」

「一度に、どのくらい金を貸してくれたんです？」

「勿論、そんなに沢山貸して下さるはずはありません。一度、川崎までお願いに行って、二万円から二万円ぐらい、主人はお借りして来ました」

「奥さんは、その川崎の人に会ったことがあるんですか？」

「いいえ、お名前も聞いたことはありません。でも、わたしはいつもその方に手を合わせておりました」

「そうですか。それで、七月二十日のあの日、ご主人はまっすぐここへ帰って来る予定だったんですか？」

「いいえ。川崎の人が旅行へ連れて行ってくれて、その上、少しまとまったお金を貸して下さるとかで、二十日の夜から関西へ出かける予定だったんです。休暇も三日取れたと言って、主人は喜んでおりましたのに……」

　これ以上、もう訊くことはなかった。川崎に住む入隊当時の友人というのは、勿論、北沢君子のことである。そして、妻は夫の言葉をそのまま信じていたのだ。借りて来た金という一万円、二万円は、君子が水谷に貢いでいたのであった。

　七月二十日の夜から、君子と水谷は関西へ旅行する予定だった。それで君子も、あのバスに乗ったのだろう。君子は関西で、二十八個の宝石を売り払うつもりだったのに違いない。売り払った代金の半分は、水谷に渡すのだ。水谷が妻に、川崎の人がまとまった金を貸してくれると言ったのは、そのことを指しているのである。

「二人とも、死んでしまったか……」

沼津駅へ向かう途中、伊集院が両耳を指でつまみながら呟(つぶや)いた。浦上は、無言でいた。

伊集院は更に、ひとり言を続けた。

「本当に、君子は水谷に惚れていたんだな。水谷と一緒に死んだのも、君子にとってはある意味で幸福だったかも知れない」

宝石泥棒の片割れには違いない。だが浦上は、君子という女が哀れで仕方がなかった。

刑事たちの胸には、深い感慨(かんがい)があった。

# 消えた夫婦

## 1

残り四人――。バスの車掌と、一組の夫婦、そして下田の女である。下田の女は、二人の子供を連れていた。だが、子供は一応、捜査の対象とはしていない。だから、正確に言えば、浦上の妻子や停留所を乗り越してしまった佐々木タカという老婆を加えて、手をつけていない犠牲者は合計十人いることになる。

「果たして、子供たちを捜査の対象から除いていいものだろうか……」

沼津駅のホームに立って、伊集院刑事がそう言った。

「うん。子供だけを狙って、犯人がバスを転落させたのだ、とは考えられない。子供の身近な人間、たとえばその親を狙った。子供は、たまたま、道連れにされた。おれは、こう思うがね」

浦上は、焦点の定まらない目を、線路に向けていた。

二人の刑事の疲労の色は、更に濃くなっていた。もう、焦燥感といったものはなかった。一枚一枚薄皮を剝ぐように、期待が凋んで行く。徒労の繰り返しは、人間の意欲を次第に減退させるものであった。

「まあ、どっちにしても、やるところまでやるほかはない」

伊集院は、気を取り直すように一つ深呼吸をした。

「静岡市に住んでいたという夫婦は？」

呟くように、浦上が伊集院に訊いた。

「静岡市西千代田町の小さな歯医者さんだ」

伊集院は手帳を取り出して、まるで老眼にでもなったように、顔から離して眺めやった。

「山岡慎一郎。三十一歳。妻、江麻子、二十五歳……」

「まだ、若いんだな」

「歯医者を開業したばかりだ。結婚ホヤホヤだった。ところが、夫婦仲がうまく行ってなかったと注意書がしてある」

「肉親は？」

「両親をはじめ、静岡県には、親戚もない。伊豆の下田に、すでに結婚している妹がいる」

「事件当日、その下田の妹のところへ夫婦揃って出かけて行ったんだな」

「そうだ。死体の確認および引取りに来たのは、その妹の亭主だったじゃないか」

「そう言えば、死体引取りに妹は姿を見せなかったな」

「亭主だけだったよ」

「なぜだろう」

「実の姉が、夫と共に死んだんだからな、妹としては、ショックもひどくて、とても現場へは来られなかったんだろう」

「肉親には違いないが、親子と違って姉妹なんだ。それほど、とり乱すかな」

「特別仲のいい姉妹になれば、親子以上の場合もある。それに別れたばかりの姉夫婦が死んだとなれば、腰を抜かすことだってあるだろう」

「しかしだな……」

尚も疑問を述べようとした浦上の声をホームに滑り込んで来た列車の轟音がかき消した。豊橋行きの下り列車である。

この場で伊集院と話し合うことを、浦上は断念した。だが、浦上の胸のうちがすっきりしていたわけではない。豊橋行きの下り列車に乗り込んでからも、彼は二つの点についてしきりとこだわっていた。

一つは、姉夫婦の死亡現場へ、妹が姿を見せなかったことである。代わりに、夫が顔を出しただけだった。もう一つの点は、この山岡夫婦があまりうまく行っていなかったことだった。

浦上の直感ではあったが、山岡夫婦の仲が悪かったことと、妹が死体を引取りに来なかったという事実、この二点を切り離しては、考えられなかったのである。伊集院は、特別に仲がいい姉妹であれば、とても死体を引取りには来られなかっただろうと言う。しかし、妹はすでに結婚もしている一人前の人間だった。小娘のようなことは、言っていられなかったはずである。

両親がなく、姉妹二人だけであれば、尚更ではないか。驚愕や悲しみは抑えて、まず姉の死顔を確かめに来るのが、当然と言わなければならない。また、仲の悪い夫婦が連れ立って、下田の妹のところへ遊びに行ったというのも頷けない。

事件当日は、日曜日でも祭日でもなかった。歯科医院が、本日休診の札を出す日ではなかっただろう。とすれば、わざわざ休診日にして、下田まで出掛けて行ったことになる。遊びに行ったのではない。どうしても、すまさなければならない用事があったのに違いない。より深刻な話し合いが、行なわれたとも考えられるのだ。

車内は空いていた。二人の刑事は並んで席に着き、列車が静岡駅に到着するまで、ろくに言葉も交わさなかった。共に口数が少ないのは、それほど張り切っていない証拠であった。どうせ無駄足だという考えが、先に立つのである。

静岡駅前から西千代田町まで、タクシーで行った。静岡市内には明るい二人である。西千代田町の山岡歯科医院は、すぐに分かった。

「こんな距離をタクシーで来るなんて、どうも悪いみたいな気がする」

料金を払い終わった浦上に、耳を指先でつまみながら伊集院が言った。

「仕方がないさ。久しぶりに静岡市へ帰って来たら、急に疲れが出たようだよ」

浦上は、遠くを眺めやるような目になった。それは、彼の家がある方向であった。静岡市へ帰って来て、彼は当然、住む者もいない自分の家のことを思い出したのである。

山岡歯科医院は、入口の扉を固く閉ざしていた。ここもまた、住む人間のいない家なのだ。伊集院がすぐ近くの角にあるパン屋へ行って、一人の男を連れ出して来た。パン屋の主人なのだろう。

「この家は借家で、事件後はそのままにしてあるんだそうだ」

戻って来た伊集院が、浦上にそう告げた。

「家は、どうするつもりなんでしょうね」

浦上は、パン屋の主人に訊いた。

「さあね。なにしろ住んでいた山岡さん夫婦が亡くなったばかりですからね。すぐこの家に手入れをしたり、売りに出したりするわけにも行かないんでしょう」

パン屋の主人は、白い前掛を挟んだまま腕を組んだ。

「夫婦のほかには、誰もいなかったんですか？」

「ええ、ネコ一匹……」

「看護婦は？」

「いや、先生一人で治療していました。去年の十一月に結婚して、この家を借りて、開業したんですからね。あまり、流行(はや)ってもいませんでした。ちょっと変わったご夫婦でね。奥さんは、殆ど外へ出ませんでしたよ。近所づき合いも悪くて……」

「夫婦仲が、悪かったそうですけど？」

「悪いといっても、派手に喧嘩するわけではありません。お互いに、徹底して冷たかったというのが、もっぱらの噂でした」

「新婚だというのに、どうしてそんなだったんでしょうね」

「つまり、ご都合結婚だったんですよ。恋愛でもなく、まただの見合いでもなくね」

「ご都合結婚？」

「昔で言えば、政略結婚というやつです。奥さんのお父さんというのがやはり歯医者さんでしてね。歯科医師会の有力者だったんだそうです。その大先生に、長女をもらってくれと頼まれて、山岡先生は計算した。歯科医師会の有力者のお嬢さんと結婚すれば、自分にとって何かにつけて便利だと考えたわけですね」

「しかし、江麻子にしても山岡慎一郎との結婚を、承諾したんじゃないですか」

「それは、お父さんが怖かったからですよ。結婚する前の山岡先生にも好きな人がいたし、奥さんの方にも惚れていた男があった。しかし、結局は二人とも結婚に踏みきったんです。なんとかなると、思ったんでしょうね」

「ところが、なんともならなかった……」

「当たり前ですよ。ご夫婦ともに、それぞれ恋人があったんですからね。結婚して、日にちが経てばたつほど、お互いが嫌になったというところでしょう。ところが、今年の五月に、奥さんのお父さん、つまり大先生が、病気で亡くなったんです。こうなったらもう、我慢している必要もない。ご夫婦は、一日も早く別れたいという心境じゃなかったんですかね」

「それで、二人の葬式は？」

「ここで、告別式をやりましたよ。参列者は、近所の者と患者さんだけでしたけどね」

「告別式を、ここでやった？」

「ええ。奥さんの妹さんの旦那だという人が、一切を切りまわしていました」

「その妹というのも、勿論ここへ来たんでしょうね」

「いいえ、妹さんは病気だとかいう話で見えませんでしたよ」

「もう一度、下田へ行こう」

た、と、浦上は伊集院を振り返った。浦上は、鋭い眼差しになっていた。久しぶりに窺える、浦上の激しい闘志であった。

まず、山岡夫婦の告別式を、静岡市の西千代田町にあるこの家でやったということが、頷けなかった。夫婦の死体を引取ったのは、妹の亭主である。自分たち以上の近親者はいないのだ。事件現場からの距離を考えても、なぜ下田の妹の家で葬儀を行なわなかったのか不可解である。たとえ自分の家が手狭であったとしても、特別な場合なのである。何もこの家まで来て、葬式を出さなければならないという理由はないのだ。

次に、江麻子の妹が告別式の際にも姿を見せなかったということは、見逃せない事実である。事件現場に来る勇気がなかったというだけなら、まだ分かる。しかし、葬式にも参列しなかったとなると、ただごとではない。身動きも出来ない重病人ならともかく、たった一人の肉身である姉の告別式に加わることも出来ないというほどの事情はなかったはずだ。

江麻子の妹は意識的に人目を避けている、と言えば言えないこともない。なぜ、人目を避けなければならなかったのか、問題はそこにあった。

## 2

　浦上と伊集院は、再び下田へ向かった。沼津からバスで、伊豆の西海岸沿いに南下する。途中、宇久須や安良里の町を抜け、また黄金崎も通った。三時間もバスに揺られているることは、二人にとって苦痛でさえあった。今日は朝から、まだ何も口にしていなかったのである。

　下田に着く前に、夜になった。特捜本部とは、なんの連絡もとっていない。安良里の街中を通過する時、バスの中から特捜本部ではどのような動き方をしているかと、チラリと外を見やっただけだった。

　江麻子の妹は、二つ違いの二十三歳である。江津子という名前であった。夫は、石川順吉、三十一歳で中学校の教師だという。下田ではまだ珍しい『黒潮荘』というアパートに住んでいるらしかった。

　『黒潮荘』は、最近住宅街になり始めた下田町の北側にあった。すぐ右を稲生沢川が流れ、少し北へ行くと波布神社があった。東京の郊外のように石垣やコンクリートの塀が多く、落着いた住宅地になっていた。

　『黒潮荘』はその住宅街へ入るあたりに、ベランダつき二階建ての近代的な姿を見せていた。

　病院の入口のように、受付と記された小窓があった。ここに、アパートの管理人が住んでいるのに違いない。反対側の壁に、一階二階合わせて十六世帯の名札がかかっていた。

　二人の刑事は、まずこの名札を端から確かめて行った。空室があるのか、何も書いてない黒い札もあった。石川順吉の名札は、見当たらなかった。念のために、もう一度調べてみたが、結果は同じであった。

「ないな」

「おかしい」

「アパートを、間違えたんじゃないだろうか」

「そんなはずはない」

　浦上と伊集院は、諦めきれない気持でそんな言葉を交わした。その声を聞きつけたらしく、受付の小窓が中から開かれた。

「何かご用ですか？」

　色の白い眼鏡をかけた女が小窓から顔だけを覗かせた。

「石川順吉さんの部屋は、どこでしょうか。名札が出ていないんですけど……」

　と、伊集院が小腰を屈めた。

「石川さんなら、引っ越しましたよ」

四十前後の女は、冷やかな顔つきで答えた。浦上と伊集院は、顔を見合わせた。まったく予期していなかった言葉を、耳にしたからである。

「夫婦揃ってですか？」

受付の小窓に近づいて浦上が訊いた。

「勿論ですよ」

女は、怒ったような口ぶりで言った。

「越した先は？」

「分かりませんね」

「行先も言わずに、移転したんですか」

「変わり者のご夫婦でね。予告もしないで、いきなり越すからなんて言い出したりして……。同じアパートに住んでいる人たちにも、一言も挨拶(あいさつ)しないで出て行ってしまいましたよ」

女は、石川夫婦に対していい感情を抱いてはいないようだった。そして浦上は、ここでもまた変わり者の夫婦という言葉を聞いたのである。姉夫婦も、変わり者同士と言われていた。どういうところが、そんなに変わっているのか、それが最も肝心なのである。

「石川さんが勤めていたという中学校に問い合わせれば、移転先は分かるでしょうね」

「さあね。その中学校も、辞めてしまったというんだから分かるかどうか……」

「教師も辞めてしまったんですか」

「何もかも、足許から鳥が飛び立つように、急な話でしたよ」

「石川夫婦が、越して行ったというのは、一体いつだったんです?」

「七月の二十二日でした」

「何ですって!」

浦上も伊集院も、驚かないではいられなかった。二十二日といえば、事件発生の翌々日である。一方では、静岡市で姉夫婦の葬儀をしていながら、事件の二日後にはもうここを引っ越して行ったという。石川と江津子夫婦の行動は、ますます不可解であった。

中学校教員の職を辞してまで、行方を晦まさなければならなかったとしたら、よほどの理由があったのに違いない。それも事件後僅か二日で、石川夫婦は下田の土地を離れたのである。告別式を静岡市の歯科医院でやったのも、このためだったのだろう。

「じゃあ……」

と、女が受付の小窓をしめようとした。腰を折って、小窓から覗いているのも辛くなったのだろう。それに、アパートの管理人にとって石川夫婦の行方など興味のないことだったのだ。

「まだ、お尋ねしたいことがあるんですがね」

浦上は手早く、しまりかけた小窓を押さえた。

「これ以上、何かあるんですか？」

女は、不快そうな表情を露骨に見せつけた。

「七月二十日に、西海岸でバスの転落事件がありましたね」

警察手帳を掌(てのひら)の上に置きながら、浦上は女の迷惑そうな顔を無視して言った。

「あの日、石川夫婦のところへ客があったはずです」

「ええ、お姉さん夫婦が見えてましたよ。十九日の夜から、来ていたんです」

仕方がないというふうに、女は小窓の向こう側で椅子を引き寄せたようだった。女はそれに腰をおろして、外の浦上と伊集院を交互に眺めやった。

「二十日になって、姉夫婦は帰って行った。それからあと、石川夫婦に何か変わった様子はありませんでしたか？」

「気がつきませんでしたね。ただ夜になってから、姉さん夫婦が転落したバスに乗っているらしいという連絡を受けて、石川さんが飛んで行きましたよ」

「奥さんの方は？」

「翌日になって聞いたんですけど、姉さんが亡くなったという知らせを聞いて、そのショックで寝込んでしまったんだそうですよ。奥さんは部屋から一歩も出て来ないようでした」

「引っ越しの時はどうしたんです？」

「石川さんが奥さんを横抱きにして運んで来て、そのままタクシーに乗せて行ってしまいました」

「それっきりですか」

「そうです」

「引っ越しの荷物を運んだ運送店は？」

「小型トラックに、飯島(いいじま)運送と書いてありましたよ。多分、下田の町にある運送屋でしょう」

「いや、どうも……」

と、浦上は彼の方から受付の小窓をしめた。伊集院が先に立って、『黒潮荘』を出て行った。

ただ変わり者というだけではすまされない、と浦上は思った。何か原因があり、そのために必然的にとった行動に違いなかった。七月十九日から、姉夫婦は下田に住む妹夫婦のところへ来ていた。遊びに来たのではない。四人で、重大なことについて相談を交わしたのだろう。

翌二十日、相談が成り立ったか、あるいは目的を果たしたかで、姉夫婦は下田を発ち、沼津へ向かった。その途中で、バスの転落事故により夫婦は共に死亡した。以後は、石川順吉だけが目立って動いている。まず死体を確認に来て、自分の家の移転をやってのけ、更に静岡市で姉夫婦の告別式を切りまわしている。妻の江津子は、殆ど人目に触れていない。それに加えて、石川順吉が中学校教師の職を辞したという事実もある。

一体、石川順吉と江津子の夫婦は、何のために、そしてどこへ消えてしまったのか。この夫婦の行方を突きとめるためには、飯島運送店を捜すほかはなかった。

# その結果

## 1

　下田の町に、運送店は何軒もなかった。駅前の交番で調べてもらうと、間もなく飯島運送店がどこにあるか分かった。商工会議所のすぐ近くである。下田では、いちばん大きい運送店のようであった。

　浦上と伊集院は、飯島運送店へ行ってみた。五メートル四方はある土間に、莚(むしろ)や荒縄(あらなわ)の屑(くず)が散っていた。何本も天井からぶらさがっているコードの先で、電球が赤茶けた光を放ち、数人の店員たちが荷造り作業に打ち込んでいた。

　店の隣に倉庫があり、大型トラックとオート三輪が四台ばかり並んでいた。作業員たちは上半身裸で、汗にまみれた赤黒い肌が光っていた。

「ちょっと、すみませんが……」

浦上が、誰へともなく声をかけた。

「何ですか？」

三十前後の男が腰をのばして、顔の汗を拭った。この男が作業の責任者らしい。いちだんと色が黒く、長身の男であった。

「今月の二十二日、黒潮荘というアパートから引っ越した夫婦者について訊きたいんですがね」

「二十二日？」

男は胡散臭そうに、二人の刑事を眺め回した。

「警察の者なんです」

「そうですか。ちょっと待って下さい」

仕方がないというふうに、男は店の奥へ向かって歩いて行った。ほかの店員たちは作業に熱中していて、刑事たちの言葉を聞いてもいないようだった。男は柱にかけてあった通帳のような帳面をとりはずして、それをひろげた。二十二日にどのような仕事があったか、調べているようである。二人の刑事は、わらの乾いた匂いを嗅ぎながら少しの間待たされた。

「黒潮荘というアパートですね」

帳面に目をやりながら、男が戻って来た。

「そうです」

「石川さんですね」

「ありましたか」

「ええ。二十二日の午前中に電話がかかって来て、その日の午後に小型トラックを一台黒潮荘へやっています」

「引っ越し先を知りたいんですよ」

「安良里町ですよ」

「安良里町？」

「ええ。向こうへ着いたのは夜でした」

「あなたも、その引っ越しの仕事をしたんですか？」

「ええ。運転して行きました」

「夫婦は？」

「タクシーで、トラックを誘導して行きました」

「安良里の一戸建ての家に、引っ越して行ったんですか？」

「いや、港に近い素人屋（しろうとや）の二階を借りたらしいんです。確か、四畳半二間だったと思います。深井（ふかい）さんという家でしたよ」

「いや、どうもすみません」

二人の刑事は、飯島運送店を出た。口には出さないが、刑事たちは互いに胸のうちにあることを察していた。石川順吉と江津子の夫婦は、安良里町に越して行ったという。安良里は、事件の現場に近く、捜査本部がある町である。この夫婦が安良里町へ越して行ったというのは単なる偶然であろうか。

二人は、再び下田のバス発着所へ向かった。彼らは急いだ。それでやっと、宇久須行の最終バスに間に合った。

「どうも、あの夫婦が引っ越した理由が分からない」

バスの中で、ひどく神妙（しんみょう）な顔つきで伊集院が言った。

「何か事情があって、下田を離れなければならなかったんだろう」

浦上は腕を組み、バスの震動に逆（さか）らうように両脚を踏んばった。客は、彼らのほかに五人きりいなかった。外は暗く、何を考えているのか乗客たちは陰鬱（いんうつ）な顔つきでいる。

「その事情というのは？」

「それが分かれば、苦労はないさ」

「姉夫婦が死んだ翌々日、アパートも運送店も驚いたくらい強引に、しかも急いで引っ越している。普通じゃないね」

「それに、石川順吉が教師という職を捨てていることが重大だ。まさか、安良里に転勤したわけではあるまい。転勤がそんなに急に決められるものではないし……」

「アパートの管理人も、石川は先生を辞めたとはっきり言っている」

「ほんの気紛れで、男が生涯の職を捨てることは出来ない。容易ならざる事情と、それに決断がなければならない」

「彼らの生活が、一段下がったことは間違いない」

「そうだな。黒潮荘は、まあ下田では数少ない高級アパートだ。部屋代も、それ相当に高かっただろう。しかし、今度越して行った先は安良里という小さな町の素人屋の二階だというからね」

「捜せば、安良里には一戸建ての空屋もあるだろう。素人屋の二階では、四畳半二間で月二千円という家賃は取らないだろうからね」

「石川が職を捨てたから、生活の規模を縮小するほかはない。生活苦を覚悟しながら、二人が安良里へ越して行った理由がどうしても分からないな」

「夫婦に会って、直接訊いてみるより仕方がない」

それっきり、二人の刑事は沈黙してしまった。目の前の席にいた四十男が居眠りをしていて、不意に前のめりになり、ハッと目を開いてから慌てたようにあたりを見まわした。誰もが殆ど無表情で、前の窓ガラスに映っている自分の顔を瞶めているようだった。窓外の闇は、無限に広がっていた。灯りひとつ、見えなかった。生きているのは、運転手一人だけみたいであった。車掌も所在なさそうに、自分の手の指をさすったりしていた。

バスが、安良里の停留所へ停車したのは、九時二十分であった。そこでは二人の刑事をはじめ、合計六人の乗客が降りた。バスの中には、乗客が一人だけ残った。その老人は、終点の宇久須まで行くらしい。心細そうな乗客一人を乗せて、バスは発車した。そのテール・ランプもやがて、闇の中に没した。

小さな港町の安良里でも、街の灯がひどく華やかに見えた。夜の早い田舎町だが、まだ店を開いている商店もあり、街灯には無数の羽虫が集まっていた。

バスの停留所から、港の方へ向かって一本道が続いている。大して幅は広くないが、これが安良里のメーン・ストリートであった。途中、町役場の前を通った。この役場に、今度の事件の特捜本部が設けられている。役場の窓という窓から明りが洩れていた。特捜本部では不眠不休の活動を続けているのに違いない。

浦上と伊集院は特捜本部の灯を横目で見やりながら、役場の前を素通りした。今は、本部に寄ってみるだけの余裕がなかった。道はまっすぐのびている。やがて、海と魚の匂いが二人の鼻をついた。漁港の匂いであった。微かに波の音が聞こえ始めて、力のない汽笛が一声、夜の空に響き渡った。

眼前に、小さな港が見えた。岸壁にヒタヒタと水が戯れ、沖へのびている堤防の向こう側に押し寄せる波の白さが見えた。小さな漁船が、十数隻波に揺られていた。どの船にも灯りがついている。海上生活者の、生活の灯であった。

船員相手らしい小さく粗末な食堂だけが、半分戸をあけていた。伊集院が店の中へ入って行って、この近所に深井という家がないかと訊いて来た。狭い土地だから、分からないはずはなかった。戻って来た伊集院は、深井という家が、十メートルと離れていない路地の奥にあることを、浦上に告げた。

深井という家の主人は、信用組合に勤めているという。妻のほかに、十歳を頭に子供が六人もいるという。それで今度、二階を人に貸したんだろうと、一膳飯屋の若い女が言っていたそうである。しかし、それ以上のことは何も分からなかった。深井という家に引っ越して来た夫婦者のことを、一膳飯屋の若い女はまったく知っていなかった。

二人の刑事は、十メートルほど引き返して、深井という家を捜した。路地というのもすぐに分かったし、古ぼけた二階家を捜しあてるのに手間はかからなかった。田舎の小さな町によくあるような家で、ただ古ぼけているだけではなく、建物全体が湿っているふうに見えた。二階の屋根よりも高い何本かの欅が家を囲むようにしていた。

浦上は、まず、二階へ視線を向けた。まだ、灯りがついていた。窓があいていて、吊ってある緑色の蚊帳が見えた。あたりが静かなせいか、二階から流れて来るラジオの音楽が、よく聞こえた。二人の刑事はしばらくの間、二階の窓を見上げていた。天井に影が映った。人がいるのである。男の咳払いがした。石川順吉が、いるのだろう。

「和英辞典がないんだ。知らないかな」

と、大きな男の声が聞こえた。同じ部屋の中にいる人間に話しかけるのではなく、まるで怒鳴っているようだった。恐らく、階下にいる者に言っているのに違いない。

「君、和英辞典を知らないか。君、江麻子……！」

「はあい……」

やっと、遠くで女が返事をした。妻は、階下へ降りていたのだろう。同時に、二人の刑事は顔を見合わせていた。浦上の目が熱っぽくなり、伊集院は指でつまんだ両耳を強く引っ張った。石川順吉が『江麻子』と呼んだのである。江麻子は夫の山岡慎一郎と共に、死亡した人間ではないか。期せずして二人の刑事は、深井家の玄関に足を速めて近づいて行った。

2

玄関に、呼鈴はついていなかった。浦上が格子戸に手をかけた。早くも鍵をしめたらしく、格子戸は動かなかった。

浦上は、格子戸を叩いた。ガラスがそっくり割れ落ちてしまうような音がした。玄関に灯りがつき、人影が大きく映った。

「どちらさんですか？」

鼻にかかったような甘い女の声がした。

「夜分すみませんが、ちょっとお尋ねしたいことがありまして……」

二階の石川に聞こえるのを恐れて、浦上は警察の人間であることを口にしなかった。

女が格子戸を軋(きし)ませながら、鍵をまわした。格子戸があいた。愛嬌(あいきょう)のある丸顔の女が、二人の刑事を見上げた。三十七、八で、この家の主婦という感じであった。寝巻姿である。ひろげた衿元(えりもと)から、むっちりと盛り上がった胸がこぼれ出そうであった。肉感的な腰の線が流れて、白い素足が妙に艶(つや)っぽかった。

「何でしょうか?」

はだけた胸を気にもしないで、女は言った。湯上がりらしく、石鹼(せっけん)の匂いが漂(ただよ)っていた。

「二階の石川さんに、会いたいんですが」

と、浦上は思わず女から目をそらせていた。伊集院が無言で、女に黒い手帳を見せた。

女は頷きながら、俄かに表情を引き締めた。女に招じ入れられて、二人の刑事は三和土(たたき)に立ち、靴の紐(ひも)を解いた。

「こちらです」

女は先に立って、六畳間を横切った。左手の部屋に蚊帳が吊ってあり、さまざまな姿態で寝込んでいる子供たちが見えた。夫婦の寝室は、隣の四畳半らしく、襖がきちんと閉ざされていた。女が刑事たちを階段の下まで案内して、どうぞというふうに二階を指さした。女は遠慮して、二階までは来ないつもりらしい。

「二階の夫婦仲はどうですか？」

浦上が、囁くような小声で、女に訊いた。

「それはもう、蜜みたいな甘さです。まるで新婚夫婦のようですよ。仲がよすぎる夫婦には、子供が出来ないといいますが、うちあたりとは違って……」

女がそう言って、肩をすくめた。女をその場に残して、浦上と伊集院は苦笑しながら二階への階段を昇った。普通に足音を立てて、別に不意をつくつもりはなかった。二階の入口には、一枚の襖があった。部屋の中から、男と女のやりとりが聞こえて来た。

「すぐに、来てくれないんだもの」

「だって、階下でお風呂をもらっていたんだもの。裸のままで飛び出して来るわけにも行かないでしょう」

「君がいなければ、どこに何があるかよく分からないんだ」

「困ったひと。はい、これでしょう、捜している和英辞典は……」

夫婦は言い争いをしていた。しかし、それは決して喧嘩ではなかった。互いに甘えているようなものである。浦上と伊集院は顔を見合わせてから、襖を軽く叩いた。一瞬、部屋の中が静かになり、やや間をおいてから男の返事があった。

「誰ですか？」

階下の者なら襖などノックしないで、声をかけるか何かするだろう。それで、部屋の中の夫婦はいささか緊張したようであった。

「警察から来ました」

浦上は言った。ここでは、警察の人間であることを遠慮なく明らかにした。

「どんな用です？」

「話せば分かります」

「しかし、もう蚊帳も吊ってあるし……」

「もう一つの四畳半の方で、話しましょう」

「四畳半が二間あるなんて、どうして知っているんです？」

「あなたたちのことは、いろいろと調べてあります」

「ぼくたちは、何もしていませんよ」

「それなら、警察の人間にも安心して会えるでしょう」

と、浦上の方から、襖を開いた。夫婦は、いずれも寝巻に着替えていた。四畳半の部屋は、蚊帳だけでいっぱいである。夜具は一組だけで、枕が二つ並べてあった。

「どうぞ、こっちへ来て下さい」

石川順吉が、二人の刑事を奥の四畳半へ連れて行った。

「あなたも、いらして下さい」

伊集院が、蚊帳の向こう側へ行こうとする妻に声をかけた。

奥の四畳半も家具が多すぎて、四人の人間が坐るとそれだけで身動きも出来ないくらいだった。夫婦は、どうも落着かないようである。伏目がちであり、石川順吉は膝で貧乏揺すりをしていた。

「奥さん、あなたは江津子さんじゃありませんね」

浦上が、ズバリと言った。夫婦は弾かれたように顔を上げて、目のやり場に困っているようだった。

「あなたは江津子さんの姉さんの江麻子さんでしょう」

「そんな……」

石川順吉が甲高い声を発し、江麻子は唇を嚙んだ。

「ここで、あなたが奥さんを江麻子と呼んでいるのを玄関の前で聞きましたよ。山岡さんと一緒に死んだのが、あなたの奥さんの江津子さんだ。そうですね」

極めつけるように、浦上は鋭い口調で言った。夫婦は、揃って項垂れた。

「なぜ、こんなことになったんですか？　個人的なことにタッチしたくはありませんが、事件の捜査上、止むを得ないんです」

「実は……」

と、江麻子が口を開いた。石川順吉は、悄然としている。いざという場合、男より女の方が強いものらしい。

「父に強制されて、わたくしは山岡と結婚しました。でも、わたくしはほかに愛している人がいました。わたくしは泣く泣く山岡と結婚しましたが、その後一日も愛する人のことを忘れたことはありませんでした」

「愛する人というのが、この石川さんだったんですね」

「そうなんです。皮肉なことに、山岡にも将来を誓った愛人がいました」

「それが、江津子さん……！」

「はい。わたくしを諦めた石川は、せめてわたくしにそっくりの江津子で我慢しようと、江津子に、結婚を申し込みました。江津子も、どうでもいいといった気持になっていたんでしょう。あっさりと石川の気持を受け入れたんです。間もなく、二人も結婚しました」

江麻子の告白を、簡単にまとめるとこうなる。姉妹それぞれ、結婚はしたものの、二組の夫婦が互いに愛人同士、これでうまく行くはずはなかった。時間がたてば落着くだろうと思っていたが、それは逆であった。日がたつに連れて、夫婦仲は拙くなり、苦悩は増した。そんな時、四人を支配していた姉妹の父親が死んだ。

二組の夫婦は合意の上で、何度も話し合い、善後策を相談した。

七月十九日、最終的な解決をするために、下田のアパート、黒潮荘の一室で、四人は会った。徹夜で、話し合いが行なわれた。

明け方近く、それぞれの妻を交換するという結論が出た。これっきり、解決の方法はないというわけだった。

離婚と結婚の手続きは後日にするということにして、二十日の午後、山岡は江津子を連れて静岡へ帰って行った。話が決まった以上、元の夫婦というカップルではいられなかったのである。

しかし、運命は分からない。下田を発ったバスが海中へ転落して、山岡と江津子が死亡したのである。現場や、山岡と江津子の葬儀に、江麻子が顔を出せなかったのは当然であった。同時に、石川と江麻子は下田に住んでいることも出来なくなった。石川は職を捨て、夫婦は下田を離れたのだった。急いでそうしなければならなかったという点も、話を聞けば頷けた。

「わたくしたちがやったことは、間違っていたでしょうか？」

江麻子がそう言って、寝巻の袖で目を拭った。

浦上も伊集院も、沈黙を続けていた。言う言葉がなかったのである。

# 遺書

## 1

妙前寺の墓地は、広かった。周囲は松の老木で、かこまれている。墓石の林は、真昼でも、何となく薄暗いあたりに、湿った陰影を見せていた。

それでも、ふり仰げば真夏の空は青く、蟬の声が松林の中から湧き出ている。浦上は長い間、合掌を続けていた。立ちのぼる線香の煙が、『浦上家代々之墓』と刻まれた墓石の文字を消しにかかっている。

妻の和子と二人の子供が、すでに骨だけになって墓石の下に納まっているということが、浦上にはどうしても信じられなかった。事件発生以来、初めての墓参である。涙を流す暇もなかった浦上に、家族の死の実感が湧かないのは、当然のことかも知れなかった。

今日は七月三十一日、事件当日から早くも十日以上すぎている。この十日間に、浦上は十年間分ぐらいのエネルギーを注ぎ込んだようなものだった。肉体も疲れ果て、神経も消耗しつくした。今はもう、気力だけで動いているのである。

浦上は立ち上がり、もう一度、墓石に向かって一礼を送った。線香の煙が太くなり、水をかぶった花が鮮やかな彩りを見せている。隣に佇んでいた伊集院も、ゆっくりと合掌を解いた。

二人の刑事は、顔を見合わせた。伊集院が同僚の胸のうちを察したように、小さく頷いた。浦上は思いついて、ポケットからガムを取り出した。嚙むと、ガムはすぐ柔らかくなった。浦上はそのガムを墓石の角に押しつけた。

「子供たちは、ガムが好きだった……」

と、浦上が苦笑しながら言った。伊集院は黙っていた。二人は改めて、墓石にへばりついている白いガムを凝視した。

刑事たちの気持は暗かった。残った犠牲者は、ついにあと二人だけとなった。希望はまったくない。最後の二人のいずれかに、殺されるべき動機があったという、そんな意地の悪い結果は予想できなかった。

当たりクジだけが最後まで残るということは、確率からいっても考えられないのである。だとすれば、残った二人の身辺捜査も無駄ごとだと前もって分かっているようなものであった。

しかも、この二人に関しては、一度捜査ずみになっているのである。転落したバスの車掌『千葉名穂子（ちばなほこ）　十九歳』について、殺されるべき動機はまったくないし、子供二人とともに死亡した下田町の主婦『塚田（つかだ）はな子　三十四歳』についてもまた同じ、と伊集院の手帳にも記入されているのだった。

その上、二人の刑事から意欲を奪ったのは、特捜本部の捜査方針であった。昨夜、二人は安良里町の石川と江麻子の引っ越し先を訪れた帰り、特捜本部に寄ってみた。本部は、活気に充ち溢（みあふ）れていた。しかし、それは浦上たちが期待していたのとはまるで違った意味での活気であった。

本部は、捜査方針を切り替えたのである。やはり、上層部の意見がとり入れられたのだった。犠牲者の身辺捜査は一応打ち切って、不審者と猟銃の所持者の線を徹底的に追及することに変更されたのだ。

「すでに二、三、不審であるとともに、以前猟銃を手にしたことがあったという対象が浮かび上がっている。しかし、君たちには今まで通りの仕事を任せてあるんだから、頑張ってくれ給え」

と、主任が慰（なぐさ）め顔で言ってくれたが、浦上も伊集院も素直な気持にはなれなかった。二人は間もなく、特捜本部を出た。何となく、いたたまれなかったのである。本部の活気に、違和感を覚えたのだ。

その足で、二人は沼津へ向かうことにした。転落したバスの車掌が、沼津の住人だったからである。二人は、静岡市へ帰るという新聞社のハイヤーに便乗させてもらった。沼津へついたのは、十二時すぎであった。

沼津駅の近くにある小さな旅館に一泊した二人は、今朝になって妙前寺に行くことを思いついたのだった。提案者は、伊集院であった。妙前寺に浦上家の墓があり、下田で仮葬をすませた浦上の妻子の骨がすでに移されているはずだという話を聞いて、伊集院が車掌の家族に会う前に墓参しようと言い出したのである。

伊集院にしてみれば、墓参による心機一転を浦上に促したかったのだろう。浦上も、すぐその気になった。残りは二人――と考えれば、そのくらいの寄り道はしたくなるものである。これまでの自分の努力を、妻子に、報告してもみたかった。

妙前寺は、沼津市外にあった。この寺の墓地は、大きいことで有名だった。だが、午前中でもあり、また墓参の時期でもなかったから、広大な霊園に人影は見当たらない。喋るのが恐ろしいみたいに、あたりは静かだった。

「行こうか……」

伊集院が、遠慮がちに言った。

「うん」

歩き出した浦上は、もう背後を、振り返ろうともしなかった。墓地から抜け出るまで、五分以上は歩かなければならない。石畳の通路は、まるで迷路のように細かく走っている。前方に、しゃがみ込んだ女の姿が見えた。墓の前で、泣いているようである。四十をすぎて間もない和服姿の女だった。

　涙にむせんでいるところから察して、新仏の墓参に来たのに違いない。正装しているわけでもないから、自分だけの意志でお参りに来たのだろう。浦上と伊集院は、靴音を立てないようにして女の後ろを通り抜けようとした。

　浦上はふと、女が手を合わせている墓石へ目をやった。同時に、彼は足をとめていた。墓碑に『千葉家之墓』とあったからである。千葉という姓は、珍しくない。しかし、極く最近に死亡した人間が千葉姓であった場合、一応は気になるはずだった。

　どうしたのだというふうに、伊集院が振り向いた。彼は浦上の視線を追って、墓石の千葉姓に気づいたらしく、慌てたように戻って来た。伊集院もやはり、浦上と同じことを念頭に置いたのだった。

「失礼ですが……」

　と、浦上が女の頭の上から、声をかけた。女は顔を上げて、初めて人間がいたことに気がついたように、手早くハンカチで目許を拭った。

「千葉名穂子さんの家族の方ではありませんか?」

「はあ……?」

と、女は驚いたように目を見はり、再びハンカチで顔を被った。故人の名前を耳にしただけで、新たな涙が溢れ出て来るのだろう。千葉名穂子の母親に違いなかった。

「お母さんですね？」

浦上は、念のためにそう訊いた。

「はい……」

女は、嗚咽を堪えようとしていた。

「わたしも、あの事件で死んだ妻子の墓参に来たんです」

「では、あなたも……？」

「わたしは、警察官でもあるんです。これから、千葉名穂子さんの家族の方たちに、会いに行こうとしていたところでした」

「まだ何か、事件のことで……？」

「亡くなった娘さんについて、いろいろ訊きたいことがあるんです」

「名穂子は、本当にいい娘でした。明るくて気が優しくて、働き者で……。それに、思いやりがありましてねえ。主人も勤めてはいるんですが、二人の弟の学費はわたしが持つといって、自分は映画も見に行かずに一生懸命働いていたんですよ」

「勤務成績が優秀だったということは、われわれも聞いていますがね。娘さんの交遊関係は、どんな具合だったですか？」

「交遊関係……」

「つまり、友達とか恋人とか……」

「友達は大勢いましたよ。誰にでも好かれる娘でしたから。恋人とまではいかないかも知れませんが、好きな男の子もいたようです。お隣の息子さんで、まあ幼馴染み(おさななじ)というんでしょうね。休みの日は、いつも二人でいました」

「お隣の息子さんというのは、事件後はどうしていますか？」

「人が変わったように、沈み込んでしまいましてね。自殺でもするんじゃないかって、ご両親やわたしどもも心配していたんです」

「それで、そのような危険は一応、去ったというわけですね」

「ええ。でも、ほかの人が自殺してしまいました」

「ほかの人が自殺した？」

「昨夜、睡眠薬を飲んで……。今朝になって、その人のお兄さんが遺書を持って来られて、とにかくこの遺書を名穂子の墓前に供(そな)えてくれって、おっしゃるんです。それで、こうしてわたしが遺書を持ってここへ来たんですけど……」

「なぜ、遺書を墓前に供えてくれというんです？」

「それが、よく分からないんです。その人の家族にも、さっぱり意味が通じないんだそうです。わたしも、この遺書を読んでみましたけど、どうもねえ……。とにかく、名穂子に詫びるために自殺すると書いてあるんで、名穂子の霊に許してもらってくれというわけなんです」

「詫びるために自殺した……」

「遺書にも、名穂子さんを殺したのは自分だから、死んでお詫びするって書いてありますけどね」

「その遺書を、見せて頂きたいんですがね」

「はあ……」

女は、手にしていた風呂敷包みの中から、一通の封書を取り出した。浦上は、待ちきれないというふうに、両手を差し出していた。封筒の表面には、何も書いてない。女は中身を抜きとって、浦上に手渡した。

浦上が便箋を広げると、伊集院が額を押しつけんばかりに顔を寄せて来た。達筆とは言えないが、繊細なペン字で便箋は埋まっていた。いかにも覚悟の自殺らしく、遺書から香水の匂いが漂って来た。


名穂子。と呼んでも、あなたはもうこの世にいない。それも、わたしがあなたを死へ追いやったのです。この一週間、わたしは心から苦しみました。良心の呵責です。あなたを殺したわたしが、たとえ一日でも、この世に生きていることは、苦痛です。わたしは、死ぬ決心をしました。

ひどいのは、範夫です。範夫にだって、責任はあると思いました。だから、名穂子にお詫びするために、わたしと一緒に死のう、と範夫に言ったんです。でも、範夫はウンと言いませんでした。こんなに無責任で、冷たい男だとは知らなかったんです。わたしも今は、夢からさめたような気持です。

名穂子。どうか、範夫を許してやって下さい。範夫は、死ぬことが恐ろしいんです。弱虫なんです。

名穂子。あとから、行きます。みなさん、さようなら。わたしは親友を、ボーイ・フレンドのために殺してしまった罪深い女です。お葬式なんて、やらないで下さい。

十八歳の夏、千鶴死す。

「どう思う？」

読み了えた遺書を千葉名穂子の母親に返しながら、浦上が伊集院に言った。

「大分、逆上気味だな」

伊集院は、両方の耳を指先でつまんだ。

「ひどく良心の呵責に苦しんだようだ」

「この千鶴という娘が、猟銃でバスを撃ったとは考えられない」

「うん。もし事件の犯人だったら、千葉名穂子だけに詫びることはないだろう」

「ただ、自分はボーイ・フレンドのために親友を殺してしまった、というところが、おれには気になるんだがね」

「同感だ。妙に真実味を感じさせる。範夫とかいうボーイ・フレンドは、当たってみる必要がありそうだ」

「浦さんには、迷信深いと笑われそうだが、おれは実を言うと……」

「分かっている。ここで千葉名穂子の肉親に会ったのは、仏の引き合わせかも知れない。何か期待できそうだって、言いたいんだろう。おれもそうなんだ」

浦上と伊集院は、目で頷き合った。決して冗談ではなかった。二人の刑事は、真剣な面持ちであった。神や仏にも縋りたいという心境だったのである。

2

門前千鶴は、海南交通のバスの車掌であった。下田営業所勤務だから、千葉名穂子の同僚だったということになる。名穂子と千鶴は、確かに仲がよかったらしい。

浦上と伊集院は、門前千鶴の家へ向かった。千葉名穂子の母親が、範夫という男について何も知っていなかったからである。千鶴の家は、大平というところにあった。沼津からやや南へ下った小さな町だった。

葬式は出さないでくれと遺書にあったが、千鶴の家の前には葬儀屋の三輪トラックが停めてあり、出入りする人の数も少なくはなかった。小さな町のことでもあり、冠婚葬祭には赤の他人も知らん顔はしていられないのだろう。

ここでは、千鶴の兄だという青年の口から、『範夫』について聞き出しただけだった。何しろ千鶴が自殺した理由、そして遺書の内容は、家族たちにもさっぱり分からないというのである。問題は、範夫という千鶴のボーイ・フレンドのみに絞られているのだ。千鶴の兄の話によると、範夫の姓は、『山之内(やまのうち)』だという。山之内範夫は沼津市内の装身具店の店員で、二十歳ぐらいの美青年だそうである。千鶴が、その装身具店へ買物に寄った際に、山之内と知り合ったらしい。山之内は千鶴を通じて、名穂子とも親しくなったという話だった。

浦上と伊集院は、沼津市へ引き返した。沼津銀座にある『銀座堂装身具店』へ、直行しなければならなかった。山之内は、そこにいるはずだった。彼は、千鶴の家へ姿を見せていなかった。千鶴に一緒に死ぬことを求められている山之内だから、当然、ガール・フレンドの自殺を予期していたのに違いない。

それだけに、たとえ千鶴の死を知っていたとしても、彼女の家へ顔を出すことはできないだろう。

店の名前は立派だが、小さな装身具店であった。バッグや袋ものが品物の殆どで、アクセサリーの類は安っぽいものばかりだった。若い女を相手の店なのだろう。店員も、一人だけだった。二十前後の、色白の美青年である。

「山之内範夫君だね？」

店の奥へ入って行くなり、伊集院が躊躇なく店員に言葉を投げかけた。

「そうです」

と、店員は濃い眉毛をピクリと動かした。

「門前千鶴さんを、知っているね？」

伊集院は、間を置かずに、質問を続けた。

「刑事さんですか？」

山之内は、不安そうな目になった。相手が刑事だと感じて、同時に千鶴が言葉通り自殺したことを知ったのだろう。

「そうだよ」

「千鶴が、やっぱり……？」

「うん。遺書を残してね」

「遺書に、ぼくのことが書いてあったんですか？」

「そうだ。君は、彼女から一緒に死んでくれって、せがまれたんだろう？」

「ええ……」

　山之内は、顔を伏せた。

「君は、応じなかった……」

　伊集院は、傍らのガラス・ケースの中を覗いた。ブローチや造花などが、並べてある。死んだ名穂子も千鶴も、このガラス・ケースの中の品物に視線を這わせたことだろう、と言いたげな伊集院の横顔だった。

「応じないのは、当然ですよ」

　山之内が、小声で言った。

「なぜだい？」

「理由が馬鹿馬鹿しくて……」

「千鶴は、どんな理由で死ぬ気を起こしたんだ？」

「若い女の感傷です」

「感傷だけか？」

「そんなことで、人間がいちいち自殺していたら、地球上に人間なんかいなくなっちゃいますよ」

「しかし、彼女は苦しみ抜いた結果、自殺を決意したんだ。良心の問題だ、自分が千葉名穂子を殺したのだと、遺書にもはっきり書いている」

「千鶴が名穂子を殺したんだなんて……」

「もっと重要なことがある。遺書に、自分はボーイ・フレンドのために親友を殺してしまった、とあったんだよ。つまり、千鶴は君のために名穂子を殺したと言っているんだ。この点も、説明してもらいたいね」

「ぼくのために？　そんなこと言われたら、ひどい迷惑だな」

「迷惑？」

「そうですよ」

「君が親しくしていたガール・フレンドが、二人も死んでいるんだぜ。迷惑だなんて言うのは、冷淡すぎるとは思わないかな」

「しかし、千鶴や名穂子が死んだことと、ぼくとはまるで無関係なんですからね」

「無関係とは言えないだろう。君は、千鶴がなぜ自殺したか、その理由を知ってもいるんだからね」

「理由なんか知りませんよ」

「君は今、馬鹿馬鹿しい理由だと言ったじゃないか」

「しかし……」

と、山之内は刑事たちに背を向けてしまった。その背中へ、浦上の鋭い声が飛んだ。

「本当のことを話すんだ。範夫を許してくれと、千鶴は遺書の中で頼んでいるんだぞ！」

# 飛び出した女

## 1

山之内は、恐る恐る振り返った。それから、ゆっくりと身体の向きを元通りにした。浦上の激しい語調に、すっかり呑まれてしまったようである。顔色が、心持ち青白くなっていた。

ようやく、山之内も刑事たちの真剣さに気づいたのだろう。知らないではすまされないと、分かったのである。山之内ぐらいの年齢は、警察を舐めてかかりがちな年頃だった。穏やかな調子で相手をしていると、何とか胡麻化そうとするのだ。

そのくせ、一喝でもされようものならとたんに涙ぐむくらいに軟化するのである。山之内の場合も、そのケースであった。彼はまるで罪人のように、悄然となってしまっていた。

「本当に、大したことはないんです」

山之内は、目のやり場に迷いながらそう言った。

「大したことでないなら、話してくれてもいいだろう」

と、浦上はもう声を和らげていた。

「話しますよ」

一旦、唇を嚙みしめてから、山之内は思いきったように口を開いた。

「あの日、ぼくは千鶴を強引にデートに誘ったんです」

「あの日っていうのは、事件が起こった二十日のことだね？」

伊集院が、そう念を押した。

「そうです。千鶴は勿論、普段のように一日勤務でした。一日に二度、下田―沼津間を往復するんです。ぼくは、午後はサボってでも付き合えって、千鶴に言いました」

「千鶴は、承知したんだな」

「最初のうちは、渋っていました。今まで一度も、そんなことをしたことがないって言うんです。それに、午後の勤務を誰かに埋めてもらわなければならないし……」

「しかし結局は……」

「ええ。ぼくが、デートにも応じないような女なら、今後は付き合わないって言ったものですから、千鶴は驚いて……」

「千鶴は、君に夢中だったのかい?」

浦上が訊いた。遺書に、やっと目がさめた思いという千鶴の言葉があったことが、浦上の脳裡に甦ったからである。

「完全にイカレていました」

山之内は、他人事のように客観的な表現を用いた。だが一瞬、彼の目を得意気な笑いが走った。どんな時でも、女に対する自信と満足感を失わない色男の顔であった。

「それで?」

いい感じを受けなかった浦上は、話の先を促した。

「ぼくと千鶴は、下田で会い、伊豆半島の東海岸の方へ行きました。雨が降っていたので今井浜の旅館へ入って……」

「千鶴と下田で落ち合ったのは、何時頃だった?」

「午後二時でした」

「勤務の交替は?」

「千鶴の午後の勤務は、あの転落したバスの……」

「あの便だったのか。つまり、千葉名穂子に替わってもらったんだな」

「名穂子は、修善寺発下田行きのバスに乗務して、恰度下田営業所へ帰って来ていたんです。名穂子はあの日、それで勤務あけだったんだそうです。千鶴は、どうしてもぼくに会わなければならない用事があるからって、名穂子に交替勤務を頼みました」

「千葉名穂子は、それを引き受けた……」

「名穂子は気がやさしいし、人がいいんです。それに、どうせ沼津の家へ帰るんだし、親友の頼みを、あっさり引き受けたということでしょう」

と、山之内はまるで無責任な言い方をする。気に入らない――と思いながら、浦上は伊集院を見やった。伊集院は口を尖（とが）らして、ゆっくりと首を振った。

ここまで話を聞けば、千鶴の自殺の理由はおのずと分かる。これだけのことで、どうしても自殺しなければならなかったとは思えない。しかし、千鶴が死ぬことを思い立った、その気持も分かる。本来ならば、千鶴がバス転落事件で死んだところなのである。たまたま、無理に勤務交替をしてもらったので、千鶴の代わりに名穂子が死んだ。

決して、平静な気持でいられることではない。自分の身代わりに、友人が死んだ。偶然というには、自分の方から頼み込んだことによって生じた友人の災難であるだけに心苦しい。

しかも、名穂子に勤務を替わってもらった理由が、山之内とのデートであったから、千鶴も一層辛い気持だったのに違いない。人間の生死に関わることや、自分の病気などが原因で勤務交替をやむなくしてもらったというなら、千鶴も幾（いく）らかは救われただろう。

感じやすい娘が、名穂子を死に追いやったのは自分だと一途（いちず）に思い込むのも、また仕方がないことだった。いたたまれない毎日だったということも、充分に察しがつく。そして千鶴は、山之内にも責任の一部があるのだからと、自殺を促したのだ。

山之内は、それに応じなかった。それで千鶴は、あのような遺書を残して、独り死んで行ったのである。山之内は、女友達が二人も死んだことに、何も感じてはいないらしい。自分は無関係だとさえ、言っている。

そのようなものの考え方もあるに違いない。だが浦上は、感情の上で山之内を許せないと思った。山之内は自分の立場にまったく鈍感らしく、訊かれもしないのに喋り始めていた。

「千鶴は、名穂子に対して気がすまないから死のうって、ぼくに言ったんですけどね。なぜ気がすまないか、その理由が傑作なんですよ。名穂子が死んだその頃、自分は今井浜の旅館の蒲団の中で、女の歓びに酔っていた。だから、名穂子に申し訳ないっていうんです。女って不思議ですね。狂ったように泣いたり叫んだりするのが、歓びに酔い痴れている時も、ぼくに死のうって迫って来た時も、まったく同じなんですからね。いいにつけ、悪いにつけ、女ってすぐ死ぬって言うんだから……」

二人の刑事は黙って、よく動く山之内の赤い唇を見ていた。半ば呆れて、半ば腹を立てていたのである。間もなく、山之内も余計なことを言いすぎたと気づいたらしく、口を噤んだ。

「君……」

浦上がガラス・ケースの上に肘をついて、山之内の顔を下から見上げるような姿勢をとった。

「はあ……」

山之内は慌てたように、おどおどした目つきになった。浦上の鋭い眼光に、山之内は再び緊張したようだった。

「君は、なぜ二十日に限って強引に千鶴を誘ったりしたんだ？」

この浦上の質問は、山之内の痛いところを突いたようである。山之内は困惑の表情になって、すぐには答えようとしなかった。

「君だって、勤めはあったろうし、沼津の人間である君が、わざわざ下田まで行って千鶴と落ち合っている。二十日という日に、君はどうしてもそうしなければならなかった事情があったのと違うかい？」

「実は……」

と、山之内の声が俄かに低くなった。

「二十日は、どうしても家やこの店にいられなかったんです。それで、ぼくは下田へ行って……」

「つまり、逃げたんだな」

「一人で遊んでいてもつまらないから、千鶴に無理に付き合わせて、今井浜に夜までいたんです。帰りは熱海へ出て、列車で沼津へ戻って来ました」

「そんなことだろうと思ったよ。それで逃げた理由は？」

「それは……」

「女だな」

「え、ええ……。家を飛び出して、ぼくのところへ来るって言ってきたもんですから、沼津にいては拙いと思って逃げたんです」

「一日ぐらい逃げていたからって、片づく問題じゃないだろう」

「その時は、ぼくもそう思ったんですが、女は死んでしまいました」

「死んだ？」

「二十日の、あの転落したバスに乗っていたんです。下田の家を飛び出して、ぼくのところへ来る途中に死んだというわけです」

「その女の名前は？」

「塚田はな子っていうんです」

「じゃあ、子供を二人連れて……？」

浦上は、伊集院と目で頷き合った。意外な事実を、山之内の口から聞き出したものである。話がこんなふうに発展するとは、予想もしていなかった。そろそろきり上げて、銀座堂装身具店を出ようとしていたところだったのだ。

山之内が、犠牲者の最後の一人である塚田はな子の名前を口にしたのは、単なるめぐり合わせというものなのだろうか。浦上は、人間の宿命というものを感じた。一台のバスの転落によって、この山之内範夫という青年に関係がある三人の女が死んだのだ。そして、そのことを山之内みずからが、告白する結果となったのである。

## 2

一カ月ほど前の六月二十五日、山之内は勤めを了えて、西間門(にしまかど)にある自宅へ向かった。途中、近道をするために東海道線の線路に沿って自転車を走らせた。

やがて彼は、線路際に佇んでいる人影を認めた。夕闇が影を女の形に浮かび上がらせて、その肩のあたりが寒々として見えた。山之内は女の後ろ姿を眺めやってこれから自殺するつもりではないかと直感した。

山之内は、自転車をとめた。女はそれにも気づかずに、ぼんやりと線路を見入っている。間違いなく列車に飛び込もうとしているのだと判断した山之内は、女に声をかけた。

「もしもし……」

女は振り向いて、焦点(しょうてん)の定まらない目で山之内を見返した。

「どうかしたんですか?」

「いいえ……」

「妙なことを考えているんじゃないでしょうね」

この質問に、女は答えなかった。三十四、五に見える人妻ふうの女だった。クリーム色のスーツを着て、手にしているのは黒いバッグだけである。円顔(まるがお)で、可愛らしい目と唇であった。脚の線が美しく、スタイルも悪くない。

こんな女を死なせては勿体(もったい)ない、と山之内は思った。彼は早くも、女の身体を想像していたのである。人妻らしいと、そんな気楽さもあった。死なせるなら、その前に自分のものにしてからと、山之内の欲望が疼(うず)き始めた。自殺から救うことよりも、女を裸にすることの方が大きな目的だったのかも知れない。

「沼津の人ですか?」

山之内は、微笑した。女の気持を惹(ひ)きつけると、絶対の自信がある笑顔だった。

「いいえ……」

女の頬に赤味がさした。自殺するつもりではいても、やはり人から声をかけられれば、ほっと安堵するものなのだろう。

「じゃあ……」

「下田から来たんです」

「一人で？」

「ええ」

「早まっちゃいけませんよ。よかったらぼくに事情を聞かせて下さい」

「でも、下田へ帰る気にはなりません」

「気が落着けば、また考えも変わります。まず誰にでもいいから、相談すべきです」

「人には言えない事情なんです」

「それなら、陽気になろうとすることです。面白い話をしたり、お酒を飲んだり……。そんなことをしてから死んでも決して遅くはありませんよ」

「でも……」

「人間はいつかは、死ぬんです。人生は享楽しなければ、意味がないと思いますね。いずれにしても、ぼくはあなたが自殺するのを見ているわけにはいかないんです。どんなことでもしますから、さあ、ぼくと一緒に行きましょう」

「あまり親切にされると……」

　と、目を押さえる女の手を軽く握って、山之内は自転車のペダルを踏んだ。大して金もない彼は、女を首塚に近い小さな旅館へ連れ込んだ。たった今まで死ぬ覚悟でいた女は、細かいことまで気が回らないようであった。神経が麻痺しているのかも知れない。女は躊躇するふうもなく、山之内と一緒に旅館へ入った。

女は塚田はな子と名乗った。夫は、下田で畳屋をやっている。六歳と四歳の子供がある。女が打ちあけたのは、これだけのことだった。なぜ死のうとしたか、その辺の事情についてはまったく触れなかった。

山之内も別に、そうした事情など是非とも聞きたいとは思っていなかった。彼にとって、馬鹿話でもしていた方が、はるかに気楽なのである。彼は、酒と一品料理を注文した。はな子も、酒を飲んだ。何かを忘れようとするヤケ酒並みの飲みっぷりであった。

二人は、すぐに酔った。話は弾むはずもないが、女の気持が幾らか和んだようである。小さく笑ったり、思いっきり深々と吐息したりした。隣室には寝具がのべてあるのだろうが、そこまで女を誘えるほどの雰囲気にはなっていなかった。山之内はその場で、はな子を抱いた。

「何をするんです」

女は一応、抵抗した。しかし、それは弱々しく、長くは続かなかった。

「あなたみたいな人が現われるのを、ぼくは待っていたんだ。好きだ、好きなんです」

などと耳許で囁き、強く唇を吸うと、女は動かなくなった。胸へ手を差し入れると、そこは燃えるように熱かった。女の両手が少しずつ、山之内の背中へ回されて行く。スカートを脱がしにかかると、女は作業がしやすいように腰をひねった。

山之内は、人妻の行為の激しさというものを、初めて知らされた。彼も、女の経験は多かった。しかし、いずれも千鶴などと大して変わらない年頃の娘が相手だった。そんな娘たちも歓びの風情を示すが、はな子の場合と較べたら雲泥の差であった。

肉体の豊満さからして違った。まったく遠慮がなかった。声が階下まで聞こえるのではないかと、山之内はハラハラした。彼は、その激しさに揉まれ、圧倒され、いつの間にか受身になっていた。

山之内は、あっさり放り出されていた。女はしばらく、喘ぎを続けていたが、もの足りなさそうな感じであった。山之内は、はな子に最後の満足を与えることが出来なかったのだ。

山之内は、白けた気持になっていた。この瞬間は、男としての自信を失っていたようである。すぐにでも、ここから逃げ出してしまいたかった。一方、はな子はそれでも嬉しそうであった。上気した顔を恥じらうように綻ばせて、はな子は山之内の胸に縋りついて来た。

線路際に佇んでいた時とは、まるで人が変わったようだった。幸福に酔っている新妻のようである。事実、この時の彼女は、新たな幸福を見出したのかも知れない。

「わたし、もうあなたを離さない。あなただけが生甲斐よ」

はな子は言った。

「こう言われた時、ぼくはつくづく後悔しましたよ」

告白を了えて、山之内は溜め息をついた。何という野郎だ——と、浦上はこの美青年を張り倒してやりたい衝動に駆られた。だが、捜査のためには、こんな相手からでも何かを聞き出さなければならないのだ。

「それで、塚田はな子は一旦、自殺を思い留まったというわけだな」

ガラス・ケースを指でコツコツ叩きながら、浦上は投げ出すように言った。

「ええ。その夜のうちに、下田へ帰って行きました」

「大した色男だ」

「今では悪いことをしたと思っています。どっちにしろ、彼女は自殺を思い留まったんじゃないでしょうか」

「塚田はな子と関係したのは、その時だけだったんだね」

「そうです。一度だけなんです。手紙は一カ月間に三通ばかり来ましたけど……」

「住所も名前も教えたのは、君らしくないじゃないか」

「強引だったんです。教えてくれないと、わたしを騙したことになるって……。それで、最後の手紙で二十日に家を飛び出し、子供を二人連れて、ぼくのところへ来るって言ってきたんです」

「理由は？」

「もう、これ以上、我慢していられない。亭主と同じ空気を吸っていると思っただけで、狂いそうになる。とにかく、ぼくと会って今後のことを相談したいって書いてありました。たった一度関係しただけで、十以上も年上の彼女と二人の子供まで押しつけられちゃあ、堪(たま)りませんからね。それで、ぼくは逃げたんですよ」

「塚田はな子は、何か変わったことを言わなかったかね」

「気になったことが、一つだけありました。それは、彼女がもう十カ月も夫と夜の営みをしていないって言ったことです」

「ほう……亭主との仲が険悪だったわけか。自殺を覚悟した原因も、そんなところにあったのかな」

浦上は一つ頷いてから、伊集院を振り返った。行こうという意味だった。最後の一人、塚田はな子の身辺を洗うのだ。また、山之内のアリバイも確かめなければならない。彼にもバスを転落させる動機がある。最後の望みをかけて、二人の刑事は下田へ飛んだ。

# 絶望

## 1

幾度、この町を離れ、またこの町の風景に接したことだろうか。浦上と伊集院にとって、人口二万八千の下田町は、通いなれた勤め先のようなものだった。そして今度が、下田町を歩く最後の機会かもしれなかった。

塚田はな子の家は、了仙寺(りょうせんじ)からほど近いところにあった。小さな川に沿って、数軒のバーが並んでいる。そのあたりから城山公園の方へ向かって小橋を渡ると、すぐ前が『塚田畳店』であった。

店は、休んでいるようである。土間で働いている人の姿は見当たらなかった。店先の一隅(いちぐう)に、出来上がった畳が何枚か積んであるだけであった。

二人の刑事は店の中へ入った。ひっそりとしていて、奥にも人の気配が感じられないようであった。伊集院が声を張って、店の奥に自分たちが来たことを告げた。

返事はなかったが、まるで闇の中から浮かび上がるように、人の姿が現われた。四十に近いと思われる、背の低い男であった。髪の毛を短く刈り込んでいて、いかにも職人といった風体(ふうてい)である。しかし、顔色は悪かった。

男の気持は、浦上によく分かった。たとえ夫婦仲が悪かったにしろ、妻と二人の子供を一時に失えば、強い衝撃を受けないではいられない。妻と二人の子供、この点では浦上とまったく同じだったのである。

「ご主人ですね」

浦上は警察手帳を示しながら、男の貧相な顔を見やった。

「塚田吉次郎(きちじろう)ですが……」

男はあまり表情を動かさずに、上がり框(がまち)に坐(すわ)り込んだ。

「バス転落事件のことで来たんですが……」

「そのことについては、ほかの刑事さんが来ていろいろと調べて行きましたよ」

「いや、今日はあなたと亡くなった奥さんとの間柄を尋ねに来たんですよ」

「そのことも、刑事さんから訊かれて話しました。正直に言って、わたしとはな子は、うまく行っていなかった。七月二十日になってはな子は二人の子供を連れてここを飛び出して行ったんです。そこまで、ちゃんとわたしは話しましたよ」

「話したのは、その程度のことだったんでしょう。それ以上詳しくは、言ってありませんね」

「話すことがありませんからね」

「わたしたちが知りたいのは、今から十カ月ほど前、あなたと奥さんとの間にどんな争いがあったかなんです」

「十カ月ほど前……？」

不満そうであった男の顔に、かなりの反応があった。虚を衝かれて、明らかに狼狽したのである。塚田吉次郎は、目を伏せてしまった。

「そこまで警察がタッチする必要もないし、こっちにも答える義務はないでしょう」

やがて、塚田吉次郎は半ば不貞腐れたようにそう呟いた。

「確かにそのとおりです」

と、浦上は相手の顔を覗き込むようにした。

「しかし、そこを何とかお願いしたいんです。二十七人の人間が死亡した事件です。犠牲者の身辺を、一人残らず洗って来ました。誰がどんな動機で、誰を殺そうとしたのか、その手がかりを得るためです。そして残ったのが、あなたの奥さんだけなのですよ。どうか、協力して下さい」

浦上も、必死であった。最後の望みの綱は、塚田はな子だけなのである。ここで収穫を得たいという一心であった。感情に走りやすい浦上にしては、珍しい平身低頭ぶりであった。

「わたしとはな子の間に十カ月前に何かがあったと、どうして分かったんですか？」

塚田吉次郎は顔を上げて、思いきったように訊いた。

「奥さんが、ある人に、十カ月前からあなたと夫婦生活をしていないと言っているんですよ」

さすがに、山之内のことを持ち出すことは出来なかった。浦上は、曖昧に答えておいた。

「はな子が、そんなことを言ったんですかね」

塚田吉次郎は目をしばたたかせて、微かな吐息を洩らした。ふと、不幸な過去をもつ暗い翳が、男の面上をかすめた。

「奥さんは、最近になって自殺を決意したこともあるらしいんです。その原因もやはり、あなたとの間に何か重大な問題があったからに違いありません」

「はな子は、何度も死のうとしましたよ。でも、その度に子供のことが不憫になり、思い留まったのです」

「その原因は、一体どんなことだったんですか？　十カ月前から、あなたたちは事実上、夫婦ではなくなっている。十カ月前に、埋めようのない亀裂が夫婦間に生じた証拠ではないんですか」

「そのことについては、わたし自身の口からは絶対に言えません。たとえ、口が腐っても……」

「十カ月前に何があったか、そのことだけでもいいから教えて下さい」

「十カ月前に、わたしの父が死にました。わたしとはな子は、父の危篤の知らせを受けて、すぐ駆けつけて行ったんです。それだけのことだったんですよ」

「どこで、亡くなったんです？」

「勿論、自宅です」

「自宅は？」

「稲取です」

「今でも、稲取には……」

「兄夫婦が、静観荘という旅館をやっています。母はまだ生きていて、そこにいますよ」

「代々、続いている旅館なんですか？」

「そうです。大きな旅館をやっている家の次男坊が、畳屋をしていることが不思議なんでしょう」

「そういうわけではありませんが……」

「父は旅館経営のほかに材木屋をやって、大変な財産を作り上げた人間です。女道楽が激しい男でした。ここ十二、三年は、大阪で商売をやっていて、伊豆の稲取などにはまるで帰って来ませんでした。わたしとはな子の結婚式にも、顔を出してくれないような父親でしてね。しかし、わたしの実家の姓は市川なんですよ」

「すると、あなたは……」

「そうです。わたしは、この畳屋へ婿養子に来たんですよ。はな子と一緒になるには、そうするほかはなかったんです。つまり、はな子は十二年前に結婚した、わたしの恋女房というわけです」

　それだけ言って、塚田吉次郎は投げやりな苦笑を浮かべた。

「それで……」

「これ以上はもう、何も申し上げられません」

と、質問を続けようとする浦上を制して、塚田吉次郎は唇を結んでしまった。どんなに喰い下がろうと、頑なに噤んだ口は二度と開かないという決意が、男の顔に漲っていた。

多分、貝のように沈黙を続けるだろう。諦めるより仕方がないと、浦上は伊集院と顔を見合わせた。二人の刑事は、立ち上がろうとしない塚田吉次郎に背を向けて、畳屋を出た。

「稲取の静観荘へ行ってみよう」

　歩きながら、伊集院が言った。

「望みはあるかな」

浦上は、すっかり弱まった西日に目を細めた。海に近い土地は、夜の訪れが遅い。七時を過ぎたというのに、まだ町の灯は目覚めていなかった。

「充分にある。塚田は自分の口からは喋らないが、稲取の実家へ行って訊けと暗にほのめかしたんだ」

「うん。十カ月前に、塚田の父親が死んでいる。夫婦は、危篤の知らせを聞いてその枕辺へ駆けつけた。二人は、死に際の父親から重大な秘密を聞かされたのに違いない。そのことが、夫婦にとっては致命的な亀裂となったんだ」

「その場に居合わせたのは、恐らく塚田の母親だけだったんだろう。そんな重大な秘密を、兄夫婦にも洩らすはずはない。つまり、塚田は稲取へ行って、母親の口から事実を聞けと、言いたかったんだろう」

浦上は頷いた。だが、その重大な秘密とは一体何か。はな子もそのことについては、山之内に喋ろうとはしなかったという。塚田吉次郎もまた、口が腐っても言えないと沈黙を守った。

十カ月ほど前から、夫婦は関係を持っていない。その上、はな子は幾度も、自殺を図ったというのだ。それでいて、夫婦は十二年前、熱烈な恋愛結婚をしたらしい。そのために、吉次郎はあえて、畳屋の婿養子になったというのである。

これからどんな秘密を耳にすることが出来るのか、二人の刑事にはまったく予想がつかなかった。

## 2

塚田吉次郎の母親も、なかなか打ち明けてくれなかった。最初は、何も知らないと言い張った。しかし、息子が母親の口から聞いてくれと言ったのだと説明すると、七十を越した老婆は仕方がないというふうに肩を落とした。

静観荘は本館、別館、それに新館まである大きな旅館であった。稲取では、一流の旅館なのだろう。吉次郎の母親は、眼下に海を見渡せる離れ家に寝起きしているらしかった。さしずめ、隠居所というところだろう。

離れ家の整理された六畳間で、二人の刑事は老婆と相対した。白髪で、上品な顔立ちをしている。物質的には不自由のない、恵まれた隠居という感じであった。

下田から稲取までは、さして遠くはない。伊豆の東海岸沿いに、下田から白浜（しらはま）、今井浜と北上して来れば、次が稲取であった。一方の稲取の大きな旅館には母親が住み、他方下田の小さな畳屋で息子が一人暮らしをしている。土地が離れていないだけに、この事実が不思議であった。

「勿論、他言はしませんし、外部に洩れるようなことはありません。ですから、思いきって話して頂けませんか」

痺れをきらして、浦上はそう言った。頭上の螢光灯に集まっている虫の羽の音が、絶え間なく聞こえていた。

「亡くなった夫の恥をさらすようなものだし、それに吉次郎夫婦が可哀想で、軽い気持では話せないことなんです」

吉次郎の母親は、補聴器を耳に当てたままであった。

「しかし、あなたのご主人が死に際に、息子さん夫婦に喋ってしまったんでしょう」

「そうなんですよ。あの人も、余計なことを言わなければいいのに……。人間はなにも、本当のことを知るのが幸福だとは限りません。知らないですむ幸福の方が多いものなんですよ」

「そうでしょうが、同時に人間はまた、何か隠したままでは死にきれないんではないでしょうか」

「そうかも知れませんね」

「あなたはその秘密を、前から知っていらしたんですか?」

「夫だけの胸に納めてあったことなんです。わたしも、あの人が死ぬ時、初めて知ったんですよ」

「話して下さい」

「吉次郎がそう言うなら、お話しましょう。でも、詳しくは話せません。出来るだけ簡単にお聞かせして、わたしもそのことをすぐ忘れてしまいたいのです」

「簡単で結構です」

「吉次郎とはな子は、兄妹だったんです」

老婆の喋り方に抑揚がなかっただけに、一瞬、刑事たちには言葉の理解のしようがなかった。二人の刑事が唖然となったのは、しばらく間をおいてからである。老婆は淡々とした口調で、話を続けた。

「夫は、女遊びが激しかったんです。芸者を妾にしたり、女中に手をつけたりもしました。夫が福岡にいた時、一人の素人娘と深い仲になって、女の子が生まれました」

「それが塚田はな子だったんですか？」

「そうなんです。もう三十何年も前のことで、あの人が夫の娘だったと思うと、まるで嘘みたいですけど……」

「それで、福岡の女性とはその後まったく切れてしまっていたんですね？」

「はな子が生まれて一年後に、手切れ金をやって別れてしまいました。人間の運命というものは、恐ろしいものです。それに人の縁はまるで不思議なものです。その後、福岡の女の人ははな子を連れっ子にして、下田の畳屋さんと結婚したんですよ」

「そして十二年前に、そのはな子とあなたの息子さんが夫婦になった……」

「何も知らない二人は、普通の男や女と同じように夢中になってしまったんですね。吉次郎は、畳屋に婿入りしてもいいからと言って、はな子と一緒になりました。その時、夫がここにいてくれたら、こんな結果にはならなかったでしょう。ところが、夫は大阪で商売に打ち込んでいて、二人の結婚式にも帰って来なかったんです。商売がうまく行かなくて、夫が大阪から稲取へ引き揚げて来たのは、三年ほど前でした。当然、吉次郎の婿入り先にも顔を出します。はな子の母親は、もうこの世にはいませんでした。でも、いろいろと話し合っているうちに、はな子が自分の娘だということに気がついたんでしょう。夫は、血相を変えて帰って来ました。何があったのか、聞いても、夫は喋ってくれません。夫にしても、どうしたらいいのか、分からなかったんでしょうね」

「それから三年、ご主人はそのことを自分だけの胸に秘めて来たわけですね」

「苦しかったでしょうけど、苦しみついでに夫は何も言わずに死んでくれればよかったんです。十二年間も夫婦でいて二人の子供さえある吉次郎とはな子が、異母兄妹だったと知って、どんな想いを味わされたことでしょう。とても生きてはいられない気持だったに違いありません。わたしは、はな子が死んで、その方が幸せだったのではないかと思いましたよ」

浦上にも、もう言うことはなかった。夜の海を眺め、波の音を耳にしながら、こんな話を聞いていることが、まるで悪夢を見ているようであった。老婆の言うとおり、早く忘れてしまいたいことである。憮然とした面持ちの伊集院を促して、浦上はそそくさと立ち上がった。

稲取をあとにした二人は、途中、今井浜に寄ってみた。事件当日、山之内が門前千鶴と二人でいたという桜田旅館を訪れるためである。念のために、山之内のアリバイを確かめておかねばならなかった。

山之内には、塚田はな子を殺す動機がある。塚田はな子は二人の子供を連れて、山之内のところに転がり込むつもりでいたらしい。山之内が一日ぐらい逃げていても、女が諦めるとは限らない。彼が切羽詰まって、塚田はな子を殺すために、バスを転落させたという想定も成り立たないことはないのである。

しかし、桜田旅館で山之内のアリバイが証明された。七月二十日の二時半から六時頃まで、山之内と千鶴は今井浜の桜田旅館の一室にいたのである。これで、塚田はな子に殺されるべき動機はなくなったわけだった。吉次郎が、妻子を殺すはずはなかった。妻が逃げ出してくれた方が彼にとっては幸いだったのである。

「終わったな……」

下田駅前でバスを降りた時、伊集院がポツリと言った。永年勤務した会社を辞める時のような空しさと、待ち呆けをくったような失望の響きが、その言葉に込められていた。

「確かに、終わったよ」

発着所へ向かう最終バスを見送りながら、浦上も同じことを呟いた。これで、犠牲者の全員の身辺調査を了えたことになる。結果は、ゼロであった。疲労と絶望感だけが残っている。

「これからすることは？」

浦上は、満天の星を見上げた。

「歩くことだ」

「どこへ？」

「電話のあるところさ」

「誰と話をする？」

「おれたちの報告を待っている主任さんにだよ」

「何と言うつもりだ？」

「次の仕事は……」

「ちょっと待て」

と、伊集院が足をとめた。

「いや、待つ必要はない。おれたちはただ、人生模様と生活の表裏と、人間の縮図を見て来ただけなんだ。そして得られたのは、死を予期していない人間がいかに劇的な立場にいるかという知識にすぎない」

「浦さん……」

「希望があるうちは、絶望しないだろう？」

「決まっているじゃないか」

「希望は、まだ残されている」

「どんなことだ？」

「おれを襲った人間さ」

伊集院はそう言って、浦上の右腕を引っ張るようにして再び歩き出した。城山公園の方向であった。

# なぜ靴ベラが

## 1

死人(しびと)狩りは終わった。しかし、収穫はなかった。特捜本部の新たな方針に従って、不審者と猟銃の使用許可を持っている人物を追及するほかはないのである。浦上は、まず特捜本部に電話することを考えた。犠牲者の身辺捜査が終了したことを告げ、同時に今後の指示を仰ぐためだった。それは、とりもなおさず浦上自身の敗北ということになる。彼は、死んだ妻子のことを考えずにはいられなかった。

だが、伊集院が言ったとおり、たった一つの望みが残されていたのである。伊集院を襲撃した人物の存在であった。城山公園で、背後から伊集院に襲いかかり、鈍器のようなもので撲(なぐ)りつけて彼を昏倒(こんとう)させた男がいたのだった。手がかりは、現場に残されてあった靴ベラだけである。

浦上は特捜本部から伊集院襲撃事件について調べるようにと、指示を受けていた。しかし、殆どこの事件に関しては手をつけていなかった。犠牲者の身辺捜査に、重きをおいていたせいだった。

伊集院に、まだ望みはあると言われて、浦上は初めてこの事件のことを思い出したくらいだ。

だが、果たしてこれが望みとなり得るかどうか、浦上には自信がなかった。なにしろ、手がかりは一個の靴ベラだけなのである。靴ベラからは指紋も検出されなかったし、靴屋の屋号が彫りつけてあるわけでもない。どこにでも売っている、安ものの靴ベラなのだ。目撃者もいない。襲われた伊集院自身も犯人の人相風体をまったく見ていないのである。

浦上と伊集院は、城山公園へ行ってみた。伊集院が襲われた現場は、まわりに樹木が多く、見るからに寂しい場所であった。夏の夜だというのに散歩する人影もない。

「ここだよ」

伊集院は、地上を指さした。

「虎さんは、この方向から歩いて来たんだな？」

と、浦上は後ろを振り返った。

「そうだ」

「歩きながら、後ろからついて来る人の気配に気がつかなかったのか？」

「面目ない」

「あの日は確か、横浜の高校生たちの行動を追って下田の菊水荘へ来たんだな」

「そうだ。それから駅前のバーへ入った。ビールを飲むために……」

「下田に泊まることにして、虎さんが心当たりのある旅館へ話をつけに行った」

「うん。襲われたのはその帰りだ」

「犯人は、虎さんと知って襲ったと考えなければならない。とすれば、虎さんが下田に来ていることを、犯人は知っていたわけだろう」

「そうだ」

「しかし、一人の人間を昏倒させるような鈍器を、常に身につけているはずがない。だから、虎さんの姿を見かけて、その足で尾行し、ここで襲いかかったということにはならない」

「おれの姿を見かけて、一旦家へ帰り、凶器を用意しておれを待っていたというわけか?」

「そういうことになるな。つまり、犯人は旅館に話をつけに行く虎さんを見かけたんだ。犯人は家へ帰って、凶器を用意した。そして、この場で戻って来る虎さんを待ち受けた。歩いて来る虎さんをやりすごしてから、犯人は後ろへまわり、いきなり撲りかかったんだ。それで、虎さんは尾けられている気配をまったく感じなかった」

「しかし、旅館に話をつけに行くおれを見かけたとしても、果たして戻って来るかどうか犯人には分からなかったはずだぜ」

「いや、待っていて、もし虎さんが戻って来なかったら、犯人はひとまず諦めるつもりだったんじゃないか。何も、あの日にどうしても虎さんを襲わなければならなかったわけでもないんだろう。それほど虎さんを消してしまわなければならない必要に迫られていたとしたら、撲っただけですませはしなかったはずだ。あの日が駄目なら、犯人はまた次の機会を狙う。それでよかったんだと思う」

「犯人は、おれの顔を知っていた。それで、歩いているおれを見かけた犯人は一旦家へ帰って凶器を用意し、戻って来るおれを待ち受けた。つまり、犯人は下田の住人ということになるな」

「そうだ」

「病院で、一度浦さんと言い合ったことだが、犯人がおれを襲った動機は？」

「分からない」

「おれはあくまでバス転落事件に関係のある人間が犯人だと思っている。もしかすると、バス転落事件の犯人とおれを襲った犯人は、同一人物かも知れない」

「だからこそ、虎さんはまだ望みが残されていると言ったんだろう。しかし、犯人がバス転落事件に関係のある人間だとは断言出来ないぜ」

「この前の浦さんは、逆のことを言ってたんじゃないか。バス転落事件の犯人がわれわれに対する警告の意味で襲いかかったのではないかと、浦さんは主張したんだぜ」

「しかし、どうも自信がなくなったんだ。おれは、頭の中だけで考えすぎていたような気がする。虎さんが襲われた事件にしても、もっと現実的に考える必要があると思うんだ」

「現実的に？」

「そうだよ」

「例えば？」

「虎さんは、下田の人間を何かの事件の犯人として挙げたことはないかい？」

「あるよ」

「そいつが虎さんを襲ったということも考えられる。復讐なんていう大袈裟なものでなく、腹癒せだよ。犯人はたまたま、自分を刑務所へ送り込んだ虎さんを見かけた。その時、虎さんを撲り倒してやろうという気持がむらむらと湧き起こった。そして、実行した。だから、犯人は撲っただけで、虎さんを殺そうとはしなかった」

「なるほど……」

「心当たりはないか？　下田の人間、何かの事件の犯人として虎さんが挙げた、最近になって刑を了えて娑婆へ帰って来た。これだけの条件に当てはまる人間の心当たりだ」

「中西という男がいる。愚連隊だ。静岡市内で喧嘩をやり、相手を刺し殺した。その男は、おれが逮捕したよ。相手が喧嘩を売って来たから、やむなく刺したんだ。そんなおれのどこが悪いんだって、逮捕当時、中西はおれを罵り続けたよ」

「それで、今はもう娑婆にいるんだな？」

「未成年者だったし、愚連隊同士の喧嘩による殺人だ。刑は確か五年だったと思う。あれから六年半たっているから、当然、娑婆にいるはずだよ」

「そいつにあたってみようじゃないか」

「いいだろう。だが、その前に浦さん、ここで実演したいことがあるんだ」

「何を実演する？」

「おれが気になってならないのは、犯人が残して行った靴ベラのことなんだ」

「どんなふうに気になる？」

「靴ベラは、おれの背中の上に落ちていたという、その点なんだ。犯人は、歩いているおれを後ろから襲って、頭を鈍器で撲ったんだ。おれは気を失って、そのまま倒れた。犯人はそれ以上、おれの身体に触れなかったはずだ。おれが昏倒するのを見届けて、犯人は立ち去ったはずだろう。それなのに、どうしておれの背中の上に犯人の靴ベラが落ちていたんだ？」

「靴ベラは普通、どこに入れておくかな」

「おれはズボンのポケットだ」

「おれもだ」

二人の刑事は言い合わせたように、ズボンのポケットを上から押さえていた。男が靴べラをズボンのポケットに入れて持ち歩いているということは、九九パーセントまで確かである。夏であれば、尚更(なおさら)のことだった。上着を着ないから、当然ズボンのポケットということになる。特に、伊集院を襲った人物は、靴べラを手に持っているようなはずはなかった。鈍器を手にしていたのだし、伊集院を襲うのに靴べラなど必要なかっただろう。

浦上と伊集院は、実演を始めた。浦上が犯人になる。伊集院が歩いて来る。彼が通りすぎるのを待って、浦上が背後から襲いかかる。伊集院は路上に、うつ伏せになって倒れる。浦上は立ったまま、伊集院を見下ろす。浦上のズボンのポケットから、靴べラが飛び出すようなことはなかった。

仮(か)りに飛び出したとしても、靴べラは倒れている伊集院の背中の上に落ちるようなことはないと、はっきり分かった。しかし、犯人の靴べラは事実、伊集院の背中の上に落ちていたのである。犯人以外の人間が、伊集院の背中の上に靴べラを置いて行くはずはなかった。なぜ、犯人の靴べラが伊集院の背中の上にあったのか、確かに気になることであった。

「靴べラのことはあとで考えることにして、中西という男に会ってみようじゃないか」

未練気に地上を凝視している伊集院に、浦上はそう声をかけた。

「うん」

と、伊集院もようやくこの場を離れる気になったらしい。

「靴ベラは、なんのためにあるか知っているかい？」

「靴をはくために決まっているじゃないか」

「虎さんを襲った犯人に限って、靴ベラの使い方に別の意味があったのかも知れないぜ」

「どんな？」

「それが分かれば苦労はしない。ただ、倒れている虎さんの背中の上に靴ベラがあったということは、単なる偶然ではないような気がするんだ」

そんな会話を続けながら、二人の刑事は暗い城山公園をあとにした。

## 2

中西澄夫の家は、下田署へ行って調べてもらった。もう六年半も前のことで、二、三度聞込みに行ったはずだという中西澄夫の家を、伊集院は忘れてしまっていたのである。中西の家は、唐人お吉の墓に近いところにあった。

父親は、ペンキ屋に勤めているという。中西澄夫は、六人兄弟の長男であった。家は二軒長屋で、今にもおしつぶされそうに軒が低かった。入口のガラス戸を浦上が叩くと、こんな時間に誰だろうね、と女の愚痴が聞こえた。中西澄夫の母親らしかった。

建て付けの悪いガラス戸が内側から開かれて、四十前後の女が顔を出した。髪も乱れているし、目つきに険がある。古い男もののワイシャツに、黒いズボンという恰好だった。生活苦が体臭となっているような女の感じだった。

「お母さん、わたしを憶えてるかね？」

と、伊集院が女の目の前に顔を突き出した。女は、まじまじと伊集院を瞶めた。無愛想な表情が消えて、無理に作った女の笑顔になった。

「刑事さんですね？」

女は黄色い歯を見せて言った。

「そうだよ」

伊集院は、家の中を覗き込みながら頷いた。

「その節は、どうも……」

女は幾度も頭を下げて、それから不安そうな面持ちになった。

「澄夫君は、もう自由な身体になったんだろう？」

「ええ。今年の一月に、帰って来ました」

「二十二になったかな」

「いいえ、二十三です」

「それで、今いるのかい？」

「澄夫がまた何か……？」

「いや、そういうわけじゃない。ちょっと訊きたいことがあるんだ。その後、真面目になっているんだろう？」

「ええ。父ちゃんと同じところへ勤めて、一生懸命やっていますよ」

「それはよかった。夜遊びもしないで、家にいるようになったなんて……」

「いいえ、それがそのう……」

「今は家にいないのかい？」

「ええ。ちょっとそこまで、遊びに出かけているんですよ」

「どこだ？」

「開国記念碑のすぐ近くに、『あやめ』という喫茶店があるんですよ。多分、そこにいると思うんです」

「あやめ……？」

期せずして、二人の刑事は顔を見合わせていた。思いもよらなかった喫茶店の名前が、中西澄夫の母親の口から洩れたものである。『あやめ』は、岩崎静香の店ではないか。もっとも、よく考えてみれば、別に不思議なことではないのだ。ここから、『あやめ』までは二分もあれば行ける。若い男が、近所にある喫茶店へ出かけて行って、夜の閑（ひま）つぶしをするというのは、珍しいことでもない。

とにかく浦上と伊集院は、『あやめ』へ行ってみることにした。浦上は、あまり素直な気持で『あやめ』の店内へ入れそうになかった。岩崎静香に求愛されるという一件があったのだ。だが伊集院の手前、浦上は何気ないふうを装っていなければならなかった。

『あやめ』は、半分カーテンを閉めていた。しかし、店の前に立つと、若い男女の賑やかな笑い声が聞こえて来た。二人の刑事は、店の中へ入った。座敷に、若い男が三人と女が二人、思い思いの姿態で坐り込んでいた。ジュースやコーラのビンが七、八本、テーブルの上に置かれていた。若い男女は、何か冗談を言っては大声で笑っていた。少し離れたところに、浴衣姿の岩崎静香が坐っていた。一人、所在なさそうであった。多分、あまり儲けにならない客たちの帰りを待っているのだろう。

岩崎静香は、すぐ刑事たちの姿に気がついた。浦上を見て、一瞬、彼女は目を伏せた。それから、恥じらいの笑みを浮かべながら立ち上がった。岩崎静香は顔をそむけるようにして、刑事たちに近づいて来た。

「お珍しいんですのね」

と、岩崎静香は小声で言った。

「この店は、八時には閉めてしまうんじゃなかったかな。もう十時をすぎているけど……」

浦上はあえて、岩崎静香を正面に見すえた。

「そうなんです。三日ほど前から、あの人たちがここに集まって、十時半ごろまでねばって行くようになってしまったんです。迷惑しているんですけど、帰れと言うわけにもいかないし……」

「店を若い連中のたまり場にしていると、面倒なことになったりするかも知れませんよ」

伊集院が岩崎静香にそう言ってから、若い連中のところへ歩いて行った。中西澄夫が、一座の中にいるのだろう。浦上も、伊集院のあとを追った。岩崎静香と二人きりになるのを避けたのである。

「中西じゃないか。その後、真面目にやっているそうだな」

と、伊集院が真ん中にいた青年に声をかけた。若い男女が、一斉に振り返った。彼らの笑い声が杜絶えて、俄かに店の中が静まり返った。

中西澄夫は、無言でいた。鋭い眼差しで伊集院を睨みつけているだけだった。反抗的な態度を剝き出しにしている。中西澄夫は、見るからに悪相であった。服装や髪の形などから推して、愚連隊ふうの感じは抜けきっていなかった。

「ちょっと訊きたいことがあるんだ」

伊集院は穏やかに言って、ひと通り連中を眺め回した。

「おれはなんにもやっちゃいないぜ。お前なんかに、用はない」

と、中西澄夫は肩をそびやかした。仲間の手前、強がって見せたのだろう。

「中西、お前、靴をはくだろう」

伊集院は、相手の出方を無視して言った。

「当たり前だ」

「靴は注文で作るのか?」

「そんな贅沢が出来る身分じゃないよ」

「すると、靴ベラが必要だろう」

「靴ベラ?」

「そうだ」

「残念ながら、そんなものは必要としないね」

「嘘じゃないだろうな」

「証拠を見せてやってもいいぜ」

「見せてもらおう」

「よし」

中西澄夫は上がり框のところまで、尻を滑らせて来た。彼は、脱ぎちらかされているはきものの中から、そう古くはない黒靴を選び出した。彼はその靴をなんの苦もなくはいてみせて、伊集院をふり仰いだ。

「なるほど……。しかし、ほかの靴はどうなんだ？」

伊集院が言った。

「今のところ、靴はこの一足しか持っていないよ。おい、おれが靴ベラを使って靴をはくのを見たことがあるか？」

と、中西澄夫は背後の仲間たちをふり返った。二人の男が、首を横に振った。

「女たちはどうなんだ？　もっとも、女はそんなことに関心がないだろうな。女は絶対に靴ベラを使って靴をはいたりしないから……」

この冗談半分の中西の言葉が、浦上の胸を抉（えぐ）った。女は絶対に靴ベラを使わない。——

# 女

## 1

女は絶対に靴ベラを使わないという中西澄夫の冗談に、若い男女はゲラゲラ笑っていた。伊集院も、つられて、苦笑している。しかし、この中西の何気ない言葉が、浦上にある暗示を与えたのである。暗示といっても、それは明確なものではなかった。浦上の脳裡に、一つの疑問符を描いたにすぎない。

だが、浦上はこの漠然とした思いつきを、捨てることが出来なかった。こだわったからこそ、彼は伊集院を促して、『あやめ』を出たのである。

「どうしたんだい、一体……」

店の外へ出た伊集院は、いささか不満そうな顔つきだった。彼はまだ、中西たちに靴ベラのことで何かと訊いてみたかったに違いない。

「まあ、いいじゃないか。虎さんにしても、中西が臭いという確信があるわけでもないだろう」

浦上は、歩きながら伊集院を宥めた。

「うん」

「おれには、ちょっとした思いつきがあるんだ」

「思いつき？」

伊集院は、不審そうな目で浦上の顔を覗き込んだ。

「中西が、女は絶対に靴ベラは使わないと言ったな」

と、浦上は暗い前方を凝視しながら歩を運んだ。

「気の利いた冗談だった。言われてみれば、確かにそうじゃないか」

伊集院は両手の指先で耳をつまみながら、妙に感心したような口ぶりで言った。

「襲われた虎さんの背中の上に、靴ベラが落ちていた。しかし、さっきの実験でも、ズボンのポケットに入れてある靴ベラが、虎さんの背中の上に落ちる可能性は九九パーセントあり得ないことが分かった」

「それと、中西の冗談とどんな関係があるんだ？」

「まあ聞けよ。男が持っている限り、靴ベラが虎さんの背中の上に落ちるはずはなかった」

「だから？」

「男が持っていた靴ベラではないとすれば、あれは女が持っていたということにはならないか？」

「浦さん、どうかしたんじゃないか。今も中西が言ったとおり、女は靴ベラを使わない。おれも、女が靴ベラを使ってハイヒールをはくところなんて、生まれてからまだ一度も見たことがないよ。使いもしない靴ベラを、女が持っているなんていうことがあるか」

「いや、その女は使うために靴ベラを持っていたわけではない」

「じゃあ、何のために持っていたんだ？」

「虎さんの背中の上に置いて来るための靴ベラさ」

「何だって？」

「男なら、靴ベラがそう簡単にズボンのポケットから落ちるものではないということを知っている。しかし、普段靴ベラを使ったことのない女だっただけに、そこまで知恵がまわらなかった」

「何のために、おれの背中の上に靴ベラを残しておかなければならなかったんだ？」

「虎さんを襲った人間が、男だったということを強調するためじゃないかな。ということは、女が虎さんを襲ったんだ」

「おれが、女に襲われて昏倒したというのかい。冗談じゃない。そんなことを言われては、おれの面子（メンツ）にかかわる。県警捜査一課の鬼刑事が、女に撲られて入院したなんて……。おい、浦さん、間違っても、ほかの人間にそんなことを言うなよ。おれ個人の名誉だけでなく、県警捜査一課の権威失墜だ」

伊集院は、ムキになって言った。だが半分はふざけているのである。彼はどうやら、浦上の説を真に受けていないらしい。浦上は、表情を崩さなかった。彼はあくまで、本気だったのだ。

「一応、結論だけは聞かせてもらおうじゃないか」

それでも何となく気になったのか、しばらくの間をおいてから伊集院が、ふと真顔になった。

「結論は、まだ出せない」

浦上は答えた。

「ずいぶん無責任な話だな」

「思いつきが、まだ固まって来ていないんだ」

「もういいよ。それより、今晩はどこに泊まるつもりだ」

「旅館に泊まろう」

「断わっておくけど、もう心当たりの旅館を捜しに行くのはごめんだぜ。その途中で襲われて、しかも女に撲られたなんて言われたら、割が合わないからな」

と、伊集院はもうそんな冗談を口にする彼に戻っていた。

結局、二人は駅の近くにある旅館に泊まった。ひと風呂浴(あ)びて、すぐ寝ることにした。板前が帰ってしまったので、もう食事は出せないということだったからである、風呂へ入ったせいか、どっと疲れが出たようだった。床を並べて、二人の刑事は横になった。疲れているくせに、眠れなかった。寝ついたと思ったら、間もなく朝食の用意が出来たと告げに来た女中に起こされてしまった。二人は食事をすませると、一服することもなく旅館を出た。

「これから、どうする？」

まだ九時もすぎていない朝の日射しを浴びながら伊集院が心細そうに言った。

「バスが転落した現場へ行ってみよう」

浦上も目を細めた。現在の二人の刑事たちにとっては、雲ひとつない青い空がかえって陰鬱(いんうつ)であった。

「下田を離れるのか」

伊集院が驚いたように目を丸くした。

「今日が最後だぜ。今日のうちに、勝負をつけなければならない」

「しかし、おれを襲った犯人のことはどうなるんだ？」

「だから、今日のうちに犯人を挙げるんだ」

「犯人は下田の人間なんだろう。それなのに、下田を離れてしまったら意味がないじゃないか」

「現場へ行って、それから必要があれば、また下田へ帰って来る」

「どうして、現場へなんて行くんだ？」

「どんな場合でも現場が起点であり、現場から始まる。これが、犯罪捜査の第一課じゃないか」

「しかし、現場はもう幾度も見ている」

「捜査に行き詰まったら、何度でも現場へ戻ってみろ。おれは先輩からこう教えられている。嫌なら、一緒に来なくたっていいんだぜ。虎さんは、下田の街を歩き回っていればいいじゃないか」

「分かった、分かった。そのお得意な台詞（せりふ）は、やめてくれよ」

浦上の怒ったような言葉遣（づか）いに、伊集院は肩をすくめた。二人の刑事は、その足で海南交通のバスの発着所へ向かった。

2

浦上と伊集院は、宇久須の停留所でバスを降りた。黄金崎に行き着くには、南へしばらく歩かなければならない。車の交通量が少なく、人通りもなかった。二人は海沿いの道を普通の速さで歩いた。路上に二人の濃い影だけが落ちていた。風はなく、あたりは静かだった。海の匂いがして、時おり漁船の汽笛が聞こえた。犯罪の余韻など、まったく感じられない平和な風景であった。

「われわれは今、犯人が歩いたのと同じ道を辿っているんだ」

浦上が言った。

「うん」

と、海の方を眺めやりながら深呼吸をしていた伊集院が頷いた。

「バス転落事件の犯人と虎さんを襲った犯人は同一人物だとする。そうなれば、犯人は下田の人間だ。あの日、犯人は下田から海南交通のバスに乗って現場へ向かった」

「まず、バスを利用したと考えるのが妥当だろうな。ハイヤーやタクシーを使うと、運転手に顔を覚えられる。それに後日、運転手の証言如何で、犯人は不利になる」

「犯人は、宇久須でバスを降りたと考えるな」

「安良里で降りたとも言えるじゃないか。宇久須だという根拠は？」

「黄金崎は、宇久須と安良里の中間にある。どちらから行っても同じようなものだ。しかし、犯人は当然、同じところでバスを乗り降りしなかったはずだ。人の目につきやすいし、同じ場所で乗り降りすると誰かの印象に残る恐れがある」

「だから、安良里で降りた場合は、帰りは宇久須で乗る。逆に宇久須でバスを降りたとしたら、帰りは安良里で乗ったというんだろう」

「そうだ、いずれにしても、犯人は宇久須と安良里の間を歩いたに違いない。ここなんだが、犯人はバスに猟銃の散弾を撃ち込むのに最も適当な場所を捜したと思うんだ。その場合、バスで宇久須まで行って、適当な場所を捜し求めながら安良里へ向かうというのが、自然な人間心理のような気がするんだがね。なにしろ、南から来るバスを射撃するんだから……」

「バスが転落するのを見届けてから、そのまま安良里まで歩いて行く。そして、安良里でバスに乗る。確かに、そう考えてもいいかも知れない」

こんなやりとりを交わして、浦上と伊集院が黄金崎の現場に辿り着いたのは、太陽が真上にある頃だった。二人は断崖の上に立って、顔の汗をふいた。断崖の下に打ち寄せる波の音が、地球の怒号のように聞こえて来た。見下ろすと、砕ける波の白さが目にしみた。強い日射しを受けた海面は、近くでは緑色に、遠くは無色透明にギラギラと光っていた。

「まるで、嘘のようだ」

と、伊集院が感慨無量の面持ちで呟いた。この海の中へバスが転落して、二十七人が全員死亡した事件が、まるで嘘のようだという意味なのだろう。

浦上も、海面に妻や子の笑顔を描き出していた。それから彼は多くの犠牲者のことを思い浮かべた。

「いろいろのことがあった……」

伊集院も同じ気持らしく、吐息と共にそんな言葉を洩らした。確かに、いろいろのことがあったものである。逃避行中だった親娘ほども年の違う男女。百万円の金を所持していた少年。自殺する場所を求めて、この伊豆へ来た男。自首するつもりだった犯罪者。桃色遊戯に耽っていた高校生たち。宝石泥棒の片割れ。そうとは知らず結婚した異母兄妹。そして運転手と車掌。

彼らはあのバスに乗り合わせたために何の関係もない犯人に殺されたのである。いや、まったく関係がなかったわけではない。そのうちの一人が、犯人に狙われたのだ。その一人――それはついに分からずじまいだった。浦上は何も知らないような顔をしている海に見入りながら、犠牲者とその周囲の人びとのことを丹念に念頭に浮かべてみた。

一体犯人は二十七人のうちの誰を狙ったのか。

「未練がましいが、もう一度犠牲者たちの身辺捜査をしてみたいよ」

浦上は、自嘲的にそう言い放った。

「無駄なことは、繰り返すべきじゃないね」

伊集院は、気のない答え方をした。

「しかし、犠牲者たちの中の誰かが狙われたことには違いないんだ」

「彼らのことを考えるのはよそう。おれを襲った犯人を突きとめる方が、ずっと早道だよ」

「そのために、ここへ来てみたんだが……」

「浦さんは昨日、おれを襲った犯人は女だって言ったな」

「うん」

「だとすると、バスを転落させた犯人も女だったということになるぜ」

「女だって、猟銃を扱えるさ。女が犯罪を思い立った時は男よりも残酷で、非情になる。だから、たった一人の人間を殺すために、二十六人も平気で道連れにさせたんだ。また、女だけに一対一では犯行が出来ない。それで、最も安全で、確実な手段を選んだとも言えるだろう」

「なぜ、浦さんはそう女を犯人にしたがるんだ」

と、伊集院はその場にしゃがみ込んだ。

「あの靴ベラさ」

浦上は、両手を腰にあてがった。

「なにも靴ベラを残して行かなくても、犯人は大方男だろうと判断されるがね」

「そうだ。犯罪はとかく男に結びつけられる。だから、このバス転落事件の犯人も男に決まっているという先入観に作用されていた。しかし、犯人はわれわれが身近に迫っていると危険を感じたとする。そうすれば、念を入れて、犯人は男だということを強調しようとするだろう。虎さんは今、靴べラを残して行かなくても犯人は男だと考えられがちだと言った。しかし、それならなにも虎さんを襲ったりする必要はなかったんだ。虎さんが襲われたとすれば、襲った人間とバス転落事件の犯人は同一人物だと判断される。事実、われわれもそう考えた。同時に、虎さんを襲った犯人は男、ひいてはバス転落事件の犯人も男だと判断される。犯人の目的はここにあったのに違いない。そして、犯人の狙いは一応、成功したんだ」

「ところが、靴べラが命取りになったというわけか」

「靴べラは確かに、男が日頃身につけているものだよ。同時に、女は絶対に靴べラなど持っていない。この着眼点はよかった。しかし、ポケットから何かを取り出したりしない限り、靴べラは思ったより落ちにくいものだというところまで、考えが及ばなかったんだな」

「まあ浦さんの説に従って犯人は女だったということで考えを進めてみようじゃないか」

伊集院がピースの箱を取り出して一本抜き取ってから、浦上にもすすめた。浦上はピースを口にくわえて、マッチをすった。風はさして強くないが、それでもマッチを何本か無駄にしなければならなかった。吐き出した煙は、そのまま流れるように背後へ消えた。

「犯人がおれを襲ったのは、われわれが身近に迫って来たという危険性を感じて、男だということを強調するためだった。浦さんは、確かこんなふうに言ったな？」

　煙草が不味かったのか、二、三服しただけで伊集院はそれを捨て、爪先で火を消した。

「そうだとすると、われわれは犯人と顔を合わせているということになるんじゃないか。そうでなければ、勝手に身近に迫って来たという危険性を感ずるはずはない」

　この伊集院の言葉に、浦上は答えなかった。それで伊集院は、半ばひとりごとのように続けた。

「下田に住む女で、われわれとすでに顔を合わせている。従って、犯人はおれの顔を知っていた。猟銃が使えて、バスの乗客の中の一人に対し殺意を抱いていた。犯人の条件はこうなる」

「虎さん……」

　突然、浦上が叫ぶように伊集院の名を呼んだ。伊集院は浦上を見上げ、それから表情を硬ばらせた。浦上の愕然となった顔を、目のあたりに見たからである。

「どうしたんだ？」

　伊集院が訊いた。

「おれたちは、死人狩りを完了したと思っていた。つまり、犠牲者全員の身辺捜査を了えたと決め込んでいた。だが、まだ完全に終わってはいなかったんだ」

　と、浦上は燃えるような眼差しで海を睨みつけていた。

「そんなはずはないぜ」

浦上とは対照的に、悠長な伊集院の語調だった。

「いや、まだ残っている」

「佐々木タカという老婆や子供たちは捜査の対象にはならないんだ」

「おれがその犠牲者の身辺を知りつくしていたために、死人狩りから除外していた」

「まさか、浦さん……」

「そうだ。そうなんだよ。おれの女房や子供たちを忘れていたんだ」

「しかし……」

と、伊集院は立ち上がった。

「虎さんが犯人の条件を並べた。その条件に、九分通り当てはまる人間がいるんだぜ」

「何だって！」

「猟銃が扱えるかどうかは分からない。しかし、下田に住んでいる女だ。虎さんの顔も知っている」

「おれたちと、顔を合わせたことがあるのか？」

「何度かある。昨夜も会った」

「浦さんの家族を殺す動機は？」

「復讐だ。おれの手で絞首台へ送られた亭主の敵を討つために、という立派な動機がある」

「岩崎静香……！」

「間違いない」

断定的にそう言って、浦上は唇を固く結んだ。その浦上の横顔を、啞然となった伊集院が瞶めていた。

俄かに、風が出て来たようである。空の雲がかなりの速さで西から東へ流れていた。明るい白昼の視界が、かえって不気味であった。

# 海の彼方に

## 1

「虎さん、これからすぐ沼津へ行ってもらえないか」

宇久須に引き返してバスの停留所まで来た時、浦上が伊集院に言った。

「沼津署へ？」

伊集院は両方の耳を指先でつまみながら、怪訝そうな顔をした。

「死刑になった岩崎信吉の妻静香の前歴を洗い、彼女が猟銃を扱えるかどうか、許可証を持っているかどうか調べて欲しいんだ。沼津署へ行けば、簡単に分かると思う」

「なるほど……」

「今になって思い出したんだが、沼津で強盗を働いた岩崎信吉は、母子を殺るのに猟銃を凶器に使ったんだよ」

「分かった」

二人の刑事の間では、すぐに諒解が成り立った。のんびりしていられる二人ではなかった。いよいよ最後の追い込みである。刑事たちは緊張さえしていた。

浦上と伊集院は宇久須で、北と南に分かれた。浦上は下田行のバスに乗り、伊集院は沼津行のバスに乗ったのである。

思えば、捜査を始めたころ、二人がたまたま下田の『あやめ』という和風喫茶の店に寄ったのがことの始まりだった。二人の刑事が下田に来たことを知り、岩崎静香は身の危険を感じたのに違いない。なんとかしなければならないと思った。そして数日後、岩崎静香は再び下田の街を歩いている伊集院の姿を見かけたのだ。

岩崎静香は、犯人が男であることを強調しようと咄嗟に思いついた。それで、急ぎ鈍器と靴ベラを用意し、伊集院の帰りを待ち受けた。背後から伊集院を鈍器で撲りつけ、気絶した彼の背中の上に靴ベラを置くという小細工をしたのである。それがかえって命取りになるとは、当時の岩崎静香は夢にも考えなかっただろう。

事件発生当時から、犯人が男か女かということは念頭においていなかった。世間も捜査陣も問題なく、犯人は男だと頭から思い込んでいたのである。しかし、靴ベラの小細工によって、浦上は初めて犯人の性別について疑問を持ったのだった。

岩崎静香は、浦上に対しても罠を仕掛けている。それは、あの不自然な求愛であった。

ただ浦上の気持を和らげ、愛の告白によって彼を味方に引き入れようとすることだけが、岩崎静香の目的だったわけではない。彼女の狙いは、ほかの男に求愛するくらいに死刑になった夫の想い出は薄れているということを、浦上に印象づけようとしたのだ。

それは、とりもなおさず、あのバスを転落させる動機がないと思わせる点で効果的である。夫はすでに、遠い過去の人だ。従って、今更、復讐など考えていない。つまり、バスを転落させようなどとするはずはなかったというわけである。

浦上は、下田に着くまでのバスの中で、このようなことを考えていた。下田に着くと、彼はまず下田署へ直行した。下田署には、唯一の物的証拠である靴ベラがある。そして、伊集院からの連絡は下田署にあることになっていた。浦上はそれを待つのである。

時のたつのが、途方もなく長く感じられた。下田署の刑事たちと雑談を交わしているのだが、浦上は殆ど上(うわ)の空であった。六時になった。彼は、捜査課の部屋から一歩も出なかった。

こんなことをしているうちに、岩崎静香がどこか遠くへ逃げて行ってしまうような気がする。下田署員に、『あやめ』を見張ってもらってもいい。だが、あれだけの犯罪をやってのけた人間は、ひどく敏感である。監視されていると、気配で察するだろう。巧妙に逃げられたりしたら、かえって拙い結果となる。七時をすぎても、伊集院からの連絡は入らなかった。

キリキリするような焦燥感であった。息苦しくさえなる。浦上は、幾度も深呼吸した。あちこちの机で、電話が鳴る。その度に、浦上は腰を浮かせかけた。

「県警の浦上さんいますか」

ついに、壁際の席にいた捜査課員が、伸び上がるようにして室内を見回しながら言った。

「おう」

浦上は椅子を倒して立ち上がった。

「電話ですよ」

「有難う」

浦上は、電話に近づきながら壁の電気時計を見上げた。八時十五分である。

「浦さんかい……」

電話に出ると、伊集院の遠い声が聞こえた。今日の正午に別れたばかりの伊集院だったが、なぜかその声が懐かしかった。

「ご苦労さん。どうだった？」

「申し分なしだ」

「岩崎静香の前歴は？」

「旧姓を憶えているかい？」

「忘れてしまったよ」

「旧姓は加藤だ。岩崎信吉と知り合うまで、沼津市内の喫茶店のウエイトレスだった」

「猟銃との関係は？」

「それが、あるんだな」

「どんなふうに？」

「岩崎信吉と知り合ってから、彼の影響で県の猟友会会員になっている」

「岩崎信吉がもともとハンターだったということを、今思い出したよ」

「つまり、岩崎静香は充分に猟銃を扱えるというわけだ。猟友会はズブの素人を会員にはしないからな」

「それで、岩崎静香が猟銃を持っていたかどうかという点については？」

「そのことで、加藤静香だった頃の友人や、彼女の母親に会って来たんだ」

「結果は？」

「持っていたようだよ。ドイツ製だ。母親の話によると、信吉が買ってくれたんだそうだ。勿論、許可証ももらっている」

「分かった。これからすぐ、岩崎静香に会ってみる」

「おれはどうする」

「安良里の特捜本部へ帰ってくれ。主任に事情を説明して、勿論、沼津で集めた資料も持って行ってくれないか。おれは、岩崎静香を特捜本部に連行する」

「よし、安良里の特捜本部でまた会おう」

電話を切ってから、浦上は自分の顔が熱くなっているのに気がついた。恐らく、紅潮しているのに違いない。胸のときめきからも、自分が興奮していることが分かった。浦上はそのまま下田署を出て、『あやめ』へ向かった。

2

店をしめてしまっていると、面倒だと思っていたが、幸い『あやめ』はまだ営業中だった。浦上が店の中へ入って行くと、話し声や笑いがぴたりとやんだ。今夜も、中西たちの一行が来ていたのである。彼らは、胡散臭そうに浦上へ視線を浴びせた。どの顔も、また来やがったと言っている。多分、再び自分たちに用があって来たのだと思ったのだろう。

しかし、浦上は、無表情で店内を見回した。中西たちは無視されたと分かると、安堵したように雑談を再開した。岩崎静香は、店の奥にいた。椅子に腰かけて、新聞を読んでいる。浦上の姿には気づかないようだった。浦上はゆっくりと、浴衣姿の岩崎静香に近づいて行った。読んでいた新聞に影が射したので、岩崎静香はようやく顔を上げた。その顔に、ハッとしたような表情があった。

た。

「あら……」

それでも、岩崎静香はすぐ気をとり直して華やかな笑顔を見せた。美しい女である。これが、何の罪もない二十七人の生命を奪った冷酷無比の犯人だとは信じられない気持だった。

「お一人なんですか?」

と、岩崎静香は新聞を片づけて、自分の傍の椅子を引き出した。ここに坐れというのだろう。浦上は岩崎静香の顔から目を離さずに、その椅子に腰を下ろした。

「あの連中を店から出してくれませんか」

浦上は言った。

「そうしますわ」

どんな意味に受け取ったのか、岩崎静香は二つ返事で立ち上がった。彼女は中西たちのところへ行って、穏やかに頼んだ。

「すみませんけれど、今夜はこれで店をしめますから……」

「なぜだよ」

と、中西の怒ったような声が聞こえた。

「これから、警察のお調べがあるんです」

岩崎静香が、そんな口実を連中に伝えている。事実、これから調べがあるのだと、浦上は内心で苦笑した。

「怪しいぞ。刑事とおかしな仲なんだろう」

「客商売のくせに……」

「いいから、帰りましょうよ」

中西たちは口々にそんなことを言いながら、靴を引きずるようにして店から出て行った。彼らが出て行ったあと、岩崎静香は店のガラス戸をしめ、カーテンを引いた。

「ここでいいんですか？　あちらに移りましょうか」

戻ってきた岩崎静香は、浦上にそう言った。

「ここで結構だ」

浦上は答えた。それで、岩崎静香は元の椅子に坐った。坐りながら、満足そうに甘い溜め息をついた。

浦上は、ズボンのポケットからおもむろに靴ベラを取り出した。伊集院の背中の上に残されてあった、例の靴ベラである。彼は、それをテーブルの上に置いた。靴ベラは光沢を見せて、ゆらゆらと揺れた。浦上は、岩崎静香の顔を凝視した。

「これ、何ですの？」

岩崎静香は言った。だが、彼女は浦上の方を見ようとはしなかった。顔色が消えて行くように、青白くなった。心の動揺を必死になって抑えているらしい。

「靴ベラさ」

浦上は、静かに言った。

「これを、どうしろというんです？」

岩崎静香の唇が、ピクピクと痙攣（けいれん）しているようだった。

「知らないかい？」

「知りません」

「誰の指紋も検出されなかったよ。ハンカチで拭（ふ）いてから、気絶している人間の背中の上に置いたんだろう」

「なぜそんなことを、わたしに言うんですか？」

「これが自然に落ちたものとしたら、当然、持ち主の指紋が残っているはずだ。ところが、それがない。つまり、わざわざ靴ベラを残して来たんだ。男だったら、そんなことをする必要がないだろう。男と見せたかった。ということは、女だよ」

「何の話だか、さっぱり分かりませんわ」

「とぼけるな！」

ここで、浦上は店中に響きわたるような大声を出した。岩崎静香の肩が震えた。浦上の一喝で、彼女は夢から覚めたように愕然となったのである。

「お前が県の猟友会会員であることも、ドイツ製の猟銃を持っていたことも、分かっているんだぞ」

　浦上は更に、追い打ちをかけた。岩崎静香は口を開こうとしなかった。石のように沈黙している。自分の膝のあたりを瞶めているようだった。静寂が続いた。どこから聞こえて来るのか、時計が秒を刻む音が耳につき始めた。二分たった。浦上も緊張している。背後から猟銃の銃口を向けられているような気持だった。

「使った猟銃は、どこにある？」

　三分をすぎた頃、浦上が沈黙を破った。

「海へ捨てたわ」

と、岩崎静香は呟くように言った。観念したようである。彼女はすでに、自分が犯人であることを認めているのだ。この瞬間に、浦上は身体が床に吸い込まれて行くような気がした。全身から、汗が吹き出して来た。

「どこの海だ？」

「バスが落ちた近くの……」

「えらいことをやったな」

「復讐したのよ！」

　不意に、岩崎静香は顔を上げた。凄まじい形相であった。目は憎悪に燃えている。いかにも口惜しいというふうに、下唇を嚙んでいた。そこに、女の執念というものが感じられた。美しいだけに、ぞっとするような岩崎静香の顔であった。

「岩崎信吉は、子供まで殺している強盗殺人犯だった。死刑になるのは当然だろう。その復讐をしようというお前の方が狂っている」

と、浦上は圧倒されまいと岩崎静香を睨みつけた。

「岩崎は、わたしの命だった。その岩崎が、権力によって強制的に死へ追いやられた。殺されたのも同じよ！」

岩崎静香は叫ぶように言った。

「あの人ばかりじゃないわ。あんたが岩崎を挙げたために、あの人の両親が自殺、妹さんまでが気がふれて病院で死んだのよ。あの人とその家族全員があなたによって殺されたんだわ。最後の面会に行った時、あの人はわたしに手を合わせて頼んだのよ。一生かかってもいいから、浦上に辛く、悲しい思いをさせてやってくれって。わたしは、復讐に一生を賭けたわ。下田でこの店をやるようになったのも、あんたに復讐するためだった……」

「どういう意味だ」

「あんたの奥さんの実家が、下田にあるって分かったからよ。いつかは、奥さんが子供たちを連れて実家へ来るだろう。そのチャンスを狙うために、この店を持ち、毎日奥さんの実家の附近を監視して歩いたわ」

「あの日、あの時間のバスに女房や子供たちが乗るということを、どうして知ったんだ？」

「天は、わたしに味方してくれたわ。あの日、あんたの奥さんや子供たち、それに奥さんのお母さんらしい人が、この店に寄ってくれたのよ。忘れもしない、注文したのはアイスクリームだったわ。そして、あんたの奥さんとお母さんらしい人が話していることを、わたしは聞いた。これから下田で、あんたのためのお土産（みやげ）を買ってから、あのバスで帰るってね」

「お前も、バスで行ったのか？」

と、女でなければ撲り倒してやるところだがと、浦上は歯を喰いしばった。妻と子供たちは、この店に寄ってアイスクリームを食べたという。恐らくそのアイスクリームが子供たちにはこの世で最後の食べものだったに違いない。それを平然と口にする岩崎静香がたまらなく憎かった。

「勿論よ。あんたの奥さんたちが帰るとすぐ、店をしめたわたしはバスの発着所へ駆けつけた。あのバスの一台前のに、乗ることが出来たわ」

岩崎静香は、浦上が苦しむのを楽しんで眺めているようだった。その目の奥に、皮肉な笑いがあった。

「猟銃はどうした？」

「ボール箱に入れて、大きな風呂敷で包み、荷物のようにして持って行ったのよ、和服に雪駄(せった)ばきの女が、猟銃を持っているなんて、誰も思わないわ」

「細かいことは、特捜本部で聞こう」

浦上は立ち上がって、手錠を取り出した。

「女に手錠を嵌(は)めるの」

不貞腐れたように、岩崎静香は顔をしかめた。

「お前は特別だ」

岩崎静香の白い手首で、手錠が冷(ひ)やかな音を立てた。

浦上は『あやめ』の電話で、下田署に連絡をとった。五分とたたないうちに、サイレンを鳴らして来た白いジープが『あやめ』の前に停まった。浦上は岩崎静香を連れて、ジープに乗り込んだ。ジープは暗い道を、サイレンを鳴らしながら安良里へ向かって疾走(しっそう)した。

十時半に、ジープは安良里の特捜本部に着いた。本部員たちが総出で、ジープを迎えた。伊集院が飛び出して来た。岩崎静香はそのまま、本部内に連行されて行った。それを見送ってから、浦上は安良里港の方向へゆっくりと歩き出した。

狙われたのは自分の妻子だったということが、いかにも皮肉であった。浦上が悪いわけではない。しかし、彼は釈然としなかった。自分の妻子は仕方がない。だが、ほかの二十四人の人たちを死なせてしまった責任が、浦上にあるような気がするのである。

夜も遅い安良里港は、静かであった。海上の船も、眠っているようである。ヒタヒタと岸壁に寄せる波の音が、聞こえて来るだけだった。

人の気配を感じて振り返ると、いつの間にか背後に伊集院が佇んでいた。

「気にするなよ、浦さん……」

肩を並べてから、伊集院が言った。彼は、浦上の胸のうちを察しているらしい。

「疲れたな」

浦上は呟いた。それからの二人の刑事は、口をきかなかった。ただ、暗い海を眺めているだけだった。その姿勢は、いつまでも続けられていた。まるで、暗い海の彼方に死せる人々の面影を見出そうとするように。

（この作品『死人狩り』は、昭和五十七年四月、徳間書店より文庫版で刊行されたものです）

死人狩り

一〇〇字書評

切り取り線

| 購買動機（新聞、雑誌名を記入するか、あるいは○をつけてください） | |
|---|---|
| □（　　　　）の広告を見て | |
| □（　　　　）の書評を見て | |
| □ 知人のすすめで | □ タイトルに惹かれて |
| □ カバーが良かったから | □ 内容が面白そうだから |
| □ 好きな作家だから | □ 好きな分野の本だから |

・最近、最も感銘を受けた作品名をお書き下さい

・あなたのお好きな作家名をお書き下さい

・その他、ご要望がありましたらお書き下さい

| 住所 | 〒 | | | | |
|---|---|---|---|---|---|
| 氏名 | | 職業 | | 年齢 | |
| Eメール | ※携帯には配信できません | | 新刊情報等のメール配信を 希望する・しない | | |

この本の感想を、編集部までお寄せいただけたらありがたく存じます。今後の企画の参考にさせていただきます。Eメールでも結構です。

いただいた「一〇〇字書評」は、新聞・雑誌等に紹介させていただくことがあります。その場合はお礼として特製図書カードを差し上げます。

前ページの原稿用紙に書評をお書きの上、切り取り、左記までお送り下さい。宛先の住所は不要です。

なお、ご記入いただいたお名前、ご住所等は、書評紹介の事前了解、謝礼のお届けのためだけに利用し、そのほかの目的のために利用することはありません。

〒一〇一－八七〇一
祥伝社文庫編集長　坂口芳和
電話　〇三（三二六五）二〇八〇

祥伝社ホームページの「ブックレビュー」からも、書き込めます。
http://www.shodensha.co.jp/bookreview/

祥伝社文庫

# 死人狩り

令和 元年 5 月 20日　初版第 1 刷発行

著　者　笹沢左保
発行者　辻　浩明
発行所　祥伝社
東京都千代田区神田神保町 3-3
〒101-8701
電話　03（3265）2081（販売部）
電話　03（3265）2080（編集部）
電話　03（3265）3622（業務部）
http://www.shodensha.co.jp/

印刷所　堀内印刷
製本所　ナショナル製本
カバーフォーマットデザイン　芥 陽子



Printed in Japan ©2019, Sahoko Sasazawa　ISBN978-4-396-34527-3 C0193